김명희의
|문|학|기|행|

낯선
익숙함을
찾아서

김명희의 문학기행

낯선 익숙함을 찾아서

초판 1쇄 펴낸날 2012년 5월 7일
초판 4쇄 펴낸날 2016년 6월 30일

글 · 사진 | 김명희
펴낸이 | 김종필
편집장 | 나익수
디자인 협력업체 | the DNC
외주 편집 | 전신애 · 디자인 | 김유나, 윤은주 · 표지 사진 | 김종필
인쇄 | 영신사 · 인쇄 | 황경익 · 제본 | 남필우 · 영업 | 김선진
출고 · 반품 | (주)문화유통북스 박병례, 윤영매, 임금순
종이 | (주)한솔 PNS 김도윤

펴낸곳 | 도서출판 나라말
출판등록 | 2012년 2월 7일 제25100-2012-31호
주소 | 03421 서울시 은평구 역촌동 83-25 JR실크텔 603호
전화 | 02-332-1446
전송 | 03030-943-3110
전자우편 | naramalbooks@hanmail.net

ⓒ 김명희, 2012

값 18,500원
ISBN 978-89-968515-7-8 03810

* 이 책의 국립중앙도서관 출판시도서목록(CIP)은 e-CIP홈페이지(http://www.nl.go.kr/ecip)와
  국가자료공동목록시스템(http://www.nl.go.kr/kolisnet)에서 이용하실 수 있습니다.
  (CIP제어번호: CIP2012001949)

* 잘못된 책은 바꾸어 드립니다.

김명희의
|문|학|기|행|

낯선
익숙함을
찾아서

김명희 — 지음

들머리

낯선 익숙함을 찾아가는 여행

● 사람을 더 많이 이해하고, 더 깊이 사랑하기 위한 간절한 행위

    내 인생에 '문학기행'이라는 글의 갈래를 최초로 만난 것은 1983년 한국일보사에서 단행본으로 펴낸 김성우의 『컬러기행 세계문학전집』이다. 우리에게 익숙한 세계 문학의 현장을 컬러 사진과 함께 '고향 속에 세계가 있다.'는 주제로 생생하게 풀어낸 이 책은 한 마디로 신선한 충격이었다. "우리가 애독하는 세계 문학 전집 속의 작품들은 거의가 작가의 고향이 무대가 되었거나, 아니면 작가의 신변 이야기들이었다. 특히 작가의 어릴 적 추억, 도시에서보다는 조그만 시골 마을에서의 추억이 세계 문학을 키운 토양이었다."라는 후기를 읽었을 때는 온몸이 짜릿해질 정도로 행복하였다.

    그리고 그 기쁨과 감동이 채 가시기도 전인 1987년에 역시 한국일보사에서 펴낸 『명작의 무대―문학기행』을 만났다. 이 책은 김훈, 박래부 두 기자가 우리 문학의 무대를 찾아다니며 쓴 글로, 우리 땅 곳곳에 스며있는 문학의 숨결을 아플 만큼 생생하게 느끼도록 해 주었을 뿐만 아니라 무심하게 스쳐 지나갔던 지명을 우리 마음속에 새로운 지리부도로 떠오르게 해 준, 가히 문학기행의 교과서라고 할 수 있다. 이후 문학기행은 이 땅의 국어 교사인 내게 일종의 동경으로 자리 잡았고, 더불어 아이들에게 문학 속 공간과 인물들을 좀 더 생생하게 전하는 가교가 되기를 꿈꾸게 하였다.

    분명 처음 온 곳인데도 언젠가 꼭 와 본 길처럼 익숙한 기분이 들 때가 있다. 이 길을 지나면 무엇이 있는지 알 것 같고, 저 길 모퉁이를 돌아서면 눈에 익은 다정한 얼굴 하나 나타날 것 같은 느낌. 날마다 지나는 길에서도 얻지 못하는 친밀한 느낌과 '이야기'를 지닌 공간이 있다. 사뭇 외람된 표현이나 그런 공간 하나 마음에 품지 못한 사람은 불우하다.

난생처음 와 본 낯선 곳이지만 작품을 통해 이미 접했던 곳이어선지 발 닿는 곳마다 눈에 익고, 귀에 익고, 몸을 스치는 분위기와 냄새까지 생생하게 느낄 수 있었기에 그런 느낌을 찾아 나선다는 의미에서 '낯선 익숙함을 찾아서'라 이름 붙였다. 아울러 1980년대부터 국어교사로서 학생들을 잘 가르치기 위한 교재 연구의 하나로 시작한 활동이었기에 이 일련의 여행을 또한 '교과나들이'라 부르기도 했다.

문학기행에 대한 동경도 물론 한 자리를 차지했으나, 무엇보다 교사로서 학생을 잘 가르치고 싶다는 순진한 열정에서 교과나들이는 출발하였다. 그 다음 문학을 통하여 인간의 다양성을 이해하고, 끝내는 사람과 삶을 더 많이, 더 깊게 사랑하고 싶은 마음을 더한 것이 곧 이 책의 씨앗이 된 셈이다. 시대적, 사회적 배경 속에 공간의 숨결을 불어넣어 다양한 인물들이 살아온 삶을 상상하며 작품 속으로 들어가다 보면 문학작품에 별반 흥미를 느끼지 못하는 요즘 아이들도 재미있어 한다. 즐거운 문학 수업, 교사와 학생과 문학작품이 소통하는 수업 방식이야말로 학생들로 하여금 스스로 공부하고 싶은 의욕과 스스로 자신의 길을 찾아가는 능력을 키워준다는 점에서 교과나들이는 성공적인 수업에도 많은 도움이 되었다.

이 책은 30년간의 문학기행을 담고 있다. 맨 처음 기행을 떠난 것은 아마 80년대 초였으리라. 박경리의 대하소설 『토지』의 무대 하동 평사리에서 받았던 감동과 전율을 잊지 못한다. 최 참판 댁의 무대가 되었음 직한 비탈에서 내려다보는 섬진강과 평사리 들판, 그리고 좁은 골목……. 네 살짜리 서희가 엄마를 찾아오라고 발버둥 치며 우는 환청이 금세라도 들려올 듯한 그 길 위에서 작품과 물리적 공간이 만났을 때 감동이 배가된다는 것을 알았다. 그 후

열병을 앓듯이 전국의 문학관과 생가지, 작품 속 무대를 찾아다니며 우리 문학의 자취를 따라 걸었고, 그 길 위에서 나는 행복했다. 그 중에서도 최명희의 모국어 사랑과 박경리의 국어사전을 만났던 것을 특히 잊지 못한다. 그들의 혹독하도록 뜨거운 우리말 사랑이 이 땅의 국어 교사로서 저절로 옷깃을 여미게 하였기 때문이다.

우리는 '언제, 어디서, 무엇을, 누가, 어떻게, 왜'의 육하원칙을 기사문을 쓰는 데 필요한 요소라 배웠지만, 그러나 어찌 그것이 기사문에만 해당되겠는가. 모름지기 어떤 사람을 이야기하거나 평가할 때 이들 요소 중 하나도 빠뜨려서는 안 될 것이다. '그 사람이 그 때, 그 자리에서, 그것을, 왜, 어떻게 했는가?'를 묻지 않고서 어찌 한 사람을 안다고 할 수 있겠는가.

그런 이유로 문학, 그중에서도 소설은 필연적으로 시대와 역사를 만날 수밖에 없고, 눈 밝은 소설가는 한 시대와 사회의 목격자이자 증언자가 되지 않을 수 없다. 그들의 존재가 각별한 것은 그들이 품고 있는 세상에 대한 인식과 고민의 폭이 남다르기 때문이다. 그런데 지금까지 문학 속에서 시대적 조건과 사회적 상황은 많이 다루었어도 공간적 장소는 상대적으로 소홀히 다룬 경향이 있다. '언제'라는 시기보다 '어디서'라는 장소에 시선이 덜 미쳤다는 것은 문학작품을 하나의 살아 있는 텍스트라고 볼 때, '몸'이 없는 것과 마찬가지가 아니겠는가. 따라서 문학의 현장을 찾아가는 일은 작품에 대한 온전한 이해와 함께 사람과 삶을 인식하는 시작이요, 그 바탕인 셈이다.

작가 혹은 작품 선정은 애초에 국어과 교육 활동에서 시작한 만큼 교과서에 실린 근대 이후의 작가와 작품, 그리고 작품의 무대나 현장이 남아 있는 작품을 우선적으로 선택하였다.

또한 남성 작가들의 작품에 치우쳤던 기존의 문학기행에서 한 발 나아가 될 수 있으면 여성 작가들을 많이 알리고자 고심한 끝에 8명을 포함시킬 수 있었다. 그럼에도 문학사에서 빠뜨릴 수 없는 크나큰 축을 이루는 작가와 작품이 많이 누락된 데는 아무래도 일개 교사이자 한 개인으로서 감당할 수 없는 문학적 허약함 때문이요, 둘째는 작품의 무대나 현장이 사라지거나 미흡하여 문학기행의 취지를 살리기 어려운 까닭도 있다.

또한 생존 작가보다는 고인이 된 작가가 많을 수밖에 없는 이유도 역시 현존 작가들은 아직 그들의 문학적 행보가 진행 중인 까닭에 조심스럽기도 하거니와, 아직은 지역에서도 그들 창작의 산실을 물리적으로 담아낼 수 없는 형편인 듯하여 아쉬운 마음으로 다음을 기약할 뿐이다. 그러나 이 모든 상황을 십분 고려했다고 해도 다분히 개인적인 신념이나 취향이 개입되었다는 변명을 피할 수는 없을 것 같다. 이 책은 문학사 전체를 아우르는 기행이 아니라 그저 한 국어 교사가 품었던 소소한 편애의 기록임을 이 자리를 빌려 고백하는 바이다.

이 문학기행이 준 뜻밖의 수확이 있다면 교사로 살아간다는 것에 대한 든든한 자부심이다. 처음 찾아간 소록도에서 민간인은 나환자촌으로 들어갈 수 없다고 하여 난감하던 차에 교사라는 이유로 그곳 직원의 오토바이까지 얻어 타고 섬의 곳곳을 안내받았고, 동두천에서는 출입금지 간판을 미처 보지 못하고 미군 부대 안으로 잘못 들어가려다가 험상궂은 미군 병사에게 저지당했으나, "나는 교사입니다, Teacher!"라는 말 한 마디에 이국의 병사가 옷깃까지 여미며 온순한 학생의 모습을 보이기도 했으니 교사라는 덕을 단단히 본 셈이다. 그런 즐거움 때문에 길을 다니는 동안 누군가 직업이 뭐냐고 물어주기를 기다렸고, 혹여 물어오는 사람이 있을 때면 "교사요."라고 얼른 대답하고, 또 무엇을 가르치느냐고 물어주기를 기다렸다가 "국어요."라고 대답하기를, 마치 어린아이처럼 얼마나 즐겼는지 모른다.

그리고 그에 보답하듯 가는 곳곳마다에서 아이들에게 엽서를 보냈다. 이를테면 언젠가 '중국의 만리장성을 보고 싶다.'고 글을 썼던 아이에게는 만리장성을 담은 그림엽서를 보내 그 꿈을 독려했고, 봉평 이효석의 메밀꽃 앞에서도, 춘천의 김유정역, 해남의 고정희 서재, 원촌의 이육사 시비, 강진의 김영랑 생가에 핀 모란꽃, 『토지』의 무대 평사리, 유치환의 통영 바다와 영양의 조지훈 시공원 앞에서도 엽서 릴레이는 계속되었다. 젊은 시절 책장이 넘어가는 게 아까워 떨리는 손길로 한 장 한 장 넘겨가며 숨죽여 읽었던 책, 『사이공의 흰옷』에 나오는 남녀 주인공을 베트남 여행에서 우연히 만났을 때는 역시 그들의 해방 투쟁에 뜨거운 박수를 보냈던 옛 제자와 감동을 나누고 싶어 저자 서명을 받아 엽서로 보내기도 했다. 문학기행의 과정 자체가 살아 있는 문학 수업이자 소통의 한 방식이었던 것이다.

사람과 사람을 연결시키는 데 드는 모든 지출, 여행을 포함하여 모든 만남에 들어간 비용을 '존재비'라 정하고, 존재비가 많이 든 날에는 사람을 많이 얻었다는 충만감에 말할 수 없이 기쁘고 든든했다. 그뿐이랴. 문학작품을 통하여 얻은 사람은 또 얼마나 많은가.

여행은 삶을 풍요롭게 해준다고들 한다. 여행에서 최고의 볼거리는 풍경이 아닌 사람이라고도 한다. 그렇게 볼 때 사람과 문학을 동시에 만날 수 있는 문학기행이야말로 여행 중 백미가 아닐까.

문학작품을 읽는 것은 웅숭깊은 세계와 만나는 일이다. 얕은 물가에서 제 홀로 헤매다 깊은 우물을 만났을 때의 기쁨은, 녹록치 않은 세상살이에서 쉬 풀리지 않는 갈증을 느껴본 사람들이라면 누구나 알 것이다. 질 좋은 문학작품과의 만남이 바로 그러하다. 언젠가 녹록치 않을 길을 제 홀로 걸어갈 아이들에게 부족하나마 이 책이 시원하고 깊은 우물을 만나게 해주는 안내서가 되었으면 한다.

마지막으로 경북국어교사모임의 김경숙, 권소희, 이경자 선생님에게 깊은 감사의 뜻을 전하는 바이다. 이 세 분의 강력한 권유와 도움이 없었더라면 이 책을 출판할 결심을 할 수 없었을 것이다. 더불어 오랜 시간 옆에서 끊임없이 지도책을 보며 길라잡이를 해 준 벗 길길이에게도 감사를 빠뜨릴 수 없다.

2012년 4월 안동에서 김명희

차례

안동

외딴 오두막집의 성자

권정생

7평짜리
오두막에 사는
성자(聖者)

중앙고속도로를 타고 남안동 나들목을 나오자마자 안동 시내 방면이 아닌 왼쪽 '권정생 선생이 살던 곳'이라는 팻말이 있는 조탑리로 꺾어들면 마을 앞 사과밭에 5층 전탑이 우두커니 서 있고, 그 맞은편에 일직교회의 뾰족탑이 보인다. 바로 이 동네가 혼자서 마음의 탑을 쌓아 올리며 오도카니 살다 간 외톨이 동화 작가 권정생 1937~2007의 체취가 오롯이 깃들어 있는 곳이다.

선생의 집은 교회 옆 골목으로 깊이 들어간 마을의 가장 안쪽, 빌뱅이 산 바로 아래에 있다. 빨간 슬레이트 지붕에, 울도 담도 마루도 없는 두 칸짜리 남루한 집이다. 길도 마당도 아닌 집 앞에는 난데없이 너른 바위가 턱 하

안동 조탑마을,
권정생

니 들어앉아 있고 옆으로는 작은 시내가 흐르고 있는 모습이 집이라기보다는 차라리 허름하기 짝이 없는 외딴 오두막이라고 할 밖에 달리 표현할 말이 없다.

처음 이 집을 찾은 사람치고 충격을 받지 않은 사람이 거의 없을 것이다. 쭈그려 앉아 간신히 밥을 해먹을만한 조그만 부엌 하나와 천장까지 빼곡한 책을 빼고 나면 발을 뻗고 눕기에도 비좁아 보이는 작은 방 두 칸이 다인 7평짜리 오두막. 하나 이런 집마저 선생에겐 호사였다. 평생을 지독한 가난과 병마에 시달려온 그가 난생처음으로 갖게 된 자신만의 보금자리였기 때문이다.

권정생 선생은 일본 도쿄 변두리의 빈민가에서 태어나 광복 이듬해인 1946년 귀국했지만 가난 때문에 가족들과 뿔뿔이 흩어져 지내야 했다. 생활고로 인해 늦깎이로 초등학교를 졸업한 뒤 나무장수와 고구마장수, 담배장수, 가게 점원 등을 하며 힘겹게 생활하다가 돈을 벌기 위해 부산으로 갔으나 그곳에서 결핵과 가슴막염 등의 병을 얻어 평생을 병고에 시달리게 된다. 한때 자의 반 타의 반으로 걸인 생활을 하며 유랑하기도 했던 선생은 1967년 안동시 일직면 조탑리에 정착해 교회 문간방에 머물며 시골 예배당 종지기로 생활한다. 그 후 1982년 마을 청년들이 흙벽돌을 직접 찍어 만들어주었다던가, 빌뱅이 언덕의 조그만 토담집에서 세상을 뜰 때까지 40여 년 동안 이곳 조탑리에 머물며 「강아지 똥」과 『몽실 언니』 등 주옥같은 작품들을 써왔다. 선생은 교회 문간방 시절을 이렇게 회고하고 있다.

이곳 교회 문간방에 들어가 살게 된 것은 1967년이었다. 전에 살던 집은 소작하던 농막이어서 비워주어야 했기 때문이다. 아버지 어머니는 한평생 당신들의 집이 없었다. 가엾은 분들이다.

서향으로 지어진 예배당 부속 건물의 토담집은 겨울엔 춥고 여름엔 더웠다. 외풍이 심해 겨울엔 귀에 동상이 걸렸다가 봄이 되면 낫곤 했다. 그래도 그 조그만 방은 글을 쓸 수 있고 아이들과 자주 만날 수 있는 장소였다. 여름에 소나기가 쏟아지면 창호지 문에 빗발이 쳐서 구멍이 뚫리고 개구리들이 그 구멍으로 뛰어들어와 꽥꽥 울었다.

겨울이면 아랫목에 생쥐들이 와서
이불 속에 들어와 잤다. 자다 보면 발
가락을 깨물기도 하고 옷 속으로 비집
고 겨드랑이까지 파고들어 오기도 했
다. 처음 몇 번은 놀라기도 하고 귀찮
기도 했지만 지내다 보니 그것들과 정
이 들어버려 아예 발치에다 먹을 것을
놓아두고 기다렸다.

개구리든 생쥐든 메뚜기든 굼벵이든 같은 햇빛 아래 같은 공기와 물을 마시며
고통도 슬픔도 겪으면서 살다 죽는 게 아닌가. 나는 그래서 황금 덩이보다 강아
지 똥이 더 귀한 것을 알았고 외롭지 않게 되었다.

– 「유랑걸식 끝에 교회 문간방으로」 중에서

난방은 고사하고 찬바람이 숭숭 한데나 다름없이 들어오던 교회 문간방에 비하
면 빌뱅이 언덕의 토담집은 그나마 한결 아늑했으리라. 20여 년 전 동료 교사와 처
음으로 이 집을 찾아왔을 때 세 사람이 앉으면 꽉 차는 작은 방에서 선생은, "내 누
운 자리에 그대로 흙만 덮으면 무덤이 된다."라고 말했다. 그 모습이 마치 새 같고,
풀 같고, 천진한 어린아이 같았다. 댓돌 위에 놓인 검정 고무신 한 켤레와 작은 방문
위에 동글동글하고 예쁘장한 글씨로 손수 써 붙인 '권정생'이라는 문패만이 이 집에
권정생이라는 사람이 살고 있다는 것을 조용히 말해줄 뿐이었다.

『몽실 언니』의 현장

나의 동화는 슬프다. 그러나 절대 절망적인 것은 없다. 어른들에게도 읽히게 된 것은 아마 한국인이면 누구나 체험한 고난을 주제로 썼기 때문일 것이다. (중략) 설교를 듣는 것보다, 한 권의 도덕 교과서를 읽는 것보다 푸른 하늘과 별과 그리고 나무와 숲과 들꽃을 바라보는 것이 훨씬 유익하다. 고통을 겪는 것은 우리 인간만이 아니다. 한 포기의 나무와 꽃과 풀도 끊임없이 시달리며 살고 있다. 그러면서 그들은 억척같이 뿌리를 내리고 꽃을 피운다. 그 누구도 흉내 낼 수 없는 자기만의 빛깔로 세상을 밝혀주고 있다.

− 「나의 동화 이야기」 중에서

과연 권정생의 작품 속 인물은 모두 고난 속에서도 끝끝내 절망하지 않는 따뜻하고 굳센 인물들뿐이다. 토끼건 송아지건 풀이건, 심지어 똥까지도 모두 착하고 어질다. 선생은 일찍이 혼자서는 못 살아 세상 모든 것과 함께 산다고 말했다. 남들이 질겁하는 생쥐도 그에게는 친구고, 흙 묻은 발로 들어와 동화책을 읽거나 자고 가는 동네 꼬마들도 그의 소중한 친구들이다.

한평생 이 세상 외롭고 약하고 가난한 이들의 친구로 산 선생의 작품들 중에서도 장편소설 『몽실 언니』를 가장 으뜸으로 꼽고 싶다. 『몽실 언니』에는 서러움과 배고픔과 아픔을 진정으로 겪어본 사람만이 쓸 수 있는 가슴 아프고 진실한 이야기가 담겨 있기 때문이다.

『몽실 언니』의 공간적 배경은 권정생 선생의 삶의 행적과 일치한다. 공간적 배경이 어디인지 작품 속에서 정확히 드러낸 곳은 없지만 주요 무대가 선생이 실제로 살았던 노루실과 댓골인 것은 분명하다.

권정생어린이문화재단 사무국장 안상학 시인이 쓴 글 「권정생 소년소설 『몽실 언

노루실마을

안동 조탑마을,
권정생

니』 현장 있다」(매일신문, 2010년 2월 7일)에 따르면, 노루실은 일직면 운산장터에서 남쪽으로 오 리 밖, 지금은 폐교가 된 망호리의 일직남부초등학교가 있는 골짜기라고 한다. 학교가 있는 왼쪽 마을이 노루실이고, 오른쪽 마을은 비내미라는 곳이다. 이 동네에서는 누구든지 붙들고 물으면, "저 짝이 노루골이씨더." 하며 손가락으로 가리킨다. 하지만 지금 그곳은 아무도 살지 않는 그저 산자락일 뿐이다.

선생의 임종을 지킨 시인 김용락은 선생으로부터 직접 "노루실은 비내미다."라는 이야기를 들었다고 한다. 선생이 살던 당시는 그러하였는지 몰라도 지금의 비내미는 노루실 건너편에 있는 마을이다. 하지만 이는 행정구역상의 구분일 뿐, 노루실과 비내미는 한눈에 다 들어올 만큼 지척에 있다. 어떻든 노루골의 입구에 해당하는 이곳은 '권정생어린이문화재단'이 옮겨갈 예정지이자 '권정생 문학관'이 세워질 곳이기도 하다. 권정생 문학관이 들어설 일직남부초등학교는 선생이 1946년에 일본에서 돌아와 외가인 청송 현서면 댓골에서 2년 남짓 살다 아버지의 고향인 안동으로 옮겨온 뒤부터 다닌 모교이기도 하다.

작품 속에서 어머니 밀양댁은 아버지 정씨가 돈 벌러 나간 틈을 타서 몽실이를 데리고 야반도주를 하여 댓골에 사는 김씨에게 개가를 하였다. 그러나 몽실이는 여기에서 다리병신이 되어 고모 손에 이끌려 다시 노루실로 돌아와 친아버지 정씨와 살게 된다. 사정이 떳떳하지 못해 해방 후에 정착했던 살강마을로 돌아가지 못하고 노루실에 터를 잡은 것이다. 살강마을 역시 고운사 근처에 있는 살가리^{현 경북 의성군 단촌면} 구계리를 염두에 두고 지어낸 지명이다.

"깡통을 들고 장터 마을로 갔다. 신작로를 걸어서 오릿길을 가야 한다."에 등장하는 '장터 마을'은 안동 일직면 운산리 운산장터를 가리킨다. 이 장터가 있는 읍내 거리에서 몽실이는 진달래꽃을 양동이에 가득 담아 팔고 있는 소녀를 만난다. 가여운 마음에 전 재산인 백 환을 주고 사려다가 그 소녀가 "꽃을 사려거든 삼십 환만 줘. 그럼 이것 다 줄게. 난 거지가 아니니까 공으로 돈 받지 않아."라며 화를 내자 부끄러워 얼굴이 활활 달아올랐다는 대목이 있다. 선생은 평소 자신이 경험한 것들을 주로 썼

운산역

으므로 이 일 역시 사실에 근거했을 가능성이 큰데, 그 어려운 시절에 그것도 도회지가 아닌 시골에서 흔하디흔한 진달래꽃을 꺾어다 파는 아이가 있고, 또 그 꽃을 사가는 사람이 있었다는 게 놀랍기만 하다.

또 『몽실 언니』에 자주 등장하던 기차 정거장은 운산역을 가리킨다. 노루실에서 운산역까지는 소설에서처럼 정확히 2킬로미터의 신작로다. 지금은 잘 포장된 아스팔트 길이지만 그 당시엔 먼지가 폴폴 날리는 비포장도로였을 터이다. 그런데 어른에게도 간단치 않았을 그 길을 몽실이는 어린 난남이까지 등에 업은 채 걷고 또 걷는다.

어디 그뿐인가. 의성역에서 청송 댓골마을까지 걸어가자면 평균 5시간은 족히 걸리는 20킬로미터의 시골길이다. 이 길을 열 살짜리 어린 몽실이가 "아침 일찍 가면 저녁에 돌아올 수 있을 것"이라며 때로는 어머니가 보고 싶어서, 때로는 먹을 것을 얻기 위하여 운산역에서 기차를 타고 의성역까지 가고, 거기서부터 또 한참을 걸어서 댓골 어머니 집과 자신이 사는 노루실 사이를 오간 것이다. 훗날 선생은 몽실이가 오갔던 이 길을 일부러 걸어보았다고 하였다. 몸도 성치 않은 분이 무슨 생각으로 그 기나긴 길을 걸어가셨을까.

선생의 익살과 재치

『몽실 언니』가 세상에 알려진 후, 부쩍 선생을 찾아오는 사람들이 많아졌다. 그러나 아마 제대로 만난 사람은 그리 많지 않을 것이다. 혹 만났다 하더라도 그다지 후한 대접을 받고 간 이는 드물 것이다. 아무리 멀리서 왔다 하여도 댑다 "가라!", 그도 아니면 아예 문을 닫고 내다보지도 않을 때가 많았으니 말이다. 이는 쓸데없는 언론의 관심을 꺼려하던 칼칼한 성미 탓도 있었으나 가장 큰 이유는 역시 건강 때문이었다. 오랜 지인이자 동화 작가 권정생을 세상에 알리기 위해 누구보다 노력했던 이오덕 선생에 따르면, 선생의 건강은 "상태가 좋을 때가 보통 사람이 지게로 한 짐 가득 지고 있는 것 같다."라고 했으니 이런저런 세간의 관심이 버거웠을 것이다.

하지만 아는 이는 다 안다. 권정생 선생이 얼마나 우스갯소리를 잘하는 어른인지. 괜스레 선생 앞에서 바싹 긴장을 하고 있던 상대는 졸지에 허를 찔리고 만다. 권정생 동화의 한 축으로 '익살'과 '재치'가 자리하고 있는 것을 보아도 선생의 이런 성격을 능히 짐작할 수 있다. 상대에 따라 다르겠지만, 뭔가 어색하거나 주눅이 든 분위기를 당신이 먼저 풀어내려는 따뜻한 배려 때문에 보통은 그 앞에서 금세 마음이 편안해진다. 다음 시에는 선생의 그런 성품이 잘 드러나 있다.

■ 도모꼬는 아홉 살
나는 여덟 살

이학년인 도모꼬가
일학년인 나한테
숙제를 해달라고 자주 찾아왔다.

어느 날, 윗집 할머니가 웃으시면서
도모꼬는 나중에 정생이한테
시집가면 되겠네
했다.

앞집 옆집 이웃 아주머니들이 모두 쳐다보는 데서

도모꼬가 말했다.
정생이는 얼굴이 못생겨 싫어요!

오십 년이 지난 지금도
도모꼬 생각만 나면
이가 갈린다.

- 「인간성에 대한 반성문 2」 전문

그런데 선생의 익살과 재치가 가장 통쾌하고 멋스럽게 발휘된 자리는 엉뚱하게도 자신의 장례식장이었다. 선생이 40여 년을 살던 동네, 안동 조탑리 5층 전탑 앞에서 치러진 장례식에서 선생의 유서가 낭독될 때, 적어도 그곳에 참석했던 사람들은 그날의 인상을 잊을 수 없을 것이다.

　내가 쓴 모든 책은 주로 어린이들이 사서 읽는 것이니 여기서 나오는 인세는 모두 어린이에게 돌려주는 것이 마땅할 것이다. (중략) 만약에 죽은 뒤 다시 환생을 할 수 있다면 건강한 남자로 태어나고 싶다. 태어나서 25살 때 22살이나 23살쯤 되는 아가씨와 연애를 하고 싶다. 벌벌 떨지 않고 잘할 것이다. 하지만 다시 환생했을 때도 세상엔 얼간이 같은 폭군 지도자가 있을 테고 여전히 전쟁을 할지 모른다. 그렇다면 환생은 생각해 봐서 그만 둘 수도 있다.

- 「2005년 5월 1일 작성한 유언장」 중에서

　제 예금통장 다 정리되면 나머지는 북쪽 굶주리는 아이들에게 보내주세요. 제발 그만 싸우고, 그만 미워하고 따뜻하게 통일이 되어 함께 살도록 해주십시오.

안동 조탑마을,
권정생

유 언 장

내가 죽은 뒤에 다음 세 사람에게
부탁하노라.

1. 최완택 목사 민들레 교회
이 사람은 술을 마시고 돼지 죽통
에 오줌을 눈 적은 있지만 심성이 착
한 사람이다.

2. 정호경 신부 봉화군 명호면 비나리
이 사람은 잔소리가 심하지만 신부
이고 정직하기 때문에 믿을만하다.

3. 박연철 변호사
이 사람은 민주 변호사로 알려졌지
만 어려운 사람과 함께 살려고 애쓰
는 보통 사람이다.
우리 집에도 두세 번쯤 다녀갔다.
나는 대접 한 번 못했다.
위 세 사람은 내가 쓴 모든 저작물을
함께 잘 관리해 주기를 바란다. 내가
쓴 모든 책은 주로 어린이들이 사서 읽
는 것이니 여기서 나오는 인세를 어린이
에게 되돌려 주는 것이 마땅할 것이다.

끝이다. 웃는 것도 화내는 것도. 그러니
용감하게 죽겠다.
만약에 죽은 뒤 다시 환생을 할수 있
다면 건강한 남자로 태어나고 싶다.
태어나서 25살 때 22살이나 23살
쯤 되는 아가씨와 연애를 하고 싶다.
벌벌 떨지 않고 잘 할 것이다.
하지만 다시 환생했을 때도 세상엔
여전히 같은 폭군 지도자가 있을테고
여전히 전쟁을 할지 모른다. 그렇다
면 환생을 생각해 봐서 그만 둘수도
있다.

　　　2005년 5월 1일
　　　쓴 사람 권 정 생
　　　주민등록 번호 370818-1775018
　　　주소 경북 안동시 일직면 조탑리 7

중동, 아프리카, 그리고 티벳 아이들은 앞으로 어떻게 하지요. 기도 많이 해 주세요. 안녕히 계십시오.

- 「2007년 3월 1일 작성한 유언장」 중에서

　

울다가 웃고, 웃다가 우는 이런 장례식이 세상에 또 있을까? 선생이 건네는 마지막 농담 같은 유언장에 다들 쿡쿡거리며 웃다가도 숨이 끊어지는 순간까지 세계와 북녘의 어린이들을 걱정하는 대목에서는 다시 뜨거운 눈물이 마냥 흘러내렸다. 하지만 요사이 정부의 대북 정책을 보고 있노라면 전쟁은 가깝고 통일은 멀게만 보이니 선생이 환생을 하는 일 따위는 없을 것 같다. 무슨 선견지명이 있었나 보다.

여전히 선생의 빈자리를 슬퍼하는 사람들이 적지 않겠지만 그 죽음을 지나치게 애달파하지는 않아도 될 것 같다. 마지막 가는 자리에서도 우리를 그와 같이 웃게 해준 것처럼, 선생은 오래 전부터 삶과 죽음의 경계를 넘나드는 삶을 살았기 때문이다. 선생이 평소 꿈꾸었던 것처럼 그저 자연으로 돌아간 것이라 믿고 싶다. 자연이 그러하듯 언제나 선생은 거기 그 자리에 그대로 있을 것이므로.

좀 외로우면 될 걸 가지고……

선생의 유지에 따라 재단법인 권정생어린이문화재단에서는 안동의 15개 공부방에 동화책 백 권씩을 전달하고 북한 어린이들을 위한 사과나무를 심는 일부터 시작했다.

이후 재단에서는 조성된 기금과 매년 들어오는 인세를 바탕으로 폐교된 일직남부초등학교를 구입, 권정생 문학관을 세우는 사업을 추진 중이며 국내외 불우한 어린이 돕기 사업, 동화 작가 발굴과 지원 사업 등을 벌이고 있다. 또한 선생이 살던 집은 우여곡절 끝에 권정생기념사업회로 넘어가 고인의 생전 소망과는 달리 그 집을 보존키로 했으며, 고인의 재산은 재단에서 맡아 관리하고 있다.

해마다 5월 17일에는 권정생 선생이 살다 간 그 집, 빌뱅이 언덕의 외딴 오두막을 찾아가본다. 선생 생전에도 사후에도, 낮에도 밤에도 언제나 그곳은 지나치게 외롭다. 그중에서도 '권정생'이라 직접 쓴 문패가 가장 외롭다. 그래서 눈물이 난다.

그러나 일찍이 고정희 시인은 말했다. '외롭기로 작정하면 어딘들 못 가랴.', 소설가 박경리도 말했다. '외로워야 자유롭다.', 그리고 동화 작가 권정생은 이렇게 말한다. '좀 외로우면 될 걸 가지고…….'

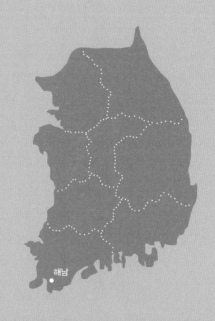

해남

고통으로 가는
여전사

고
정
희

해남 가는 길

　'해남의 딸', '광주의 왕언니'라 불리던 시인 고정희^{1948~1991}가 지리산 뱀사골에서 실족하여 세상을 떠난 지 올해로 꼭 21년이 된다. 짧고 강렬했던 고정희의 삶은 한마디로 치열했다고밖에 말할 수가 없다. 빼어난 시인이었으나 그것만으로 한정해 설명하기에 그이는 너무도 큰 사람이다.

　고정희는 넉넉지 못한 집안 형편 때문에 중고등학교를 검정고시로 마쳤다. 어린 시절부터 문학에 대한 열정이 남달랐던 그이는 아궁이에 불이 꺼지는 줄도 모르고 정신없이 책을 읽다가 어머니께 꾸중을 듣곤 했단다.

　스물일곱 살에 늦깎이로 한국신학대학에 입학하고, 〈현대시학〉을 통해 등단한 이후 세상을 떠날 때까지 열 권의 시집에 전라도의 질펀한 황토 흙과 4·19혁명, 5·18 광주민주화운동의 역사적 물줄기를 담아냈고, 사회의 구조적 모순에 대한 문제의식과 함께 기독교 정신을 바탕으로 한 생명력 넘치는 시들을 써왔다. 어떤 상황 속에서도 쉽게 절망하지 않는 강한 의지와 함께 생명에 대한 끝없는 사랑을 노래해 온 것이다.

　하지만 시인이라는 이름 뒤에 가려진 또 다른 업적, 그이가 여성 운동가로서 해

해남 송정마을,
고정희

낸 수많은 일들은 시인 고정희에 결코 뒤지지 않는다. 고정희는 국내 여성해방문학의 선구자였고, 한국 여성의 삶의 질 향상에 평생을 바친 사람이다. 광주에 있을 때부터 YMCA 간사로 시민운동에 참여했던 그이는 서울로 올라온 뒤부터 가정법률상담소 간사, 〈여성신문〉 주간, 여성들의 대안 문화 운동 단체인 '또하나의문화' 동인으로 활동하면서 여성신학자모임 등을 통해 당시 척박한 황무지나 다름없던 여성 인권 지키기에 앞장섰다. 주체적 글쓰기를 실천하고 행동하는 지식인이었던 시인 고정희의 발자취를 찾아가는 길은, 그래서 자못 설레고 경건하기까지 하다.

고정희와 김남주의 숨결이 남아 있는 곳

■　　칠월 백중날 고향집 떠올리며
　　　그리운 해남으로 달려가는 길
　　　어머니 무덤 아래 노을 보러 가는 길
　　　(중략)
　　　삼천리 땅 끝, 적막한 물보라
　　　남쪽으로 남쪽으로 마음을 주다가
　　　문득 두 손 모아 절하고 싶어라

- 「땅의 사람들 14 - 남도행」 중에서

　　땅끝마을 전망대 산책로에 남도의 공기와 바람을 안고 바다를 향해 우뚝 서 있는 시비에 새겨진 「남도행」에는 고향 해남에 대한 고정희의 마음이 잘 나타나 있다. 모름지기 어떤 평범한 사람이라 할지라도 그 사람의 본질을 알려거든 그가 태어나고 자란 고향부터 찾아볼 일이다. 고향이야말로 한 사람이 지닌 정신의 진원지이자 성

시인 고정희를 키운 해남 바다와 책이 가득한 서재 남정헌.
남정헌은 방문객들을 위해 언제나 열려 있다. 생가나 문학관 중 이렇듯 작가가 살았던 방에서
직접 잠을 자며 체취를 느낄 수 있는 곳은 아마도 이곳뿐일 것이다.

장의 자양분이기 때문이다. 우리가 흔히 '엄마가 보고 싶다'라고 할 때, 그 그리움의 정체 또한 알고 보면 고향의 냄새와 바람과 공기와 땅, 그리고 빛깔에 다름 아니지 않은가.

해남읍에서 완도 방향으로 가는 길 4킬로미터 지점에 '고정희 시인 생가 5.1km, 김남주 시인 생가 3.6km'라고 나란히 쓰인 이정표를 본 순간 가슴이 서늘해져서 발걸음을 뗄 수가 없었다. 두 집은 겨우 1.5킬로미터 거리이다. 고정희는 저항 시인으로 널리 알려진 김남주와 서로 마을과 마을을 건너다볼 수 있는 거리에서 비슷한 시기에 태어나 암울한 현실에 맞서 치열하게 싸우다, 또다시 비슷한 시기에 우리 곁을 떠나갔다. 어두운 시대, 시대의 아픔을 안고 온몸으로 저항한 두 시인이 어떻게 길 하나를 사이에 두고 태어났는지 생각할수록 경이롭다.

오 리도 안 되는 거리인데 어찌 그냥 지나쳐갈 수 있으리. 김남주 시인의 생가는 이정표가 있던 큰길에서 한참을 들어가야만 한다. 몇 년 전 처음 이곳에 왔을 때는 안내판 하나 없이 남루한 집이 평생을 민주화 투쟁에 몸 바친 시인의 행적을 생각할 때 쓸쓸하기 짝이 없었다. 그런데 다시 찾은 집은 그사이 말끔하게 단장이 되어 있고, 동상을 비롯하여 그를 기리는 조형물들이 많이 들어서 있다. 2006년 3월 민주화 운동 관련자로 명예회복이 된 후에 2007년 해남군에서 생가를 복원하고, 해마다 늦가을이면 '김남주 문학제'도 개최하고 있다고 한다. 다행스러운 일이 아닐 수 없다. 그런데 나오는 골목길에서 만난 동네 아주머니들의 입담立談이 자못 흥미롭다.

"응, 그 둘은 한 동네나 다름 없제. 어그서 바로 저그여. 고정희하고 김남주는 결혼 이야기도 있었어."

"이잉, 결혼을?"

"아니, 아버지들끼리 한 이야그제잉. 당사자들은 모르고잉 어른들끼리 그랬당께."

"하나는 산에서 떨어져 죽어뿔고, 하나는 감옥에서 겁나게 고문을 당해서 죽었제이. 내가 요롷게 안으로 꼬부라진 안짱다리를 봤당께."

"똑똑한 사람은 다 죽어부러. 김남주는 박정희가 쥑이부렀잖여, 씨발!"

말 끝자락에 느닷없이 튀어나온 걸쭉한 육두문자에서 독재정권에 대한 분노와 시인에 대한 자부심이 새삼 느껴진다.

남정헌 – 고행, 묵상, 청빈

다시 큰길을 따라 5분 정도 가다 보면 고정희 생가 표지판을 또다시 만나게 된다. 그 길로 들어서니 바로 마을 초입에 생가가 있고, 대문 옆에도 커다란 안내판이 있어 집 찾기에 어려움은 없다. 이곳이 시인 고정희가 스무 살 무렵까지 문학의 꿈과 희망을 키우던 해남군 해남읍 삼산면 송정리 259번지이다. 대문을 들어서니 마당 왼쪽에 그이의 유품만으로 방을 꾸민 남정헌南汀軒이 있고, 정면에는 고인의 오빠와 조카 내외가 살고 있는지 '고재일, 이선주' 두 이름이 나란히 쓰여 있다.

남정헌에는 고정희가 생전에 읽던 책과 공책, 문방구, 육필 원고, 사진 들이 고스란히 남아 있다. 시인의 상징이 되다시피 한 이마를 덮은 새까만 단발머리와 예사롭지 않게 빛나는 커다란 눈이 담긴 사진. 그리고 나무에 새긴 '고행, 묵상, 청빈'이라는 세 단어가 고정희의 결곡한 삶을 단적으로 보여주는 것 같다. 또한 빼곡히 꽂힌 책장 속의 밑줄 친 책들과 손때 묻은 낡은 공책 속 메모에서 그이가 생전에 무엇을 꿈꾸고 무엇을 그리워했는지, 무엇을 고민하며 아파했는지 충분히 알 수 있다.

지금까지 몇 번이나 이 집을 찾았지만 그때마다 식구들의 인기척도 없고 대문도 늘 열려 있다. 고정희 시인을 좋아하는 방문객이라면 언제라도 그이의 자취가 가득한 이 방에서 마음껏 그이를 그리워할 수 있다니 얼마나 좋은가. 생가나 문학관 중에서 이렇듯 작가가 살았던 방에

서 직접 잠을 자며 체취를 느낄 수 있는 곳은 아마도 이곳뿐일 것이다. 그러나 자칫 생가가 훼손될 것 같아 걱정이 되었다. 해남군에서 고정희와 김남주 시인을 한데 묶어 문학관을 건립할 수 있지 않을까 기대해본다.

말하자, 생각하자, 행동하자

고정희의 시에는 민중, 민족, 자주, 통일, 민주, 평등, 자유, 평화 등의 주제가 두루 다루어지고 있다. 초기 시집에서는 군부독재 정권하의 한국 사회를 예리하게 풍자하고, 거기에 침묵하는 지식인들을 조롱하며 강도 높게 비판했다. 그러다가 『초혼제』, 『저 무덤 위에 푸른 잔디』를 거쳐 『여성 해방 출사표』에 이르러 비로소 여성 문제를 도외시하는 민중운동에 반기를 들기 시작한다. 또한 여성들의 문단 진출을 가로막는 한국 문단의 편협함과 남녀 차별 문화에 대해 절절하게 성토하면서 여성운동의 대중화를 위해 누구보다 치열하게 고민했다. 그이는 글 쓰는 노동자, 청빈한 지식인으로서 남녀 모두가 평등하게 서는 세상, 행복하게 사는 세상을 언어로 구현해내기 위해 끊임없이 노력해왔다.

그러나 나는 사회변혁 운동과 페미니즘 운동 사이에서 나름대로 심각한 갈등을 겪어왔다. 예를 들면 민중의 억압 구조에는 민감하면서도 그 민중의 '핵심'인 여성 민중의 억압 구조는 보지 않으려 한다든지, 한편 성 억압에는 첨예한 논리를 전개하면서도 '민중'이라는 말로 포괄되는 역사적이고 정치적인 억압 구조에는 무관심한 듯한 현실 등이 그것이다.

– 『여성 해방 출사표』, 「서문」 중에서

그이의 시에서 만날 수 있는 독특함 가운데 하나는 시공을 넘어선 역사 속 여성들 간의 소통이다. 「사임당이 허난설헌에게」, 「허난설헌이 사임당에게」, 「황진이가 해동의 딸들에게」, 「황진이가 이옥봉에게」, 「이옥봉이 황진이에게」라는 시의 제목에서 알 수 있듯 역사 속의 여성 문학가들이 여성해방이라는 현대적 주제를 놓고 서로 주거니 받거니 화답하고, 때로는 오늘을 사는 우리 딸들에게 말을 건네기도 한다. 이 시들은 배열과 형식이 특이할 뿐만 아니라 말하는 품새 또한 서슬 퍼렇고 거침이 없다.

오늘에사 나는
조선의 정실부인들이 모여 해마다
신사임당상이라는 것을 주고받으며
원삼 족두리 잔치를 벌이고
신사임당 사당까지 지어
여자 예절교육 본으로 삼고 있다 하는
비보를 접했기 때문이외다.
이는 이는 분명 흉보 중에 흉보요
재앙 중에 재앙이라 아니할 수 없사외다.
(중략)
또 내가 현모양처 모범이니
영원한 구원의 여인상이니 하여
칭송 아닌 칭송을 늘어놓는 것도
똑바른 사람이 할 짓이 아니외다
솔직히 말하건대 내
당대의 율곡을 길러 냈다고는 하나
당대의 여자 율곡을 길러 내는 일보다

해남 송정마을.
고정희

자랑이 못 되며

　　　　　　　　　　　　　　　　　　　　　　－「사임당이 허난설헌에게」중에서

　'이야기 여성사'라는 부제를 단 시집 『여성 해방 출사표』의 전반부는 이렇듯 역사 속 여성을 불러내어 오늘날의 세태를 탄식하고 성토하는 시들로 시작된다. 화법이야 예스러우나 그 풍자적 발상이 가히 황진이에 버금가며, 서간체를 도입한 문체의 혁명 또한 무릎을 칠만하지 아니한가.

　그러나 그의 관심사가 어찌 여성에만 매여 있으랴. 고정희는 첫 시집 『누가 홀로 술틀을 밟고 있는가』 서문에서 "광주 Y^{'YMCA'의 약칭}가 내게 생의 길을 열어준 곳이라면 수유리의 한국신학대학은 생의 내용을 가르쳐 준 곳"이라고 말하였다. 수유리에는 그이가 다닌 한국신학대학이 있다. 1970년대 유신 말기를 이곳에서 보내면서 그이는 기독교적 세계관으로 자신의 삶을 채웠을 것이며, 신을 만나고 시대와 역사를 만나 영혼을 단련시켜 갔으리라. 시인 고정희를 만들어내고 키운 진원지가 광주에서 해남으로 이어지는 고향 땅이라면, 수유리는 그를 거침없는 여전사의 길로 이끈 또 다른 시의 본령인 셈이다.

외롭기로 작정하면 어딘들 못 가랴

　광주광역시 북구 운암동에 있는 광주문화예술회관 야외 원형 광장에는 굳은 의지가 묻어나는 고정희의 얼굴 모습과 함께 그이의 대표작 「상한 영혼을 위하여」 전문이 높이 2.5미터, 폭 2미터 크기의 화강암에 새겨져 오가는 사람들의 발길을 멈추게 한다.

상한 갈대라도 하늘 아래선
한 계절 넉넉히 흔들리거니
뿌리 깊으면야
밑둥 잘리어도 새 순은 돋거니
충분히 흔들리자 상한 영혼이여
충분히 흔들리며 고통에게로 가자

뿌리 없이 흔들리는 부평초잎이라도
물 고이면 꽃은 피거니
이 세상 어디서나 개울은 흐르고,
이 세상 어디서나 등불은 켜지듯
가자 고통이여 살 맞대고 가자
외롭기로 작정하면 어딘들 못 가랴
가기로 목숨 걸면 지는 해가 문제랴

고통과 설움의 땅 훨훨 지나서
뿌리 깊은 벌판에 서자
두 팔로 막아도 바람은 불듯
영원한 눈물이란 없느니라
영원한 비탄이란 없느니라
캄캄한 밤이라도 하늘 아래선
마주잡을 손 하나 오고 있거니

– 「상한 영혼을 위하여」 전문

검은 돌에 하얀 글씨로 또박또박 각인된 이 시를 보면 일상을 살아가는 사람이라면 누구든 한 번쯤 만났을, 아니 만났을 것이 분명한 절망의 심연을 떠올리게 될 것이다. 그리고 "외롭기로 작정하면 어딘들 못 가랴", "캄캄한 밤이라도 하늘 아래선 마주잡을 손 하나 오고 있거니"라는 말에서 위로와 용기를 얻었을 것이고, 또 얻게 될 것이다.

우리네 보통 사람들은 내가 아프다는 사실을 누군가 알아만 주어도 위안이 되고 힘이 된다. 그리고 덜 외롭다. 이처럼 고정희의 시는 짙은 슬픔이 깔렸으면서도 읽고 있노라면 조용하게 힘이 차오르는 걸 느낀다. 그만큼 그이는 심하게 낙관적인 동시에 힘이 있는 사람이다. 살다가 문득 인생이 고단하고 힘에 겨워 상심에 잠긴 사람이 있다면 잠들지 못하는 긴 밤에 사뭇 눈물로 다가와 희망의 손을 내밀어주리라.

고정희를 보내고 부르는 노래

고정희가 세상을 떠난 후, 그이의 책상 위에서 발견된 시 「독신자」는 며칠 뒤에 있을 자신의 장례식 광경을 미리 본 것처럼 "크고 넓은 세상에/ 객사인지 횡사인지 모를 한 독신자의 시신이/ 기나긴 사연의 흰 시트에 덮이고/ 내가 잠시도 잊어본 적 없는 사람들이 달려와/ 지상의 작별을 노래하는 모습 보인다."라고 묘사되고 있어 보는 이의 마음을 서늘하게 한다. 이건 마치 자신의 죽음을 예감한 듯한 유서가 아닌가.

고정희의 장례식을 지켜본 소설가 김영현은 돌아와서 기행 소설 「해남 가는 길」을 발표하였다. 김영현은 소설 마지막에 고정희의 시 「프라하의 봄 1」을 인용하며 주인공 성태의 입을 통하여 "바람에 무너지며 다시 일어서는 뿌리 깊은 풀들을 보며 이제 그 우울하고 괴로웠던 불의 덫

고정희 시인의 묘지

에서 빠져나와야 할 때가 되었다고 생각했다."라고 말하고 있다.

> 수유리에
> 서늘한 산철쭉이 피었다 진 후
> 무서운 기다림으로
> 산은 깊어지네
> 무서운 설렘으로
> 숲은 피어나네
> 핏물 든 젊음의 상복으로
> 아카시아 흰 꽃이 온 산을 뒤덮은 후 뜨겁고 암담한
> 우리들의 희망 위에
> 몇 트럭의 페퍼포그와 최루탄이 뿌려지네

해남 송정마을.
고정희

외로운 코뿔소들이 그 위를 행진하네

오, 나의 봄은 이렇게 가도 되는 것일까

－「프라하의 봄 1」 중에서

고정희는 '여자의 적은 여자'라는 편견에도 치열하게 맞섰다. 그래서인지 세상을 떠난 지 20여 년이 된 지금까지 그이의 시들은 10대에서 50대까지 세대를 뛰어넘은 여성들이 만나고 있다. 시집들이 대부분 절판되어 안타까워하던 친구들이 '250인 기부 릴레이'를 통하여 2011년 6월, 고인의 사망 20주기에 맞추어 11권의 시집을 한데 모은 『고정희 시 전집 1, 2』를 출간했다는 소식은 여간 다행스럽지 않다. 이제 그이를 다시 만날 수 있게 되었다.

너에게로 가는

그리움의 전깃줄에

나는

감

전

되

었

다

－「고백 － 편지 6」 전문

부당한 현실에 분노하고, 개혁을 위해 끊임없이 투쟁하며 시를 썼던 고정희가 절절하게 노래한 사랑의 대상 '너'는 누구일까. 한용운의 '님'이 '사랑하는 사람'에 고정되어 있지 않듯이, 평생 시를 무기로 하여 '해방'을 노래한 고정희에게는 민족과 민중, 여성이 곧 '님'이요 '너'가 아니었겠는가.

고정희는 그이의 고향 집 뒷산에서 넓은 호수를 바라보며 아득히 잠들어 있다. '또하나의문화' 동인들과 '하자센터' 여자들은 이곳에서 매년 6월 그녀의 기일에 맞춰 여성들 간의 연대와 네트워크를 이루고 있으니, 고정희의 삶은 정녕코 불씨가 되어 영생하리라.

해남 송정마을,
고정희

고통으로 가는
여전사

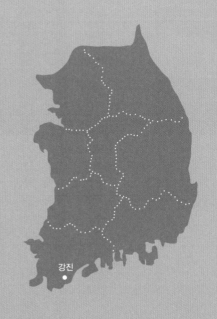

강진

영랑과 모란이
숨쉬는 곳

김영랑

영랑과 모란이
숨 쉬고 있는 강진

　강진 사람들에게 '생가'란 영랑 생가를 뜻하는 고유명사이고, 또 '초당' 하면 다산 초당으로 곧장 알아듣는다. 그래서인지 강진 읍내에 들어가 누구를 붙들고 물어보든 말이 끝나기도 전에 "생가요잉, 쩌그로 가시십시요." 하며 서슴없이 길 안내를 한다. 사실 물어볼 여지도 없이 강진에 들어서면 생가로 가는 이정표들이 군데군데 얼마나 잘 설치되어 있는지, 또 그다지 크지 않은 시내가 영랑세탁소, 영랑식당, 모란빌라, 영랑화원, 영랑다방, 모란슈퍼 들로 덮여 있어 내심 감탄스러울 정도다. 자기 지역의 문인을 이토록 끔찍이 여기며 안내를 잘 해놓은 곳이 또 있을까 싶다. 이효석의 생가가 있는 강원도 봉평과 정지용이 살았던 충청도 옥천도 비교적 잘 정돈되어 있기는 하지만 다정하고 운치가

강진 영랑 생가.
김영랑

넘치며, 어여쁘게 보존 관리하고 있는 곳은 단연코 김영랑^{1903~1950} 생가가 아닐까 한다. 생가 하나만으로도 문학 애호가를 이렇게 멀리서 불러올 수 있으니 말이다.

강진에서 장흥 방향으로 나가는 곳에 위치한 영랑로터리에는 영랑공원이 있다. 거기에서 먼저 두루마기 자락을 휘날리며 우뚝 서 있는 김영랑의 동상을 본 뒤 강진 읍내로 들어가보자. 군청 옆 골목을 어슬렁거리며 걷다 보면 몇 걸음 되지 않아 전라남도 강진군 강진읍 남성리 211-1번지, 김영랑의 생가와 만나게 될 것이다. 이곳에서 김영랑이 태어났고, 또 이곳에서 그이의 대표작 「모란이 피기까지는」과 「돌담에 속삭이는 햇발」 등이 태어났다.

영랑 생가에는 모란 향기가 바람에 날리고

영랑 김윤식은 강진의 부유한 지주 집안에서 장남으로 태어났다. '영랑'이라는 이름은 문단 활동 때 주로 사용한 것으로, 본명인 '윤식'보다 더 널리 알려졌다. 어린 시절은 물론 장성한 이후에도 서울과 일본에 유학한 몇 년, 그리고 해방 후 서울로 이사한 뒤의 몇 년을 빼고는 생애의 대부분을 이 집에서 지냈다. 그러니 이 집은 단순한 생가가 아니라 영랑의 주옥같은 시가 탄생한 산실이라고 해도 지나치지 않을 것이다.

지금 이 집은 김영랑이 6·25 전쟁 때 서울을 빠져나가지 못하고 숨어 지내다 날아오는 유탄 파편에 맞아 죽은 뒤, 몇 차례 집주인이 바뀌었던 것을 1985년에야 강진군에서 사들였다고 한다. 그 뒤 유족들의 고증을 거쳐 1992년에는 안채를 복원하고, 1993년에는 철거된 문간채와 사랑채를 복원, 수리했다니 영랑이 살았던 그때 그대로랄 수는 없겠지만 거의 원형에 가깝다고 봐도 무방할 것이다.

영랑의 생가는 그 자체로 살아 있는 시 박물관이다. 이제는 향토박물관에서나 봄 직한 대나무 사립문을 열고 들어서면 「돌담에 속삭이는 햇발」의 그 돌담을 떠올리게 하는 정겨운 흙 담장과 함께 「모란이 피기까지는」의 시비가 먼저 눈에 들어온다. 거기서 안쪽으로 또 하나의 대문이 있는데 그 안으로는 둥그런 초가지붕을 인 문간채와 사랑채가 마주 보며 서고, 앞마당엔 한창 흐드러지게 분홍빛 꽃을 피운 살구나무가, 또 그 옆으로는 「마당 앞 맑은 새암」의 소재가 되었을 성싶은 아담한 우물이 보인다.

안채와 사랑채 사이엔 크고 작은 장독들이 옹기종기 모여있다. 그곳에서 장독을 열다 떨어지는 감나무 단풍잎을 바라보던 그의 누이가 "오~매 단풍 들것네."라고 던진 한마디가 「오-매 단풍 들것네」라는 시를 낳게 했다는 이야기는 이미 널리 알려졌다. 사랑채 뒤로는 그의 처녀작 「동백 잎에 빛나는 마음」의 소재가 되었을 동백나무가 수령 이백 살을 넘기고도 여전히 붉은 꽃을 피워올리고 있고, 그 옆으로는 대숲이 우거져 "쏴쏴~" 하는 소리와 함께 시원한 대나무 바람을 느낄 수 있다.

이 사랑채는 당시 예술인들의 집합소인 양 수많은 예인들이 드나들었다고 한다. 영랑은 문학뿐 아니라 국악, 서양음악, 체육 등 못하는 것이 없는 팔방미인이었지만 그중에서도 음악을 몹시 아꼈다. 그래서인지 당대 최고의 소리꾼 임방울 선생 같은 국악인들을 집으로 자주 초청하기도 했는데, 그들은 영랑의 북장단 실력을 익히 알고 있었기에 고수를 따로 대동하지 않았다고 한다.

널찍한 마당과 뜰에는 갖가지 종류의 나무들로 가득하다. 고목이 된 배롱나무를 비롯하여 하늘을 찌를 듯 커다란 은행나무며, 이름도 낯선 돈나무, 천리향, 섬회양목, 자귀나무, 송악, 마삭줄 등이 저마다 이름표를 달고 잘 가꾸어져 있다. 그 꽃과 나무를 보며 저마다 달린 이름을 하나하나 짚어가다 보면 작은 식물원에라도 온 양 시간 가는 줄을 모르게 된다.

사랑채 뒤로는 김영랑이 뜰을 깎아 만든, 전라남도 최초의 연식 정구장 자리가 있다. 만능 스포츠맨이었던 그이는 집에 정구장을 갖추어놓고 지인들을 불러 정구를 즐겼으며, 강진의 대표 선수로 대회에 출전하기도 했다. 집을 인수한 새 주인이 그 자리를 영랑의 생가답게 만들려고 모란 백여 그루를 심었는데, 강진군이 매입한 후

영랑 생가의 대나무 사립문과 돌담 옆에 핀 모란꽃
모란꽃을 보려면 늦어도 4월 말에는 가야 한다.

에는 수백 그루를 더 심어 아예 집 안팎을 모란으로 단장하였다 한다.

　김영랑의 생가를 찾아가려거든 기왕이면 모란이 짙은 향기를 뿜어대며 흐드러지게 피는 4월 말이 가장 멋스러울 것이다. 하지만 바쁜 일상에 한 번 가기도 어려운 발걸음을 어느 세월에 계절까지 맞추리오. 게다가 꽃이란 게 기후 조건에 따라 개화 시기가 다르니, 그 또한 아무나 쉽게 누릴 수 있는 지복은 아닐 터. 영랑 또한 사랑하는 모란을 보기 위해 "오월 어느 날" 부지런히 고향으로 달려갔으나, 모란은 이미 "떨어져 누운 꽃잎마저 시들어 버리고", "천지에 모란은 자취도 없어지고", "뻗쳐오르던 내 보람 서운케 무너졌느니"라고 토로하지 않았던가!

　어느 해인가 나 역시 천신만고 끝에 모란이 꽃 피는 시기를 맞춘 적이 있다. 그런데 누가 모란을 향기 없는 꽃이라 했던가? 입구에서부터 풍겨오는 짙은 향기가 깜짝스럽게 코를 때리는가 싶더니 이내 꽃 멀미에 정신이 아뜩해지고, 가는 곳마다 얼굴만큼이나 큰, 붉고 넓은 꽃잎에 눈이 다 현란해질 지경이었다. 그때의 그 공감각적인 느낌이란 가히 충격적이었다.

　꽃에 관심이 없는 이들 중에는 흔히 모란을 향기 없는 꽃으로 아는 경우가 많다. 이는 『삼국유사』에 나오는 선덕여왕의 설화 때문이다. 당나라에서 선물로 보내온 모란꽃 그림과 씨앗을 보여주자 당시 선덕여왕이 그림에 나비가 없으니 이 꽃에는 분명 향기가 없을 것이라 했고, 이를 심자 실제로 향기가 없어 모두들 여왕의 예지에 감탄했다는 유명한 이야기 말이다.

　그러나 후대의 이야기는 그것과는 조금 다르다. 미술사적 관점부터 살펴보면, 당시 중국의 화풍으로 미루어볼 때 모란도는 부귀를 상징하던 것으로 나비를 함께 그리지 않는 것이 상례였다고 한다. 또한 과학적인 관점에서도 이는 맞지 않는 이야기이다. 이에 대해 농촌진흥청 국립원예특작과과학원의 송정섭 박사는 "실제 모란꽃 종류는 굉장히 많다. 또 사람이 향기를 못 느껴도 곤충들은 맡고 찾아갈 수 있다. 게다가 곤충들은 향기뿐만 아니라 모양과 색깔을 보고도 꽃을 향하기 때문에 실제 모란꽃에 향기가 없다거나, 향기가 없는 꽃에는 곤충이 들지 않는다는 추측은 과학적인 근거가 없다."라 말하고 있다.

어쨌거나 4월도 다 저물어가는 지금, 영랑 생가에는 모란 향기가 한창이다.

북에는 소월, 남에는 영랑

김영랑은 휘문의숙^{현 서울 휘문고등학교} 재학 중 3·1만세 운동에 참여하였다. 구두 속에 독립선언문을 깔아 감추고 강진으로 내려와 학생운동을 주도했고, 체포되어 대구형무소에서 6개월 간 징역을 살았다. 오늘날까지 집 뒤에 있는 대나무 숲은 당시 그가 일본 순경들의 눈을 피해 독립선언문을 등사한 곳이기도 하다. 일제강점기 치하에서도 끝내 창씨개명과 신사참배를 거부하고 지조를 지켰으며, 늘 버선에 짚신을 신고 양복 대신 두루마기를 입었다는 일화에서도 강직한 그의 성품을 짐작할 수 있다.

그렇지만 그이의 이런 생애와는 달리 시 세계는 당시 사회적 현실과는 동떨어져 한결같이 순수 서정시로 일관된다. 애초 영랑은 1920년 일본으로 건너간 당시에 성악을 공부하려고 했지만 아버지가 반대하는 바람에 전공을 영문학으로 바꾸었다고 한다. 그런 아쉬움 때문인지 영랑은 생전에 창을 좋아하여 명창들을 불러다가 사랑채에서 소리판을 벌이기도 하고, 혼자서도 육자배기 소리를 즐겼으며, 거문고나 가야금 같은 악기에도 능했다고 하니, 그의 시에 나타나는 음악적 요소나 물 흐르는 듯한 운율 감각이 우연이 아님을 알 수 있다.

잘 다듬어진 언어로 음악적이고 영롱한 서정을 노래한 김영랑은 특히 질박한 전라도 사투리를 아름다운 시적 언어로 승화시켰다는 점에서 높이 평가받는다. '들것네', '없드라냐', '골붉은', '질기운 맘' 같은 남도 사투리를 자연스럽게 시 속에 녹여낸 시인은 김영랑 이전에는 볼 수 없었다. 그러기에 그이의 시는 '서정주의의 극치'라는 평가를 받을 뿐만 아니라, 향토색 물씬 풍기는 서정시 덕분에 '남녘의 소월'로 일컬어지곤 한다.

■ '오-매 단풍 들것네'
　장광에 골붉은 감닙 날러오아
　누이는 놀란 듯이 치어다보며
　'오-매 단풍 들것네'

　추석이 내일모레 기둘리니
　바람이 자지어서 걱정이리
　누이의 마음아 나를 보아라
　'오-매 단풍 들것네'

-「오-매 단풍 들것네」 전문

　평론가 김현은 이런 김영랑의 전라도 사투리를 가리켜 '가난과 고통의 전라도 말'이 아니라, '부유한 사람의 여유 있는 양반 사투리'라고 꼬집은 바 있다. 사투리에도 부자와 가난뱅이의 차이가 있던가. 그렇다면 조정래의 『태백산맥』에 나오는 구성진 전라도 사투리는 가난하고 고통에 찬 백성들의 말일까? 어찌 보면 수긍이 갈 듯도 하다.

　어찌 되었든 그이는 평생 궁핍을 면치 못하고 비극적으로 살다 간 당시 대부분의 작가들에 비해 적어도 경제적인 고통에서는 일단 비켜서 있던 유복한 사람이었다. 게다가 음악에 대한 이해와 지식이 남달랐으니 한마디로 이상적인 순수 낭만주의 시인의 조건을 두루 갖춘 셈이 아니었나 싶다.

강진 영랑 생가.
김영랑

울림소리로 쓴 음악과도 같은 시

김영랑은 일제강점기에 나라와 언어를 잃은 우리 겨레에게 맑고 깨끗한 감성의 세계를 순우리말로 드러내어 민족성을 불러일으키는 데 이바지하였다. 그리고 거기에 리듬을 덧씌워, 소월과 더불어 전통적인 리듬의 민요조 가락의 맥을 이었다는 점에서 높이 평가받고 있다.

김영랑의 시에는 마음의 순결성을 나타내는 시어와 이미지들이 많이 등장한다. '니은(ㄴ), 리을(ㄹ), 미음(ㅁ), 이응(ㅇ)'의 울림소리가 지니는 영롱한 음악성과 은빛 강물의 이미지, 보랏빛 노을의 고요한 아름다움, 맑은 옥돌의 감각적인 이미지 등이 모두 그 예이다. 따라서 영랑의 시는 노래로 부르기에 마침맞다. 「모란이 피기까지는」을 비롯하여 「내 마음을 아실 이」, 「끝없이 강물이 흐르네」, 「언덕에 바로 누워」, 「돌담에 속삭이는 햇발」 등의 시는 유독 흐름소리인 '리을(ㄹ)'이 주를 이루어 혀가 입 속에서 굴러 바닥에 닿을 줄을 모르니 그저 읽기만 하여도 그 자체가 음악이다.

■   모란이 피기까지는
　　　나는 아직 나의 봄을 기다리고 있을 테요.
　　　모란이 뚝뚝 떨어져 버린 날
　　　나는 비로소 봄을 여읜 설움에 잠길 테요.
　　　오월 어느 날, 그 하로 무덥던 날
　　　떨어져 누운 꽃잎마저 시들어 버리고는
　　　천지에 모란은 자취도 없어지고

뻗쳐 오르던 내 보람 서운케 무너졌느니
모란이 지고 말면 그뿐, 내 한 해는 다 가고 말아
삼백 예순 날 하냥 섭섭해 우웁내다
모란이 피기까지는
나는 아즉 기다리고 있을 테요, 찬란한 슬픔의 봄을

– 「모란이 피기까지는」 전문

　‘모란’이 무려 다섯 번이나 나오는 이 시는, 영랑의 시가 대개 그렇듯 소리 내어 읽을 때 입에 더 차지게 달라붙고 감칠맛이 난다. 그리고 소리 끝에는 애잔함과 더불어 비통함이 아닌 달콤한 슬픔 같은 것이 담겨 나온다. 아니, 어쩌면 비통할 수 있는 상황을 생기 있고 격조 있는 슬픔으로 바꾸어놓았다고 할까.

　모란이 한번 흐드러지게 피어 그 찬란한 빛을 불태웠다가 천지에 자취도 없이 사라지는 것처럼 지상의 모든 보람과 아름다움이란 참으로 쉽게 없어지는 것 같다. 그럼에도 불구하고 시인은 또다시 모란이 피어날 봄을 기다리겠다고 한다. 결국 ‘봄’과 ‘모란’은 같은 의미이며 절정과 상실 또한 하나임을 의미하고 있다. 이것을 ‘찬란한 슬픔의 봄’이라 표현한 마지막 역설은 우리네 인간 심리에 비추어볼 때 무릎을 칠만한 절창이 아닐 수 없다. 몇 번을 물어도 불변의 진리인 것이 우리의 삶은 모두 ‘기다림(희망) – 잃어버림(실망) – 기다림(희망)’의 연속이 아니던가.

　김영랑의 시를 일컬어 흔히 ‘음악적인 순수시’라고 한다. ‘순수’란 것이 무엇인가. 모든 문학 활동에는 목적이 존재하지 않는 것이 없을 터인데, 이념이나 목적을 배제하고 언어와 정서의 표현에 주목한다면 그것이 곧 ‘순수’요, 또한 순수라는 ‘목적’에 다다른 것이 아닐까.

행동파적인 후기 참여시

그러나 아무리 영롱하고 아름다운 서정시를 주로 쓴 김영랑이라 하여도 민족이 처한 어둡고 비극적인 현실을 한사코 외면할 수는 없었던 모양이다. 일제 말기에는 「독毒을 차고」, 「거문고」, 「춘향」, 「묘비명」과 같이 당시 현실을 강하게 반영한 작품도 있으며, 해방 후에는 사회운동에 참여하는 등 행동파적인 면모를 보였다.

■ 내 가슴에 독毒을 찬 지 오래로다.
아직 아무도 해害한 일 없는 새로 뽑은 독
벗은 그 무서운 독 그만 흩어버리라 한다
나는 그 독이 선뜻 벗도 해할지 모른다고 위협하고

독 안 차고 살아도 머지않아 너 나 마주 가버리면
억만 세대가 그 뒤로 잠자코 흘러가고
나중에 땅덩이 모지라져 모래알이 될 것임을
'허무한듸!' 독은 차서 무얼 하느냐고?

아! 내 세상에 태어났음을 원망 않고 보낸
어느 하루가 있었던가 '허무한듸!' 허나
앞뒤로 덤비는 이리 승냥이 바야흐로 내 마음을 노리매
내 산 채 짐승의 밥이 되어 찢기우고 할퀴우라 내맡긴 신세임을

나는 독을 차고 선선히 가리라
막음 날 내 외로운 혼魂 건지기 위하여

- 「독毒을 차고」 전문

'나'와 '벗'이 마치 연극을 하듯 대사를 주고받는 모양새가 퍽이나 대조적이다. '나'를 둘러싸고 덤비는 '이리'와 '승냥이'떼들의 위협 혹은 유혹이 얼핏 허무적이면서도 자극적이다. 그 속에서 '내 마음'을 지키기 위해 독을 차지 않을 수 없다는 것은 일제 말기의 극악한 현실을 고발한 것이리라. 여차하면 목숨을 스스로 끊기라도 하겠다는 듯 그 결의가 '선선히' 가리라는 것이니 더욱 치열하고 비장하다. 광복 이후에 발표된 「바다로 가자」, 「천리를 올라온다」 등에서는 더욱 적극적으로 새나라 건설 대열에 참여하려는 의욕으로 차 있음을 볼 수 있다.

■　우리 큰 배 타고 떠나가자구나
　　창랑을 헤치고 태풍을 걷어차고
　　하늘과 맞닿은 저 수평선 뚫으리라
　　큰 호통하고 떠나가자구나
　　바다 없는 항구에 사로잡힌 마음들아
　　툭 털고 일어서자 바다가 네 집이라

- 「바다로 가자」 중에서

　마침내 기다리던 봄, 염원하던 희망이 주어졌으니 이제는 더 넓은 세상을 향해 진취적으로 도약하자는 강한 의지를 담은 다분히 계몽적인 시다. 암울한 시대에 태어나 날개 꺾인 지식인으로 살아가면서 포부를 억제할 수밖에 없었던 김영랑. 그이는 시를 통해 우리 민족의 정한과 민족자존의 굳건한 의식을 흔들리지 않고 끝까지 대변해주었다.

강진 영랑 생가.
김영랑

유품 한 점 없는 향토문학관이 안타까워

'문학은 언어 예술이다.'라고 할 때 김영랑은 정지용과 함께 이 말에 가장 충실했던 시인이 아닐 수 없다. 남도 특유의 정서와 열정, 그리고 저항이 어우러져 세련된 언어, 섬세한 감각, 애잔한 정서, 음악적 선율을 자랑하는 시인으로 우리에게 남아 있다. 자신의 내면에 흐르는 섬세한 정서를 붙잡아 아름다운 시어와 음악적 리듬으로 표현했던 시인으로 말이다.

그런데도 생가에 영랑을 떠올릴 유품 한 점이 없다는 것이 못내 아쉬움으로 남는다. 전국에 있는 문인들의 생가 중 김영랑의 생가만큼 원형에 가깝게 보존되어 있는 곳은 드물다. 하지만 생가 입구에 있는 향토문학관 2층 시인의 기념관에는 그이의 유품을 단 한 점도 찾아볼 수 없다.

영랑과 같은 시기의 시인이었던 김현구 선생의 자택을 기증받아 2003년에 개관한 향토문학관에는 1층에 김현구 선생의 시와 그림이, 2층에 영랑의 시가, 그리고 강진 작가들의 서예와 그림이 전시되어 있을 뿐이다. 전쟁 때 세간이 다 불타버려서 기증할 유품이 없어 내어주질 못했다는 유족의 이야기가 안타까웠다. 그런데 개인적으로 그런 안타까움을 더하게 한 사연이 있어 여기에 잠시 공개하고자 한다.

2005년 6월 무렵, 미국 플로리다 주 동포 신문 한겨레저널 회장으로 있다는 김현철이라는 분으로부터 메일 한 통을 받았다. 그분은 다름 아닌 김영랑 시인의 셋째 아드님(71세)으로, 미국에서 우연히 내가 쓴 선친 관련 글을 읽고 연락을 해온 것이라고 했다. 내용인즉슨 얼마 전 강진 군수로부터 '영랑 문학관'에 비치할 유품이 없어 고민이니 유가족들이 가지고 있는 것을 무엇이든 보내달라는 간절한 요청을 받았는데 다섯 형제 중 생존해 있는 세 분에게는 사진 몇 장 이외에는 아무것도 가진 게 없는 터라 안타까워하던 차에, 마침 내가 쓴 선친 관련 글이 어느 청소년 잡지에 실린 것을 보고 신뢰와 친근감이 들어 연락을 하니 혹시라도 자료가 있으면 부탁한다는 내용이었다.

　처음에는 만에 하나 영랑 선생에게 누가 되거나 잘못 소개한 점이 있었던가 하여 가슴을 졸이다가 고맙다는 말에 안도를 했다. 그러나 이런 놀라운 일이 어디 있는가. 그저 학생들에게 작가와 그 작품 세계를 보다 가깝게 느끼도록 하고 싶어 생가를 찾아다니며 시의 세계로 이끄는 정도의 교육 활동을 하고 있는 국어 교사에게 영랑 선생의 유품이나 자료가 있을 까닭이 없질 않은가. 죄송하고 황감하기 짝이 없었다. 그분과의 짧은 인연은 그렇게 지나갔지만 결국 이후에도 선생의 유품을 구할 수 없었던지 여전히 허전한 전시관을 둘러보며 안타까운 마음이 다시금 되살아났다. 살아계신다면 지금 78세가 되었을 그 아드님의 안부가 문득 궁금하다.

김영랑 생가

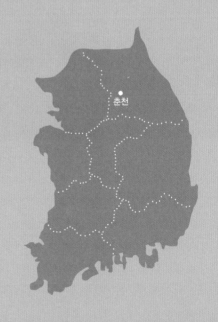

춘천

사랑과 문학의
순교자

김유정

사람 이름을 딴
우리나라 최초의 기차역,
김유정역

　세계적으로 역이나 공항에 사람 이름을 붙인 경우가 없지는 않다. 영국의 '빅토리아 역'이나 미국의 '존 F. 케네디 공항', 프랑스의 '샤를 드 골 공항', 이탈리아의 '레오나르도 다빈치 공항'처럼 더러 있기는 하다. 베트남에서는 원래의 수도였던 사이공을 통일 후에 혁명가 호찌민의 이름을 따 '호찌민 시'로 이름을 바꾸었고, 세종대왕에서 이름을 딴 우리나라의 '세종시'도 그런 경우다.

　거리 이름도 최근 몇 년 사이에 자기 고장을 알리기 위한 지방자치단체의 노력으로 셀 수 없을 만큼 늘어났다. 그 가운데에는 작가 이름을 붙인 거리도 늘어가고 있으니, 순천시에는 소설가 '조정래 길'이 있고, 원주에는 『토지』의 작가 '박경리로', 전주에는 '최명희 길'이 있다. 대구에도 민족 시인 이상화를 추모한 '상화로'가 있으며, 경북 안동에는 민족 시인 이육사를 기린 '육사로', 강원도 인제에는 만해 한용운 선생의 이름을 딴 '만해마을' 등 얼마든지 있다.

　그런데 우리나라에서 최초로 기차역에 사람 이름을, 그것도 작가의 이름을 붙인 데가 있으니 바로 '김유정역'이다. 이 역은 경춘선 열차가 서울에서 경기도를 넘어 강원도에 들어선 뒤, 춘천역을 코앞에 두고 거치는 작은 간이역으로, 춘천이 낳은

김유정역

요절 작가 김유정^{1908~1937}의 이름을 딴 곳이다.

김유정의 생가가 복원되고 디딜방앗간, 외양간 같은 부속 건물과 자료 전시관까지 갖춘 대규모의 '김유정 문학촌'을 연 것이 2002년의 일이고, 2004년 12월 1일에는 본래 있던 역을 김유정역으로 변경했다. 깨끗한 청기와를 얹은 조그마한 역사 앞 안내판에는 이 마을 전체가 김유정 작품의 무대임을 알리고, 이곳을 문화유산으로 가꾸기 위해서 역 이름을 바꾸었다는 사연이 적혀 있다.

눈썰미 있는 방문객이라면 이곳이 1997년 철도원의 애환과 가족들 간의 사랑을 그린 드라마 〈간이역〉을 찍었던 곳이라는 걸 바로 알아차릴 것이다. 그 당시에는 '신남역'이었던 것을 이 지역 출신인 김유정을 기리는 뜻에서 2004년에 전국 최초로 사람 이름을 딴 '김유정역'으로 이름을 바꾼 것이다.

이렇듯 소박한 옛 정감을 품고 있던 김유정역은 2010년 12월 21일 경춘선 복선 전철이 개통되면서 200미터 떨어진 곳에 영월역처럼 한옥으로 새 역사를 지어 이

김유정 문학촌

전하여 현재 '서울-춘천'간 전철이 수시로 오가고 있다. 역사 플랫폼에는 예전 경춘
선을 달리던 디젤 엔진 기관차를 갖다 두고 역사관, 문학 카페 등으로 이용한다고
하니 옛 경춘선을 추억하는 사람들에게는 반가운 소식이다.

'김유정 문학촌' 실레마을을 찾아서

김유정역에서 나와 금병산 쪽으로 천천히 10분 정도 걸으면 '김유정 문학촌'에
다다른다. 이곳에 들어서면 정면으로 가장 먼저 눈에 띄는 것이 생가를 복원한 초가
집과 그 옆에 있는 사람 키만 한 크기의 김유정 동상이다. 두루마기를 휘날리며 책
을 펴든 채 창공에 높이 서 있는 이 모습은 국어 교과서에도 나와 어쩐지 친숙하게
느껴진다.

자료 전시관에 들어서면 앞을 탁 가로막듯, 1935년 〈조광〉 12월에 발표된 「봄봄」의 첫 페이지를 펼쳐놓은 대형 조형물이 세워져 있다. 이를 피해 옆으로 돌면 벽면에는 김유정이 태어난 때부터 죽을 때까지의 한국 문학사 연표와 1930년대의 문예지와 동인지, 지금까지 간행된 김유정의 작품집 등이 가득 채워져 있다. 또 전시관다른 쪽 면에는 「봄봄」의 등장인물들이 닥종이 인형으로 제작, 전시되어 있어서 독자들에게 상상력을 불러일으킨다.

한 가지 아쉬운 점은 남아 있는 유품이 전혀 없다는 것이다. 김유정이 숨을 거둔 뒤, 오랜 친구였던 안회남이 김유정의 유고와 편지, 일기, 사진 등을 보관하고 있다가 6·25 전쟁 때 모두 가지고 월북을 해버려 유품이 단 한 점도 남아 있지 않다고 한다. 참으로 안타까운 노릇이다.

그러나 중요한 것은 이곳 실레마을 전체가 김유정 작품의 무대를 이루는 곳이라는 점이다. 마을 전체가 온통 김유정 작품의 산실이고, 문학의 현장이니 이곳이야말로 '문학촌'보다 더 적합한 명칭은 없을 것이다. 그러니 '문학관'이 아니라고, 유품이 없다고 그다지 서운해 하지는 않아도 될 것 같다.

실레마을에는 아직도 김유정 소설 열두 편에 등장하는 인물들의 실제 이야기가 동네 사람들에게 전해지고 있고, 이를 바탕으로 금병산 자락에다 만들어놓은 '도란도란 16마당 실레 이야기길'에는 '들병이들 넘어오던 눈웃음길', '금병산 아기장수 전설길', '점순이가 나를 꼬시던 동백숲길', '덕돌이가 장가가던 신바람길' 같은 이름으로 열여섯 개의 재미난 이야기 마당이 펼쳐져 있다. 약 한 시간 남짓한 코스로 자유롭게 선택해서 산책할 수 있으니 한 번쯤 걸어볼 일이다.

상처와 열매

김유정은 강원도 춘천군 증리^{실레마을. 현 춘천시 신동면 증리}에서 태어나, 휘문고보를 거

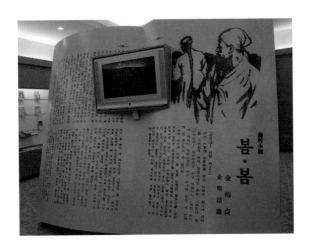

처 연희전문학교 문과를 다니다 중퇴한 뒤, 고향에 머물며 야학 활동을 했다. 그러다 다시 1933년에 상경한 뒤 폐결핵을 앓게 된다. 그는 살기 위해서, 약값을 벌기 위해서 주야로 원고를 쓰면서 병마와 싸웠다. 그리고 1935년 〈조선일보〉 신춘문예에 「소낙비」가, 〈조선중앙일보〉에 「노다지」가 당선되어 혜성처럼 문단에 등단한 뒤, 죽기 전까지 2년 남짓 동안 「금 따는 콩밭」, 「봄봄」, 「동백꽃」 등 농촌을 배경으로 토속성과 풍자, 해학성을 살린 30여 편의 단편소설과 12편의 수필, 그리고 서너 편의 서간문을 남겼다.

흙냄새가 싱싱하게 묻어나는 힘 있는 소설을 썼던 작가는, 그러나 그 시대 다른 작가들, 김소월, 이상, 나도향, 심훈, 이장희, 최서해처럼 젊은 나이에 스러지고 말았다. 시대가 이 젊은 작가들을 가만히 늙도록 내버려두지 않은 것이다. 이들이 토해 냈던 붉은 피는 식민지 시절을 사는 젊은 작가들의 통과 의례였던가. 이들 대부분이 폐를 앓았다.

사실 김유정의 운명은 7살 때 어머니가, 9살 때 아버지가 돌아가시면서 곤두박질 치기 시작하였다. 방탕하고 성격파탄자였던 형의 보호 아래 날마다 분란이 그치지 않았던 집에서 유·소년기를 보내는 동안 김유정은 극도로 내성적으로 되어갔고 말까지 더듬었다.

사연 많은 어린 시절을 거쳐 휘문고보 졸업반 시절에 찾아온 첫사랑도 그의 운명의 지침을 돌려놓았다. 연상의 여인이자 이미 남편이 있는, 당시 남도의 명창이었던 기생 박녹주를 향한 순정은 끝내 김유정을 절망 속으로 빠뜨리고 말았다. 고향에 돌아온 김유정의 삶은 폭음과 자포자기의 연속이었고, 결국 폐인이 되었다.

박녹주에게 바친 순정과 그로 인한 절망은 김유정의 작품 속 여성들에게 어떻게 투영되었을까. 「두꺼비」에서 기생 '옥화'는 냉혹하고 간교한 성격으로 그려진다. 「정조」의 '행랑어멈'이나 「아내」의 '아내'는 모두 뻔뻔스럽기 그지없다. 「봄봄」의 '점순이'는 혼례를 시켜주지 않는 아버지의 수염을 까부세 놓으라고 시키고는 결정적인 순간에 아버지 편을 들어버린다. 「동백꽃」의 '점순이'도 변덕쟁이고, 「따라지」의 '누님'은 변덕스러움을 넘어 거의 히스테리 환자에 가깝다. 이렇듯 김유정의 작품 속 여인들은 부富에 집착하고, 부정과 불신으로 가득 차 있다.

그러나 어떻든 그는 삶에 대한 회의와 좌절감, 그리고 그것에서 비롯된 우울과 방황을 사랑의 실천으로 바꾸어내려 노력했다. 당시 자신이 몸담고 있던 야학당을 간이학교인 금병의숙으로 인가받아 교육과 생활개혁 운동에 힘쓰고, 문학으로 병을 극복하며 농촌을 무대로 당시 우리 겨레의 궁핍한 삶을 풍부한 토속어로 진술하게 그려냈다.

■ "콩밭에서 금을 딴다는 숙맥도 있담." 하고 빗대놓고 비양거린다.

"이년아, 뭐!"

남편은 대뜸 달려들며 그 볼치에다 다시 울찬 황밤을 주었다. 적이나 하면 계집이니 위로도 하여 주련만

요건 분만 폭폭 질러 놓을려나, 예이 배라먹을 거, 이판사판이다.

"너허구 안 산다. 오늘루 가거라."

안해를 와락 떠다밀어 논둑에 젖혀놓고 그 허구리를 발길로 퍽 질렀다.

안해는 입을 헉 하고 벌린다.

"네가 허라구 옆구리를 쿡쿡 찌를 제는 언제냐. 요 집안 망할 년."

그리고 다시 퍽 질렀다. 연하여 또 퍽.

– 「금 따는 콩밭」 중에서

부치지 못한 편지

　김유정의 작품 속에 등장하는 인물들은 모두 배우지 못하고 흙과 함께 어렵게 삶을 이어가는 식민지 시대 가여운 우리네 모습들이다.

　김유정의 대표작 「산골 나그네」는 물레방앗간이 있는 산골이 배경이다. 산골 주막에 한 젊은 여인이 찾아들고, 이 여인은 주막집 모자의 환심을 산 끝에 아들과 혼사까지 치르게 된다. 하지만 이 여인은 결국 주막집 아들의 인조견 옷을 훔쳐 물레방앗간에서 기다리고 있는 병든 남편에게 입히고 함께 길을 떠나버린다.

　그의 글은 '문학은 현실을 반영한다.'는 말로는 부족하다. 그만큼 그의 작품은 1930년대 우리 조상들의 삶을 생생하게 그려놓은 살아 있는 역사책이다. 김유정은 서민들의 무지와 가난을 애정 어린 시선으로 바라보며 그들이 처한 현실을 30여 편의 작품에 담아냈다. 하지만 29세에 요절한 유정의 마지막은 가난과 질병으로 참담할 지경이 되어 있었다. 숨을 거두기 열흘 전, 친구 안회남 '필승'이 본명한테 쓴 편지에는 그런 김유정의 절박함이 그대로 드러나 있어 읽는 이의 가슴을 아프게 한다.

■　　필승아!

　물론 이것이 무리임을 잘 안다. 무리를 하면 병을 더친다. 그러나 그 병을 위하여 무리를 하지 않으면 안 되는 나의 몸이다.

　그 돈이 되면, 우선 닭을 한 30마리 고아먹겠다. 그리고 땅꾼을 들여 살모사, 구렁이를 십여 마리 먹어보겠다. 그래야 내가 다시 살아날 것이다. 그리고 궁둥이가 쏙쏘구리 돈을 잡아먹는다. 돈, 돈, 슬픈 일이다.

　필승아!

　나는 지금 막다른 골목에 맞닥뜨렸다. 나로 하여금 너의 팔에 안겨 의지하여 광명을 찾게 하여 다오.

– 「김유정이 안회남에게 보낸 편지」 중에서

　그러나 이 편지는 결국 부치지 못했다고 한다. 생에 대한 회의와 좌절을 문학을 통해 극복해보고자 했던 김유정, 우울과 방황으로 점철된 삶을 살다가 문학의 가치를 깨닫고는 그것을 통해 삶을 다시 시작해보려고 했던 김유정. 그는 문학이란 것이 한 인간의 마지막 거친 호흡을 바쳐가면서까지 이루어나가야 할 본질적이고도 가치 있는 행위의 하나임을 우리들에게 깨닫게 해주었다.

'동백꽃'의 비밀

　김유정 이야기를 하면서 그의 대표작 「동백꽃」 이야기를 빼놓을 수 없다. 「동백꽃」은 동백꽃이 피는 농촌을 배경으로 계층이 다른 사춘기 소년 소녀의 갈등과 화해를 해학적으로 풀어낸 이야기다.

　소작인의 아들인 '나'는 마름인 '점순네'서 땅을 얻어 부치는 처지다. 그래서 '나'

는 점순이의 횡포에 직접 대항하지 못할 뿐만 아니라 점순네 닭한테 무방비로 쪼임을 당하는 '나'의 닭을 떳떳하게 보호하지 못한다. 결국 얼떨결에 점순네 닭을 죽여 놓고는 겁이 나서 울음을 터뜨리나 점순이는 평소와는 다르게 그런 '나'를 용서해 준다.

이야기는 이렇게 끝나지만 아마 '나'는 점순이가 다음에 또 감자를 내밀며, "느 집엔 이거 없지?" 할 때도 거부를 못할 것이다. '나'와 점순이 사이에는 점순이의 사랑과 호의를 거부할 수 없는 삶의 조건, 즉 신분의 차이가 있기 때문이다. 사실 이들은 출발부터 평등하지 않았기 때문에 갈등과 화해라 하기에도 면구스럽다. 점순이의 사랑은 곧 권력이니까 말이다. 그런데 소설의 끝 부분에 이런 구절이 있다.

그리고 뒤에 떠다 밀렸는지 나의 어깨를 짚은 채 그대로 픽 쓰러진다. 그 바람에 나의 몸뚱이도 겹쳐서 쓰러지며 한창 피어 퍼드러진 노란 동백꽃 속으로 폭 파묻혀버렸다. 알싸한 그리고 향긋한 그 냄새에 나는 땅이 꺼지는 듯이 온 정신이 고만 아찔하였다.

– 「동백꽃」 중에서

어, 이상하다. 동백꽃이 노랗다고? 동백꽃에서 향기가 난다고? 게다가 알싸하고 향긋해서 땅이 꺼지듯이 온 정신이 아찔하다고? 동백꽃이 강원도 산속에 있다고?

소설을 읽고 나서 맨 처음 내 머릿속에 떠오른 것은 동백꽃에 대한 의구심이었다. 흔히 우리가 아는 동백꽃이란 해양성 기후 아래 피어나는 붉고 소담스러운 꽃이다. 그래서 소설 속 '동백꽃'도 당연히 추운 겨울 날, 저 멀리 남쪽 바닷가에서 핀다는 동백나무의 붉은 꽃을 가리키는 줄로만 알았다. 그런데 그 동백꽃에는 향기가 없는데 소설에서는 노란색에, 정신이 아찔해질 만큼 짙은 향기를 지닌 데다 산속에서 핀다고 하지 않나…….

춘천 실레마을,
김유정

동백꽃과 생강나무와 산수유. 강원도에서는 생강나무를 동백이라고도 부른다.

얼핏 이상하다는 생각이 들었지만 '작가들은 워낙 상상력이 풍부하고, 또 소설은 허구니까.' 하고는 오랫동안 머리에서 지워버리고 있었다. 그러다가 2000년, 시골 중학교에 근무하던 어느 봄날, 학교 근처 산에서 '닮아도 저리 닮았을까!' 싶게 산수유 꽃과 색깔과 모양이 똑같은 꽃을 발견했다.

생강나무 꽃향기에 취한 사람들

가지 하나를 꺾어들고 열정적으로 그 이름을 묻고 다니던 중, 고향이 강원도인 동료 교사가 그 꽃의 정체를 알려주었다. '생강나무 꽃'이라고. 강원도 지방에서는 생강나무를 '동백나무'라 부른다고 한다. 이 동백 열매를 짜서 등잔불을 켜거나 여인네들은 머릿기름으로도 썼다고 한다. 어린잎은 따서 차로 마시기도 하고, 큰 잎은 쌈을 싸서 먹기도 한다고. 또 가을에 단풍이 들면 그렇게 예쁠 수가 없단다. 향과 맛이 생강과 닮아서 생강나무라고 부르는데, 우리가 흔히 먹는 향신료 생강과는 아무 관계가 없다는 것이다.

아, 김유정은 강원도 춘천 사람이니까 지역에서 부르는 대로 이 꽃을 '동백꽃'이라 하였구나. 제대로 된 이름은 생강나무구나. 순간 잃었던 혈육이라도 찾아낸 것 같은 반가움이 울컥 일었다.

그런데 더 놀라운 것은 그 꽃에 코를 갖다 댄 순간 머리에 불이 확 켜지는 것이다.

'앗, 이 향기! 이거 내가 알 것 같은데……'

순간 머릿속 시간은 아득한 옛날로 돌아가고 있었다.

1977년 고3 담임을 할 때였다. 야간 자습 전 저녁 시간에 시내에 나갔다가 길거리에서 큰 양동이에 꽃을 담아 파는 할머니를 보았는데, 그곳에서 걸음을 멈추게 하는 강렬한 향기를 뿜어대는 노오란 꽃을 발견했다. 그것은 꽃이라기보다 그저 앙상한 가지 끝에 노란 열매 같은 작은 꽃이 다닥다닥 붙어 있어서 그다지 예쁘다는 느낌은 없었다. 하지만 사람을 아득하게 하는 향기에 이끌려 한 아름 사 안고 와 양동이에 담아 교실에 가져다놓고는, "얘들아, 향기 참 좋지?" 하며 교실에 꽃향기를 선사한 담임으로 잔뜩 으스댔더랬다. 그런데 자습이 끝나갈 무렵 학생들이, "선생님, 저 꽃 밖에 내놓으면 안 돼요? 머리가 아파요!" 하는 것이었다. '애써 선생님이 꽃을 사 왔는데……' 하는 섭섭함은 없었다. 왜냐하면 나 또한 이미 어지럼증을 느끼고 있었기 때문이다. 어쩔 수 없이 꽃을 복도에다 내놓을 수밖에 없었다. 대체 그 넓은 교실에서, 그 많은 학생들에게 멀미와 두통을 일으킨 그 꽃이 무얼까. 그 이후에도 오래도록 생각날 때마다 궁금했었다. 그런데 이게 바로 그 꽃이고, 그 향기였고, 그 이름은 바로 생강나무 꽃이었던 것이다. 실로 수십 년 만에 풀어낸 엄청난 숙제였다.

그나저나 '나'가 자기네 닭을 죽인 사실을 점순이가 엄마한테 이르지 않겠다고 한 까닭이 무엇일까? 알싸하면서도 향긋한 동백꽃 향기에 취해서 마음이 풀린 것일까, 아니면 '나'한테 딴 마음이라도 품고 있었던 것일까? 혹 이 두 가지가 합해진 까닭은 아닐까?

만년에 이르러 극도의 빈곤과 병고에 시달렸던 김유정이 1930년대 강원도 촌구석에서 궁핍하게 살던 민초들의 이야기를 이토록 재미나고도 귀엽게 쓸 수 있었던 그의 건강한 익살스러움은 대체 어디에서 연유하는 것일까. 꽃향기 하나로 이토록

춘천 실레마을,
김유정

정감이 묻어나는 사춘기 소년 소녀의 달달한 이야기를 끌어내는 그 재주와 넉넉한 배포에 존경심이 인다.

김유정 문학촌의 촌장이자 작가인 전상국은 해마다 다양한 프로그램으로 '김유정문학제'를 진행하고, 김유정의 흔적을 찾는 탐방객들을 지극정성으로 안내한다. 때로는 소설 속에서 그려진 자그마한 키에 당차고 씩씩한 「봄봄」의 점순이, 그리고 좋아하는 남자 친구를 따라다니며 적극적으로 구애하는 「동백꽃」의 점순이 찾기 대회를 하여 모두를 즐겁게 하기도 한다. 그래서 실레마을과 김유정을 찾는 발길은 오늘도 끊어지지 않는다.

● 동두천
● 인천

괭이부리말
아이들의
지킴이

김중미

힘없고
가난한 사람들의
대변인 김중미

　　자유를 누리며 안락하게 살아가고 있는 동안 우리는 가난하고 소외된 사람들에 대하여 알고도 모른 척한다. 바로 그런 우리들이 마주하기에 몹시 불편한 책이 있다. 목에 걸린 가시처럼 너무 불편해서 알고 싶지 않고, 피하고만 싶은 진실을 자꾸자꾸 깨우쳐주는 사람, 내 삶을 얼마나 치열하게 반성해야 할지 몰라 맞닥뜨리기 두려운 작품이 바로 김중미[1963~] 이고, 그가 쓴 일련의 소설들이다.

　　1999년 창작과비평사에서 공모한 '좋은 어린이 책' 창작 부문에서 대상을 받은 『괭이부리말 아이들』 외에도 『종이밥』, 『우리 동네에는 아파트가 없다』, 『거대한 뿌리』, 『꽃섬고개 친구들』 등 김중미가 쓴 소설은 모두 우리를 불편하게 한다. 먼저 『괭이부리말 아이들』부터 살펴보기로 하자. 작품 앞부분에 제시된 인천 만석동의 역사를 거칠게 요약하면 대략 다음과 같다.

　　　　　만석동은 인천에서도 가장 오래된 빈민 지역이다. 그곳은 개항 뒤 밀려든 외국인들에게 삶의 자리를 빼앗긴 철거민들이 들어와 살았고, 한국전쟁이 일어난 뒤에는 고향으로 돌아갈 수 없는 피난민들이 터전을 잡고 살았다. '괭이부리말'이

인천 괭이부리말 외,
김중미

라 말하는 갯벌을 메워 그 위에 집을 지었고, 산허리에 움을 만든 뒤 나무토막을 세우고 가마니를 덮은 토막집을 짓고 살았다. 그곳은 항구에서 가깝기 때문에 일제시대부터 커다란 공장이 많은 까닭에 가난한 노동자들이 모여들었다. 그나마 돈이 있는 사람들은 다닥다닥 붙은 판잣집을 얻어 살았고, 그조차 없는 사람들은 루핑이라는 종이와 판자를 가지고 손수 집을 지었다. 집 지을 땅이 없으면 시궁창 위에도 다락집을 지었고, 기찻길 바로 옆에도 집을 지었다. 그리고 한 뼘이라도 방을 더 늘리려고 길은 사람들이 겨우 다닐 만큼만 내었다.

부두 노동자인 아버지를 잃은 숙자, 숙희 쌍둥이 자매의 외롭고 고단한 삶, 어머니로부터 버림받고 다시 아버지에게서도 버림받은 동수, 동준 형제의 상처와 방황, 가정 폭력과 소심함으로 늘 의기소침할 수밖에 없는 명환이 등, 도저히 정상적인 사회로 들어갈 수 없이 절망으로 내닫는 이 아이들에게 쉼터가 되어주는 영호 삼촌 역시 홀어머니마저 돌아가신 후 이들 못지않게 팍팍한 삶을 살아가는 사람이다. 『괭이부리말 아이들』은 지지리 가난하고 외롭고 옴츠러들기만 하던 이 아이들이 영호 삼촌을 비롯한 김명희 선생님, 동수네 공장장 아저씨의 도움을 받으며 깊고 어두운 강을 건너 저마다 희망을 발견해간다는 이야기이다.

괭이부리말 아이들과 김명희 선생님

김명희 선생이 처음부터 괭이부리말 아이들을 도왔던 것은 아니다. 처음에 영호 삼촌이 초등학교 동창이자 숙자의 담임선생님인 김명희 선생을 찾아와 본드를 마시며 동네 깡패로 변해가는 동수를 도와달라고 했을 때까지만 해도 김명희 선생은 헌신적인 교사는커녕 요새 아이들 말로 '싸가지'에 더 가까웠다. 그녀는 자신이 왜 그런 가망 없는 불량한 아이들을 도와야 하느냐며 자신은 '약물 중독이나 비행 청소년 따위에는 관심이 없고 어디까지나 상담 전문 교사가 되고 싶을 뿐이며 대학원을 졸업할 즈음에는 근무 환경이 좋지 않은 이 학교를 떠나 큰 학교로 옮겨 갈 것'이라며 심드렁하게 말한다.

영호가 '이런 학교에 전문 상담 선생님이 필요한 것 아니냐?'고 반문하자 김명희 선생은, '문제아들을 위해서만 상담 교사가 있는 것은 아니다.'라며 이곳 아이들의 문제에 깊이 개입하고 싶어 하지 않는다.

이른바 '다' 급지로 분류된 이곳에서 별 탈 없이 3년만 근무하면 지금보다 조건이 좋은 큰 학교로 옮길 수 있다고 말하는 김명희 선생을 쉽게 비난할 수는 없다. 이곳에서 자라 누구보다 괭이부리말의 열악한 상황을 잘 알고 있는 그녀로서는 그때나 지금이나 변함없는 이곳의 답답한 현실에 또다시 선뜻 발을 들여놓을 엄두가 나지 않았을 것이다.

중학교에 다니던 시절, 그녀가 가장 듣기 싫어했던 말은 "너도 괭이부리말 사니?"라는 말이었다. 그때도 괭이부리말 아이들은 하나같이 '머리 나쁘고 지지리 가난한 아이들'에 '말썽 부리고 퇴학 맞는 아이들'이 대부분이었고 세월이 흘러 자신이 교사로 부임해온 지금도 '본드 하고 경찰서에 들락거리고 가출'이나 하는 '불량한 아이들'이 대다수이기 때문이다.

'이미 가망 없는 아이들'을 '나보고 어떡하라는 거야?'라고 그녀는 영호에게 따지 듯 되묻는다. 김명희 선생의 항변에는 사회적인 문제를 곧잘 개인에게 전가시키는 우리 사회의 불편한 현실이 녹아 있다. 하지만 그로부터 얼마 지나지 않아서 그녀는 영호에게 "내 삶에 대해서 진지하게 고민할 수 있도록 해준 네가 고맙다. 동수라는 아이를 한번 보러 갈게. 큰 기대는 하지 마."라고 말하더니, 급기야는 짐을 싸들고 괭이부리말로 들어와 영호와 함께 아이들 공부방을 도우며 희망을 만들어간다. 그리고 얼마 후 동수가 구치소에서 나오던 날, 사람들과 함께 저녁밥을 먹고 난 뒤 자신들에게 주어진 작은 평온과 소소한 행복에 기뻐하는 동수와 동준 두 형제의 모습은 이곳 아이들에게도 작게나마 희망이 자리 잡아가고 있음을 사뭇 감동적으로 보여준다.

인천 만석동 괭이부리말

1987년부터 인천 만석동 괭이부리말에서 살아왔다는 작가가 본 그 당시 만석동은 시내 번화가를 끼고 해안가를 따라 반달형으로 이어진 빈민촌의 끄트머리라 하였다. 일제강점기에 태평양전쟁에 필요한 군수물자를 조달하기 위해 만든 방직공장과 목재 회사, 기계공장 들이 남아 있고, 시멘트 벽돌과 판자, 다닥다닥 붙어 있는 빈민촌, 잿빛 하늘과 빛바랜 슬레이트 지붕, 추저분한 시멘트 벽돌과 검은 때가 낀 판잣집들, 빈곤과 궁핍함이 60~70년대 어느 시점에 멈추어 있다고 하였다. 소설 속 괭이부리말 풍경이 바로 꼭 그러하였다.

그로부터 20년이 지났다. 그동안 그곳 사람들에겐 삶의 보금자리이자, 한편으론 지긋지긋하게 벗어나고 싶은 곳이기도 했을 만석동은 작품 속 풍경과는 많이 달라

져 있었다. 고층 아파트와 빌라, 상가 들이 빽빽하게 자리 잡고 있어 소설 속에서 말한 '거미줄처럼 가늘게 엉킨 실골목과 판잣집'은 거의 볼 수 없다.

하지만 만석동을 가로지르는 기차역을 중심으로 여전히 다른 한 편에는 오래된 단층집이 옹기종기 모여 있고, 그 안에는 그곳에 사는 사람들의 고달픈 삶의 흔적이 고스란히 남아 있다. 한 사람이 겨우 지나갈 정도의 좁다란 골목 안에는 집과 집 사이의 경계가 무의미한 가옥들이 운집해 있었다. 굴을 따는 작업장, 만석 부두가 근처에 있기에 거기에서 굴을 떼 와서 까는 사람들이 아직도 있는지 작품 속에서 익히 보던 굴막이 간혹 보였다.

얼기설기 미로처럼 꼬인 골목길을 걷다 보면 끝나지 않을 것 같았던 길이 어느새 새로운 길로 접어들게 된다. 아마도 이 새로운 길은 굴곡진 고비마다 또 다른 희망을 발견하게 된다는 작가의 낙관적이고 긍정적인 시선이 아닐까 생각해본다.

인천역에서 내려 공장 지대와 고가도로를 지나 북성부두를 거치는 동안 괭이부리말이 '여기다' '저기다' '모른다'며 정확히 알려주는 이가 없었다. 그러나 책에는 이 일대가 다 괭이부리말이라고 되어 있다.

폭력에 맞서는 평화의 힘, '꽃섬고개 친구들'

『꽃섬고개 친구들』은 괭이부리말의 무대가 된 만석동과 이웃한 달동네 '꽃섬고개'에 사는 가난한 십 대들의 이야기이다. 선경이와 한길이를 중심으로 초등학교 시절에서 이십 대 청년이 될 때까지 사랑과 우정, 그리고 현실 속 폭력과 갈등 속에서 굴복하지 않고 평화를 위한 자유로운 선택을 하게 되는 과정을 현실감 있게 펼쳐낸 소설이다. 낮은 곳에서 씩씩하고 바르게 살아가는 아이들의 이야기는 어쩌면 작가 김중미가 사회의 폭력에 어떻게 대응하며 평화를 만들어 가는지에 대해 답하는 대안이지 않을까.

작가는 어린 시절부터 청년기까지 우리 사회에 뿌리 깊게 박힌 폭력에 맞서는 힘은 '서로에 대한 믿음'이라고 생각해왔다고 한다. 그렇기 때문에 사회적 약자와 소외계층들이 겪는 상처를 선경이와 한길이, 이 두 아이의 시선을 통해 그려내고 있다.

고졸 학력에 부모 없이 할머니와 단둘이 외모지상주의 사회를 살아가야 하는 선경이는 약자다. 또 한길이 역시 아버지의 폭력을 안고 살아가면서도 팔다리가 부러지는 한이 있어도 절대 맞서 싸우지 말라는 엄마에게서 자란, 그리하여 폭력 사회를 힘들게 살아갈 수밖에 없는 약자이다. 미혼모가 된 영미도, 동성인 여자를 좋아하는 보라도, 양심적 병역거부를 외치는 태욱도…….

그들은 모두 '약자'라는 공통점을 가지고 자신들을 둘러싼 폭력적인 세상에서 서로 어루만지며 성장해간다. 그리고 그들의 선택이 하나씩 모여 평화를 만들어간다. 특히 가난이나 폭력이 어린 시절부터 어떻게 내면화되고, 주인공 한길이 그것을 어떻게 극복해가는가를 보여주는 것이 이 소설의 큰 맥이다.

공부방 아이들을 돌보며 대학을 다니던 중 병역거부로 징역을 살고 나온 태욱이나 고향인 강원도 시골로 돌아가 공부방을 운영하는 이재성 선생님, 그리고 그를 따르는 주인공 한길이가 양심적 병역거부를 선택하는 과정과 갈등은 더할 수 없는 평화주의자로 그려진다. 이들의 삶에는 2001년 '한국 남성으로부터 탈퇴'라는 보도와 함께 큰 반향을 일으킨 불교계 최초의 양심적 병역 거부자 오태양 씨의 삶이 투영되어 있다.

작가의 이력을 보면 그 자신의 개인적 경험과 체험, 특히 인천 만석동과 이곳 꽃섬마을에서 실천한 구체적 삶이 작품의 토대가 되었음을 알 수 있으니, 김중미는 아는 것과 사는 것이 일치하는 작가임에 틀림이 없다.

꽃섬고개는 만석동에서 곧장 이어지는 비탈진 고개이다. 그런데 '꽃섬'이라는 이 예쁜 이름은 어찌 된 걸까. 조세희가 「난장이가 쏘아올린 작은 공」의 배경을 '낙원구 행복동'이라 이름 지은 것처럼 다분히 역설적이며 풍자적인 이름일까? 아니면 고달픈 삶을 살던 이곳 사람들이 자신들이 사는 곳이 어여쁜 꽃섬이기를 바라는 마음으로 그리 부르게 된 걸까?

문득 오래 전에 본 영화 〈꽃섬〉이 떠오른다. 영화에 등장하는 '꽃섬'은 모든 슬픔과 상처를 잊게 해준다는 섬으로, 희망과 치유의 공간을 상징한다. 어쩌면 작가 역시 꽃섬고개에 사는 아이들이 자신들이 사는 그곳에서 스스로의 상처를 치유하고 희망을 발견해가길 바라는 마음으로 그런 제목을 짓지는 않았을까?

어떻든 작품 속에서 묘사된 그 시절과는 달리 지금의 꽃섬고개는 1990년대에 이르러 괭이부리말의 무대가 된 만석동과 더불어 대단위 아파트 단지와 빌라가 조성되고 주거 환경 개선 사업으로 낙후된 지역이 개발되어 점점 인구가 늘어나는 추세라고 한다.

『괭이부리말 아이들』과『꽃섬고개 친구들』의 배경이 된 인천 만석동과 꽃섬고개.

희망을 만들어가는 사람들

공부방에서는 방과 후 아이들을 위하여 공부는 물론, 목공이나 요리 등도 가르친다. 해마다 하는 연극제는 공부방 아이들에게 가장 중요한 활동이라고 그이는 말한다. 2011년 12월 21일 안동 지역 청소년을 위한 초청 강연회에서 김중미는 "공부방은 공부만 하는 덴가요?"라는 학생의 질문에 다음과 같이 말했다.

■　"아이들과 그냥 같이 노는 거예요. 때로는 아이들의 모습이 제가 살아가는 이유도 되고요. 누군가에게서 버림받았다는 상처는 금방 치유되지 않잖아요. 누군가가 곁에 있다면 아이들이 그걸 기억하거든요. 엇나간다고는 표현하고 싶지 않아요. 때로는 방황도 하지만 나한테 누군가가 있다는 것을 느끼게 되면 제자리로 찾아오거든요. 그러면 사회의 일원으로 성실하게 살 수 있죠. 우리가 끈을 놓지 않는 한 아이들은 그렇게 살아가는 것 같아요."

공부방의 자원 교사들은 여자는 이모, 남자는 삼촌으로 불리는데, 제 아이들이나 만석동 아이들 구분 없이 어울리며 살아가고 있다. 공부방에서 만나 결혼한 김중미 부부를 포함해 공부방에서 탄생한 커플이 13쌍 이상이란다. 김중미는 10여 년 전 강화로 이주해 만석동 공부방과 인천을 오가는 생활을 하고 있다. 공부방은 이젠 이들의 삶의 중심이자 터전이 되고 있다.

『꽃섬고개 친구들』의 선경이와 한길이는 강원도의 폐광촌 고한으로 돌아가 공부방을 운영하는 이재성 선생님을 찾아간다. 그리고 이른 아침 그곳에서 바라본 잿빛 사택과 빼곡한 판잣집들……

이들의 척박한 삶은 아무리 타인에게 무심한 사람이라도 가슴을 저리게 만든다. 지금껏 자신들이 누려온 안락함이 누구의 고통 위에 서 있는지, 다른 사람을 위해서 한 번도 가슴으로 봉사해본 적이 없는 사람은 책을 읽는 동안 마음이 스멀스멀 불

인천 괭이부리말 외,
김중미

편해질 수밖에 없다.

그러나 작가는 불행의 사슬을 도저히 끊을 수 없을 것 같던 주인공들이 제 갈 길을 찾아가도록 희망의 여지를 남겨둔다. 선경이 오랜 친구 한결이를 두고 "모든 사랑이 가슴 떨리는 설렘으로 시작되는 것은 아니다."라고 말함으로써 사랑의 결실을 보여주는 것처럼.

우리들의 슬픈 동두천, 그리고 이주 노동자

김중미의 시선은 인천을 벗어나 미군 혼혈아, 이주 노동자들의 삶으로도 이어져 그들을 따뜻하게 맞이하고 있다. '동두천'이라는 이름은 미군이 상당수 철수한 지 이미 적지 않은 세월이 흘렀음에도 여전히 '양색시'와 '혼혈아'라는 신조어와 함께 근대 역사의 음지요, 아픈 현실로 기억된다.

김중미는 어릴 적 그곳에서 살았던 경험을 바탕으로 쓴 동두천 미군 부대 캠프 케이지 주변을 배경으로 한 장편소설 『거대한 뿌리』(검둥소, 2006)에서 기지촌과 빈민촌, 그리고 이주 노동자의 어둠을 실타래 풀어내듯 풀어내고 있다.

『거대한 뿌리』는 동두천 보산리라는 미군 주둔지에서 유년기와 청소년기를 보낸 주인공이 오랜 세월 뒤 다시 그곳에 찾아가서 그 옛날 미군의 돈과 권력 안에서 비참하고 힘겹게 살아야 했던 과거를 회상하는 내용으로 되어 있다.

소설의 대부분은 미군에게 몸을 팔아 생계를 유지했던 여인들과 아버지 없이 태어난 혼혈아에 대한 이야기로 채워져 있다. 가족의 생계를 도맡으면서도 가족들의 반대로 어머니의 장례식에도 못 가는 양공주 '미자 언니', 결혼과 입양 등의 방식으로 '꿈의 나라' 미국으로 갈 수 있기를 염원하는 경숙이, 포주의 딸로 아픔을 늘 웃음으로 흘리는 해자, 그리고 혼혈아 재민이…… 주한 미군 아버지와 한국인 어머니 사이에서 태어나 아버지에게 버림받고 사회적 냉대 속에서 숨죽이며 살아야 했던

동두천 미군 부대

혼혈아 재민이는 이렇게 외친다.

■ "도대체 튀기가 뭐 어쨌다는 거야? 물건은 미제라면 사족을 못 쓰면서, 왜 우리 같은 애들은 싫어해? 나도 반쪽은 사람들이 좋아하는 미제야. 그리고 나머지 반은 너희들하고 똑같다고. 도대체 왜 우리가 너희들한테 무시를 당해야 하냐고, 왜?"

빈민촌에서 태어나 가정 폭력의 그늘 속에서 웃음을 잃어버린 정아가 네팔인 이주 노동자 자히드의 아이를 가지고 그와 결혼하겠다고 했을 때, 그들이 겪을 편견과 고통을 걱정하며 결혼을 반대하는 '나'에게 정아는 이렇게 외친다.

■ "아무 미래도 없는 이주 노동자라니요? 그럼 난 뭔데요? 나는 미래가 있어요?

인천 괭이부리말 외,
김중미

선생님 친구처럼 이주 노동자를 돕는 활동가는 괜찮고, 이주 노동자를 사랑하고 그 사람의 아이를 갖는 건 안 된다는 게 말이 돼요? 도대체 뭐가 달라요? 선생님도 편견으로 가득 찬 사람들과 똑같은 사람이었어요? 선생님은 저랑 자히드 관계를 이해할 줄 알았어요."

동두천에서 나고 자란 '나'로서는 혼혈에 대한 편견의 벽이 얼마나 높은지 누구보다 잘 알기에 걱정스러운 마음으로 그리했던 것이지만 26년 만에 다시 찾은 동두천에서 '나'는 그런 자신의 모습이 어린 시절 그토록 경멸해 마지않던 어른들의 모습과 다르지 않음을 깨닫고 충격을 받는다.

그런 '나'의 자각은 동두천의 현실이 아직도 끝나지 않았음에 대한 자각이기도 하다. 역사 속의 음지인 기지촌은 사라졌지만 지금도 여전히 이주 노동자들의 고통에 찬 신음 소리는 계속되고 있으며 이 땅의 가난하고 소외된 이들이 겪는 아픔 또한 사라지지 않았으니 말이다.

소설『거대한 뿌리』는 '나'의 기억 속에 있는 조재민이라는 혼혈아를 통해서 혼혈에 대한 우리 사회의 편견과 과거 동두천에 대한 회상에 많은 부분을 할애하고 있지만 이는 우리 땅 곳곳에 뿌리내리고 있는 어두운 역사를 보여주기 위한 첫삽일 뿐이다. 작가는 이 작품을 통해 과거와 현재의 역사를 넘나들며 이 땅의 어둠과 아픔이 만들어낸 '거대한 뿌리'를 이야기한다. 어둡고 못나서 외면하고 싶지만 끈질기게 살아남은 이 땅의 '모든 무수한 반동'들이 이룬 역사, 아무리 '더러운 역사'라도 우리가 품어야 할 역사임을 말하고 싶었던 것은 아닐까. 김수영의 시「거대한 뿌리」를 책 제목으로 삼은 이유가 거기에 있지 않을까 짐작해볼 뿐이다.

김중미에게 이곳 동두천은 작가적 생명을 부여받은 특별한 곳이기도 하다.

"동두천이 아니었다면 나는 이 세상이 부조리하고 불공평하다는 것을 그렇게 예민하게 감지하지 못했을 것이다. 그랬다. 동두천에서 자란 덕분에 힘세고 돈

많은 나라에서 온 미군들의 정체를 또렷이 인식할 수 있었고, 힘센 자들에게 빌붙어 자신의 주머니를 불리는 파렴치한 이들을 알아볼 수 있는 눈을 갖게 되었다. 나는 차별과 편견이 열등감에서 비롯된다는 것을 동두천에서 경험하고 배웠다. 그래서 동두천은 언제나 내가 극복해야 할 대상이면서 동시에 나를 성장하게 하고 바른 길로 이끄는 도반이기도 했다."

— 『거대한 뿌리』, 「작가의 말」 중에서

김중미가 유년기를 보낸 동두천은 인천에서 1호선을 타면 얼추 세 시간이 걸린다. 작가가 중학교 2학년 때 인천으로 이사 와서 "미군이 없는 도시도 있구나."라고 했을 만큼 동두천의 대부분 주민들은 미군과 직, 간접적으로 관계를 맺으며 생계를 유지하고 있다. 『거대한 뿌리』의 주 무대가 된 보산리는 한국의 대표적인 기지촌이다. 60~70년대 미 2사단 앞 철도변을 따라 형성된 달러벌이와 환락가로서의 명성은 지금은 겨우 명맥만 유지되고 있는 정도지만 미군들이 줄어든 대신 몽골, 러시아, 필리핀, 중국 등지에서 온 외국인 근로자들이 많아지고, 영어 간판은 여전히 줄지어 서 있다.

1969년 이곳 동두천 보문리에서 국어를 가르쳤던 시인 김명인은 당시 불행의 대명사이기도 한 기지촌 제자들을 바라보며 '동두천' 연작시를 토하듯이 써 내려갔다.

■ 　내가 국어를 가르쳤던 그 아이 혼혈아인
　　엄마를 닮아 얼굴만 희었던
　　그 아이는 지금 대전 어디서
　　다방 레지를 하고 있는지 몰라 연애를 하고
　　퇴학을 맞아 고아원을 뛰쳐나가더니

동두천 시가지

지금도 기억할까 그때 교내 웅변대회에서
우리 모두를 함께 울게 하던 그 한 마디 말
하늘 아래 나를 버린 엄마보다는
나는 돈 많은 나라 아메리카로 가야 된대요.
(중략)
가시같이 어째서 너는 남아 우리들의 상처를
함부로 쑤시느냐 몸을 팔면서
침을 뱉느냐 더러운 그리움으로
배고픔 많다던 동두천 그런 둘레나 아직도 맴도느냐
혼혈아야 내가 국어를 가르쳤던 아이야

– 김명인, 「동두천 IV」 중에서

냉철한 시선과 따뜻한 마음의 조화로움

김중미의 글은 쉽다. 덤덤하고 나지막하게 있는 그대로의 현실을 그리고 있을 뿐,

화려한 아름다움이나 날카로운 고발과는 거리가 멀다. 그런데도 구구절절 밑줄을 긋게 만들고 가슴 저미는 아픔으로 언 가슴을 두드리며 흑흑 느껴 울게 만든다.

삶의 변방에 서 있는 사람들에 대한 지칠 줄 모르는 애정과 관심, 나아가 그들에게 희망의 손을 건네는 따뜻한 언니 같은 작가 김중미. 인종과 신분, 국적, 성, 직업의 차별을 뛰어넘어 인간에 대한 깊은 이해와 사랑을 알게 해준 그의 소설은 부끄러움과 양심의 가책을 넘어 뜨거운 울림, 그 자체이다.

그는 우리 사회가 감추고 싶어 하는 부끄럽고 냄새 나는 환부를 조용히, 그러나 투명하게 드러낼 줄 아는 작가이다. 끊임없이 부조리와 폭력을 고발하지만 결코 분노와 냉소로 똘똘 뭉친 전사적 글쓰기가 아니다. 냉철한 시선과 따뜻한 마음이 조화를 이루고 있는 그의 작품들은 그래서 더 빛나고, 또 고맙다.

우리가 기억하고 지켜야 할 것이 무엇인지를 소리 높여 주장하는 대신 낮은 목소리로 현실의 서늘함을 보여주는 이런 문학적 접근이야말로 읽는 이에게 더 큰 울림

인천 괭이부리말 외,
김중미

으로, 통증으로 다가오지 않을까.

얼마 전 안동에서 만난 작가는 청소년들 앞에서 수줍은 듯 어눌한 듯 다음과 같이 강연을 마무리하였다.

"제 이야기가 아름답고 따뜻하지는 않습니다. 그렇지만 가난한 누군가는 제 글을 통해 위로를 받을 거라고 생각합니다. 아직도 하고 싶은 이야기들은 여전히 가난하거나 외롭거나 상처받은 이들의 이야기이고, 또 평화나 인권, 생명에 관한 이야기입니다.

저는 몇 사람만이 누리는 풍요를 받아들이지 못합니다. 또 그 독점이 사람과 세상의 평화를 앗아간다고 믿기 때문입니다. 작가의 역할을 몇 가지로 규정지을 수는 없겠지만, 저의 역할은 가난하고 보잘것없는 이들의 편들기입니다. 그 이야 기는 사람들을 불편하게 할 것이지만, 편안하고 쉬운 길만 보고 싶어 하는 이들 을 불편하게 하는 것이 작가로서 저의 꿈입니다."

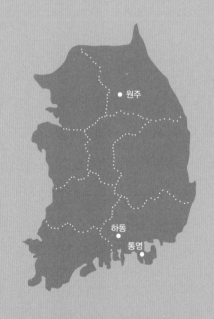

모든 숨탄것들을
사랑한
대지의 딸

박경리

듣기만 하여도
가슴 벅차오르는 이름
'평사리'

　듣기만 해도 가슴 벅차오르는 곳, 가슴에 묻어둔 그런 장소 하나쯤은 누구에게나
있을 것이다. 그럴 때 작가는 그곳에서 자신과 어울리는 문학작품을 낳기도 한다.
하지만, 때로는 어떤 문학작품이 특정 지역에 새로운 의미와 가치를 부여하기도 한
다. 작가가 창조해낸 인물과 그 인물의 삶이 마치 실제 인물처럼 우리 주변에서 생
생하게 살아 있어서 때로는 그들이 살았던 땅과 거리 등에서 그들의 흔적과 체취를
느끼게 해주기 때문이다.

　평사리가 바로 바로 그런 곳이다. 평사리는 경남 하동군 악양면에 실재하는 곳으
로, 갑오년 동학혁명부터 광복까지 우리 근대사를 최 참판 댁 4대를 중심으로 펼쳐
낸 박경리1926~2008의 대하소설 『토지』의 주요 무대이자 그 이야기가 처음 시작되는
곳이다.

　경상도와 전라도를 나누며 남해로 흘러드는 섬진강, 임이네의 욕망과 월선이의
한恨, 서희의 집념을 안고 흐르는 섬진강을 왼쪽으로 끼고 하동에서 구례 방향으로
가 보자. 아름다운 국도를 따라가다가 악양면 이정표를 보고 오른쪽으로 꺾어 들어
가자마자 이런 산골짝 어디에 이렇게 너른 평야가 있을까 놀랄만한 장관이 눈앞에

펼쳐진다. 평사리 산꼭대기의 고소성으로 오르는 언덕에 서면 섬진강 왼편으로 쑥 들어간 산자락을 끼고 드넓게 발달한 평야가 내려다보이고, 오른쪽으로는 금빛 모래와 함께 반짝이는 섬진강 푸른 물이 보인다.

90년대 초입에 처음 하동 평사리를 찾아갔을 때, 지리산 형제봉을 우러러보면서 타박타박 마을로 걸어가는 길에는 구멍이 숭숭 난 낮은 돌담길이 꼬불꼬불 미로처럼 뒤엉켜 있었다. 여전히 돌이 많은 비탈진 골목길을 따라 올라가노라니 소설에서처럼 높다란 곳에 최 참판 댁이 그대로 재현되어 있었다. 그동안 이곳을 찾았던 사람들이 최 참판 댁 어디냐고 하도 많이 물어와서 오 리쯤 떨어진 상신마을에 실제로 있었던 조 부잣집을 알려주었다고 마을 어귀에서 만난 노인이 일러주었다. 그러나 작가 자신이 소설을 다 쓰고 난 뒤에야 비로소 이 마을에 와보았다는 말로 미루어볼 때 조 부잣집을 염두에 두지는 않았을 것이다.

『토지』에 빠져본 독자라면 꼭 한 번 찾고 싶은 곳, 평사리 최 참판 댁. 그래서 하동 군청에서는 아예 작품에서 묘사한 그대로 최 참판 댁을 재현하여 독자들과 만나게 하고 있다.

서슬 퍼런 솟을대문을 들어서면 동학혁명을 수군대던 머슴들의 숙소인 중간채가 가로막는다. 중간채를 통과하면 안주인 윤씨 부인의 안채, 왼편에는 서희가 머물던 연못 딸린 별당, 그 오른편에는 누마루 최 참판 댁의 기품 넘치는 사랑채가 있다. 또 그 뒤로는 사당과 초당……. 엄마를 찾아오라고 버둥질치며 우는 서희를 길상이가 업어 달래는 모습이 눈앞에 떠오르는 듯해 한참을 그 자리에 멈추어 있었다.

그러나 하동 군청이 산자락의 거친 밭을 골라 6년 만에 완성한 기념물이건만 『토지』 완간 후 처음으로 이곳을 찾은 박경리 선생의 말씀은 간단했다고 한다.

"지리산에게 미안하네요."

최 참판 댁에서 바라본 평사리 들판과 섬진강

소설 『토지』 속으로!

박경리의 『토지』는 1969년 8월에 1부를 시작하여 1994년 8월에 5부를 끝내기까지, 저자의 나이 43세에 시작하여 68세까지 무려 25년에 걸쳐 쓴 기념비적인 작품이다. 25년에 걸쳐 쓴 소설을 25년에 걸쳐 읽은 독자에게는 작품 속 등장인물들이 어느새 가까운 이웃이요, 핏줄처럼 착각이 드는 것도 무리는 아니다. 궁벽한 시골마을인 평사리에서 시작된 이야기는 진주와 지리산, 서울, 그리고 만주 벌판과 러시아, 일본으로까지 이어지면서 굴곡 많던 한국 근대사의 한 자락을 생생하게 그려내고 있다.

1897년 가을 한가위로부터 시작된 『토지』는 1945년 8월 15일까지 48년이라는 대장정을 이어간다. 『토지』의 이야기를 최 참판 댁을 이어갈 유일한 핏줄인 서희를 중심으로 대략 살펴보면, 다섯 살짜리 서희는 제1부 1장에서 다음과 같이 존재를 드러내어 몇십 년 뒤 할머니가 되도록 이야기를 이끌어가는 주요 인물이다.

■　　볏섬을 저 나르는 구천의 다리 뒤에 숨어서 살금살금 걸어오던 자그마한 계집아이가 얼굴을 내밀었다. 앙증스럽고 건강해 보이는 아이의 나이는 다섯 살. 장차는 어찌 될지, 현재로서는 최치수의 하나뿐인 혈육이었다. 서희는 어머니인 별당아씨를 닮았다고들 했으며 할머니 모습도 있다 했다. 안존하지 못한 것은 나이 탓이라 하고 기상이 강한 것은 할머니 편의 기질이라 했다.

　　　　　　　　　　　　　　　　－『토지』 1부 1권, 「어둠의 발소리」 중에서

최치수와 별당 아씨의 소생이자 최씨 집안의 마지막 핏줄인 최서희는 어린 나이에 육친을 잃고 고아가 된 후, 친척인 조준구에게 모든 재산을 빼앗기고 길상 등과 함께 만주의 용정으로 이주한다. 하지만 최서희는 윤씨 부인이 비밀리에 남긴 금괴를 밑천으로 용정 대화재와 전쟁 과정에서 막대한 부를 이룩한다. 용정에서 거상으로 자리 잡아가는 동안에도 최서희는 몰락한 가문을 부흥시키고 다시 귀향하는 것을 자기 삶의 유일한 목표로 삼고, 독립운동 자금 요청도 거절하며 일본 사람들과도 친밀한 관계를 유지한다. 서희는 자신의 잃어버린 자존심과 빼앗긴 집안의 재산을 도로 찾겠다는 집념의 화신으로 변하면서 다소 광폭해지기도 한다. 그러던 중 하인 출신의 길상과 혼인하여 환국과 윤국, 두 아들을 낳는다. 공 노인과 임 역관의 중개로 조준구에게 빼앗긴 대부분의 토지를 회수한 뒤, 독립운동을 하기 위해 간도에 남은 길상과 헤어져 귀국을 감행하고 진주에 자리를 잡은 서희는 마침내 몰락한 조준구에게서 평사리의 집문서를 넘겨받음으로써 가문의 재건과 복수를 마무리한다.

이처럼 『토지』는 서희를 중심으로 하동 갑부 최 참판 댁이 재산을 잃었다가 다시 찾는 과정을 4대에 걸쳐 추적하고 있지만 작가의 관심이 개인적인 것에 그치지는 않는다. '소설로 읽는 근대사'라는 평을 듣는 작품답게 동학혁명, 청일전쟁, 러일전쟁, 그리고 국권침탈, 독립운동, 3·1운동 등 우리 근대사의 굵직굵직한 사건들이 최 참판 댁 자손들의 행보를 따라 그려지고 있다.

700여 명의 인물과 온갖 짐승, 사물 모두가 주인공

얼핏 볼 때는 『토지』가 최서희라는 한 개인의 연대기요, 모든 것이 서희를 위해 존재하는 부속물 같다는 생각도 들지만 후반부로 가면서 서희는 간간이 나올 뿐 작가의 시선은 그야말로 대하처럼 광범위하게 넓어지고 깊어져 가기만 한다.

장장 16권(솔출판사 기준, 나남은 23권)에 달하는 『토지』에는 등장인물들 또한 다수일 뿐만 아니라, 그들 하나하나가 간직한 특출한 개성들은 이 대하소설을 이끌어 가는 주된 동력이 된다. 물론 차디찬 물의 여자, 뜨거운 불의 여자 서희가 소설의 한가운데 우뚝 서 있긴 하나, 모든 이들이 펄펄 살아 숨 쉬는 주인공이요, 강한 개성의 소유자들이라 할 수 있다. 심지어 말 못 하는 짐승이나 벌레에게도 애정 어린 시선을 주는 작가에게서 얼핏 "하느님은 쓸데없는 것은 하나도 만들지 않았어."라는 권정생의 「강아지 똥」을 연상시키는 범우주적인 생명사상을 엿볼 수 있다. 작품 곳곳에 포진되어 있는 인간의 심리를 꿰뚫는 송곳 같은 문장들과 놀라우리만큼 아름다운 표현들은 이 책이 주는 또 하나의 선물이다.

■　사람이 존엄하다는 것을 용이놈은 잘 알고 있지요. 그놈이 글을 배웠더라면 시인이 되었을 게고 말을 타고 창을 들었으면 앞장섰을 게고 부모 묘소에 벌초할 때마다 머리카락에까지 울음이 맺히고 여인을 보석으로 생각하는, 그렇지요. 복 많은 이 땅의 농부요.

- 『토지』 1부 2권, 「추적과 음모」 중에서

길상은 고독했다. 고독한 부부, 고독한 결혼이었다. 한 사나이로서의 자유는 날갯죽지가 부러졌다. 사랑하면서, 살을 저미듯 짙은 애정이면서, 그 누구에게도 주고 싶지 않았던 애기씨, 최서희가 지금 길상에게는 쓸쓸한 아내다. 피차가 다 쓸쓸하고 공허한가. 역설이며 이율배반이다. 인간이란 습관을 뛰어넘기 어려운 동물인지 모른다. 그 콧대 센 최서희는 여느 부인네 이상으로 공손했고, 지순하기만 하던 길상은 다분히 거칠어졌는데 그래도 서로 사이에 폭은 남아 있는 것이다.

- 『토지』 2부 3권, 「용정촌과 서울」 중에서

아버님을 어머님 계급으로 끌어올리려는 생각은 마십시오. 어머님이 내려오셔야지요. 저는 때때로 슬프지만 아버님의 출신을 부끄럽게 생각한 적은 없었습니다. 나으리마님, 사랑양반, 그것은 아버님에 대한 모욕입니다. 조롱입니다.

- 『토지』 4부 2권, 「슬픔이 빚는 진실」 중에서

수많은 문학작품들 중에서도 『토지』 속 인물을 통해 사랑을 배우고, 아픔과 갈등을 경험하면서 인생을 새롭게 살찌워간 사람들이 어찌 한둘이겠는가. 약 700여 명에 달하는 등장인물 중에서 어느 한 사람이라도 무게 없는 삶이 없다. 읽다 보면 어떤 성격의 인물이든 작품 속에서 꼭 사랑할 수밖에 없는 인물을 발견하게 될 것이다. 마지막 16권을 덮던 그날, 1권을 다시 읽기 시작하면서 그간 단순하게 넘겨버렸던 중심인물 외의 사람들 하나하나를 비로소, 아니 새로이 발견하는 가슴 떨린 경험을 한 사람 또한 비단 나 하나만은 아니었으리라.

『토지』의 산실, 원주

이제 하동을 떠나, 박경리 선생이 『토지』 4, 5부를 집필하던 원주로 발길을 돌려보자. 단구동의 옛집과 텃밭은 작가 선생과 그 업적을 기념하는 의미에서 토지개발공사가 원주시에 기증하여, 이름도 '토지문학공원'에서 '박경리 문학공원'으로 바뀌었다. 옛집 앞마당에 세워진 선생의 동상은 텃밭에서 나무, 풀, 꽃 등을 보살핀 뒤 나무 그늘에 앉아 편안히 쉬고 있는 일상의 모습을 나타냈다. 선생의 오른쪽에는 그림자처럼 따르던 고양이가, 왼쪽에는 늘 쥐어져 있던 호미가 책 위에 가지런히 놓여있다. 고양이가 앉은 돌 위에는 유작 시 「옛날의 그 집」 일부가 새겨져 있다.

이곳 주변으로는 작품의 무대를 재현한 홍이 동산, 평사리 마을, 그리고 나무로 된 전신주, 일송정, 용두레 우물이 있는 당시의 만주 용정촌을 만들어놓았으나 현장감을 느끼기엔 미흡하기 짝이 없다. 공원 한쪽 둥근 기둥에 『토지』 속 등장인물들의 이름을 빽빽하게 새겨놓은 것이 잠시 발길을 멈추게 한다. 서희, 길상, 구천이, 윤 씨 부인, 최치수, 이상현, 용이, 홍이, 월선이, 봉순이, 주갑이, 임이네, 함안댁, 판술 네, 두만네, 귀녀, 평산이, 조준구, 칠성이, 영팔이, 김 훈장, 관수, 윤보, 강 포수, 공노 인, 임명빈, 명희 남매, 오가다, 인실, 거복이, 윤복이, 영광, 두메, 몽치, 환국, 윤국, 양 현……. 수많은 사람들의 이름을 보고 있으니 가족과 핏줄, 땅과 흙, 정과 한이 한데 섞여 우리네 인생이 흘러간다는 사실에 새삼 가슴이 아려온다.

'박경리 문학의 집'에는 선생이 생전에 원주시에 기증한 물건과 원주시가 수집한 『토지』육필 원고 등 다양한 자료들을 전시해놓았다. 그중 한 시절 가족들의 생계를 책임졌던 재봉틀과『토지』집필을 함께 한, 손때가 묻은 두꺼운 국어사전이 눈길을 잡아끈다.

모국어에 대한 각성은『혼불』의 작가 최명희가 "국어사전을 시집처럼 읽었다."는

박경리 선생이 생전에 사용하던 국어사전과 재봉틀, 육필 원고

말에서도 뜨겁게 달아오른다. 이들 대작가들은 사전이 너덜너덜해질 정도로 모국어를 찾아 갈고닦았다. 사전에 나오지 않은 말은 토속어를 포함하여 스스로 낱말을 만들어냈으니 『토지 사전』과 『혼불 사전』이 그것이다.

　3층 방은 전체가 『토지』 1~5부 전작의 줄거리로 채워져 가히 모국어의 홍수라 할만하다. 누구라도 이 방을 나갈 때는 『토지』를 다 꿰고 나갈 수 있을 것만 같다. 다섯 개의 유리관에 1~5부까지 책 모양 그대로 글씨를 크게 써두고, 그 사이사이에는 해당 장면을 영상으로도 보여주니 예전에 방영한 드라마 〈토지〉를 옛 영화처럼 감상해보는 것도 좋을 것이다.

　공원에서 나와 충주 방향으로 국도를 따라 10여 킬로미터 가노라면 원주시 흥업면 매지리에, 선생께서 생전에 후배 문인들을 위하여 세미나 및 심포지엄, 창작, 집필 활동 장소로 지은 '토지문화관'이 있다. 그리고 바로 그 옆에 박경리 선생이 단구동의 옛집에서 나와 운명할 때까지 거주하던 집이 있다. 이곳에는 선생의 외동딸이자 토지문화관 이사장인 김영주 씨가 머물면서 어머니의 유지를 성심껏 받들어가고 있다. 모습이 젊은 날의 어머니와 어찌나 꼭 닮았는지 선생이 보고 싶을 때 원주 토지문화관을 찾아가면 잠시나마 그리움의 허기를 달랠 수 있을 것이다.

『김약국의 딸들』이 숨 쉬고 있는 통영

『토지』의 주된 배경은 하동 평사리요, 『토지』를 완간한 곳은 강원도 원주지만 박경리라는 작가의 생명과 영혼을 낳아준 고향은 통영이다. 그러므로 『토지』는 가히 하동과 원주, 통영의 합작품이라 하겠다. 어찌 『토지』뿐이랴. 선생의 수많은 작품 속에서 호시탐탐 통영이 등장하는 것을 어찌 막으리. 그만큼 선생의 몸에 통영의 기운이 깊이 들어앉아 있기에 그 많은 창작을 가능하게 했는지도 모르겠다.

통영에도 『토지』의 인물들이 곳곳에 남아 있다. 임명희가 남편 조용하에게 '성폭행'을 당한 치욕을 죽음으로 없애려 뛰어든 곳도 통영 바다요, 판데목 근처 학교에서 교사로 재생의 길을 걷게 된 곳도 통영이요, 살인자 김평산의 둘째 아들인 김한복의 장남 김영호가 어업조합 서기로 옮겨와 산 곳도 통영이고, 일본인 오가다 지로와의 애증으로 고뇌하던 지식인이자 독립운동가인 여성 유인실이 그와 하룻밤 안타까운 사랑을 나눈 곳도 통영이다.

그 누구보다도 선량하고 예민한 감수성을 가진 꼽추 도령 조병수가 탐욕으로 가득 찬 아버지 조준구를 성심껏 모시면서 자기 신분을 버린 채 소목장으로서 예술혼을 발휘하며 살아가는 곳도 바로 통영이다. 조병수로 하여금 신체적 굴레를 벗어나 다시 태어나게 만들 수 있었던 힘은 통영이 작가의 고향이라는 사실과 무관하지 않을 성싶다. 마치 『바람과 함께 사라지다』의 주인공 스칼렛이 절망과 시련을 만났을 때, "내일은 내일의 태양이 떠오를 것이다!"라고 외치며 고향 '타라'를 찾은 것처럼 박경리에게 있어서도 고향 통영은 단순한 물리적 공간이 아닌 소생과 정화의 힘을 지닌 공간이 아니었을까.

　그러나 통영의 모든 것을 보여주는 작품을 들라치면 이는 단연코 『김약국의 딸들』이다. 『파시』도 거의 '통영 소설'이라 할만하지만, 이 작품만큼 사실성 있게 어느한 시기의 통영을 완벽하게 재현해놓은 작품은 없을 것이다. 다큐멘터리도, 역사소설도 아니건만 간창골을 중심으로 통영의 곳곳을 직접 발로 밟아보노라면 이 소설이 허구라는 사실을 깜박 잊고 3대에 걸친 비극적인 가족사에 그만 치를 떨게 된다.

　1962년에 발표한 『김약국의 딸들』은 시대적 배경은 일제강점기이지만, 작품에서는 나라 잃은 설움이나 일제의 폭압에 대항하는 민중들의 몸짓이 없다. 다만 용빈이광주학생 사건에 연루되어 감금되거나, 사회주의자 태윤과 중국행을 권하는 강극의모습 등에서 시대 배경을 짐작할 수 있을 뿐이다.

　이 소설은 그보다는 바닷가를 배경으로 딸 다섯을 둔 한 약국 집안의 몰락을 처절하게 그리고 있다. 어쩌면 통영 사람들에게는 무척 익숙할지도 모를, 혹은 성장기에작가가 보고 듣거나 은밀하게 동네 아낙네들 사이에 떠돌던 그런 이야기 말이다. 어머니 한실댁 입장에서 보았을 때 대강의 줄거리는 이렇다.

　자손이 귀한 집에 와서 아들 못 낳는 것을 철천지한으로 삼고 있는 한실댁은 남편 보기 부끄럽고 남 보기에도 부끄러웠지만, 실은 그 딸들을 하늘같이 생각하고 있었다. 큰딸 용숙은 샘이 많고 만사가 칠칠하여 대갓집 맏며느리가 될 것이고, 둘째딸 용빈은 영민하고 훤칠하여 뉘 집 아들자식과 바꿀까 보냐 싶었고, 셋째 딸 용란은 옷고름 한 짝 달아 입지 못하는 말괄량이지만 달나라 항아님같이 어여쁘니 남편사랑을 독차지할 거라 생각하였다. 넷째 딸 용옥은 딸 중에서 제일 인물이 떨어지지만 손끝이 야물고 말이 적고 심성이 고와서 없는 살림이라도 알뜰히 꾸려나갈 것이니 걱정 없을 것이고, 막내둥이 용혜는 어리광꾼이지만 연한 배같이 상냥하고 귀염성스러워 어느 집 막내며느리가 되어 호강을 할 거라는 것이다. 그러나 큰딸 용숙이가 과부가 되면서부터 한실댁의 꿈은 하나씩 부서지고 그렇게 집안은 서서히 몰락해간다.

하동 평사리 외.
박경리

『김약국의 딸들』은 작품의 중심 무대인 통영을 장황하리만큼 알뜰하게 소개하는 장면으로 시작한다. 앞으로 등장할 주요 장소들, 그러니까 세병관, 남망산, 간창골, 서문고개, 충렬사, 명정골 우물, 대밭골, 판데목, 미륵도, 용화산, 해저터널, 동문, 북문, 장대고개 등이 총망라된다. 그러므로 이 작품은 "통영은"으로 시작되는 앞부분의 단 6쪽 분량만으로도 통영을 알리는 데 그 어떤 외교관 이상의 구실을 하고도 남는다.

통영은 다도해 부근에 있는 조촐한 어항이다. 부산과 여수 사이를 내왕하는 항로의 중간 지점으로서 그 고장의 젊은이들은 조선의 나폴리라 한다. 그러니 만큼 바다 빛은 맑고 푸르다. 남해안 일대에 있어서 남해도와 쌍벽인 큰 섬 거제도가 앞을 가로막고 있기 때문에 현해탄의 거센 파도가 우회하므로 항만은 잔잔하고 사철 온난하여 매우 살기 좋은 곳이다. 통영 주변에는 무수한 섬들이 위성처럼 산재하고 있다.

－『김약국의 딸들』(나남, 1993) 중에서

문학기행의 맛과 멋

『김약국의 딸들』은 책 서두에서부터 이어지는 통영 소개 글 사이사이에 '김약국네 딸들'의 이야기가 전개되고 있어 작품의 현장을 더 생생하게 느낄 수 있다.

이 무렵의 통영 항구를 보면 시가는 동서남북 네 개의 문과 동문, 남문 중간에 있는 수구문을 합하여 모두 다섯 개의 문으로 형성되어 있었다. 동헌에서 서쪽으로 나가면 안뒤산 기슭으로부터 그 아래 일대는 김약국네 딸들이 사는 집이자, 작품의 주무대인 간창골이 나온다. 간창골 건너편에는 한량들이 노는 활터가 있고, 이월 풍신

제를 올리는 뚝지가 있다. 간창골에서 얼마를 가파롭게 올라가면 서문이 있다. 그곳을 일컬어 서문고개라 한다. 지금은 큰길이 생기면서 뚝지면당과 연결된 오르막길 정도이며, 간창골도 금이 가듯 쪼개져서 옛 자리 형태만 남아 있다. 아편쟁이에게 시집보낸 용란이가 시집에서 강제로 분가된 곳은 동문이다. 서문 간창골의 친정과는 반대편에 있건만, 어머니 한실댁이 한돌이와 정분을 나누는 딸이 걱정되어 갔다가 사위에게 한돌이와 한 묶음으로 무참하게 살해되었던 동문은 서문 쪽보다 더 가난하고 남루해보인다.

서문을 가운데 두고 서문 밖에는 안뒤산의 한 줄기인 뒷당산이 있는데, 그 뒷당산 우거진 대숲 앞에 충무공을 모신 사당 충렬사가 자리 잡고 있다. 충렬사에 이르는 길 양옆에는 아름드리 동백나무가 줄을 지어 서 있어 아지랑이가 감도는 봄날, 핏빛 같은 꽃을 피운다. 그러나 지금 충렬사 양쪽에는 동백나무가 없다. 그저 긴 여황로 아스팔트 길이 충무대교와 연결되어 있고, 그 길 연변에는 명정골 우물이 부부처럼 두 개가 나란히 있다.

명정골 우물에서 서문고개로 가는 길을 되돌아서면 대밭골이다. 그러나 지금 대밭은 흔적도 없이 다 베어졌다. 이 대밭골에서 서문고개 가는 길로 접어들어 줄곧 나가면 해저터널^{판데목}로 이어진다. 남편 김성수의 배가 뒤집혀 뱃사람들이 다 죽고 집안이 망하게 되자, 한실댁이 고단한 마음을 부처님께 빌기 위해 판데목을 거쳐 미륵도를 건너 용화사로 걸어갈 때 그 마음이 짊어졌을 삶의 짐은 또 얼마나 무거웠을까. 이 길은 꽤나 길고 멀다.

용화사 아래는 봉수골, 더 내려오면 통영 항구가 바라보이는 해평나루가 있다. 바다에 가서 죽은 남편을 따라 죽은 여인의 전설이 전해오는 곳이다. 어쩌면 이쯤 어디가 한돌이를 그리워하다가 미치광이가 된 용란이가 발작하던 거리일까. 용란이도 그만 해평나루의 여인처럼 뒤따라 죽기라도 했다면 김약국네 비극이 덜해졌을까 안타까운 상상을 해본다.

통영 시내는 『김약국의 딸들』의 무대답게 작품 속에 등장하는 장면마다 해당 대

『김약국의 딸들』의 주요 무대인 간창골과 문학비

목의 육필 원고를 그대로 본 따서 동판에 담아 표석을 세워놓았다.

　해저터널 해안 도로변에 '판데목', 명정동 충렬사 앞에 '명정샘', 충렬사 맞은편 고개 입구에 '서문고개', 문화동 통영문화원 아래 '간창골', 이 4개의 문학비는 차를 타고 다니는 사람에게는 안 보인다. 반드시 천천히, 여유롭게 걸어다니는 사람에게만 눈에 뜨일 것이니, 이는 가히 문학기행의 진수라 하지 않을 수 없다.

외로워야 자유롭다

　통영대교를 건너 왼쪽 미륵도 관광지 앞 바다에는 통영이 배출한 무수한 문인들을 기념하는 뜻에서 연필 모양의 등대를 수십 개 세워놓았다. 큰 연필 주변에는 호위병처럼 작은 연필들이 나열해 있다. 깜깜한 밤바다에서 배가 안전하게 항해할 수 있도록 안내자 역할을 하듯이 작가들은 시나 소설로써 이 세상의 어둠을 밝히는 등대요 안내자의 역할을 한다는 뜻이리라. 통영 사람들의 높은 자긍심이 엿보인다.

　계속 산양 일주도로를 타고 10여 분 달려 '박경리 묘소' 팻말을 따라 산기슭을 올라가면 고향 떠난 지 40여 년 만에 '버리고 갈 것만 남아서 후련하다'며 돌아온 선생이 바다를 바라다보며 잠들어 있다. 선생의 무덤이 있는 '박경리 공원'은 '박경리 기념관'에서 바로 올라가도록 동선이 꾸며져 한나절 선생의 작품 속으로 들어가 노닐 수 있다.

　2008년 5월 5일, 어린이날에 눈 감은 후 서울에서 원주를 거쳐, 통영 강구안에서

행해진 영결식은 가히 대지의 딸이 대지로 돌아가는 장엄함으로 넘쳤다. 통영 시민들이 모두 상주인 양 뒤따르고 수백 개의 만장이 하늘을 가린 가운데 강구 해안에서 중앙로 사거리를 지나 세병관 입구 벅수^{돌장승} 앞에서 노제를 지내고, '김약국네 딸들'이 살던 동네 간창골과 서문고개를 지나 충렬사, 명정샘, 통영대교, 미륵산 자락으로 가는 길은 과연 죽은 자를 위한 의식은 살아 있는 자들을 위한 것이라는 말이 실감되는 자리였다. 그러나 무덤만큼은 선생의 유지를 받들어 아무 장식도 없이 단순하고 소박하다. 그저 통영 바다를 내려다보는 곳에 잠들어 계신다.

오래 전 선생께서 두문불출하며 글을 쓰던 시절에 하신 말씀 중 "나는 장례식이나 결혼식에 가본 지가 오래라, 나 죽을 때 아무도 안 올 거라는 결심을 하고 산다." 라는 글을 읽고는 '그러면 나라도 결근하고 상복 입고 가리라.' 하고 결심했던 그대로 하였다.

책에서 진리를 구하지 않고 삶에서, 자연에서 건져 올린 그분의 말씀 한 올 한 올은 이제 책으로 만나야 한다. 영결식장에서 녹음기를 통해 흘러나오던 음성이 아직도 귓가에 맴도는 것 같다.

"자유로운 것은 외로움과 한 묶음입니다. 외로워야 자유롭습니다……."

하동 평사리 외,
박경리

박경리 묘소

모든 숨탄것들을 사랑한
대지의 딸

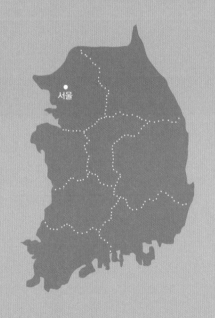

서울

그 시대를
증언하다

박
완
서

우리 시대의
진정한 이야기꾼

박완서^{1931~2011}의 소설을 읽다 보면 '어, 이거 어디서 읽었는데?' 하는 느낌이 들
만큼 중복된 이야기가 많다. 나중에 알고 보면 대다수의 작품들이『그 많던 싱아는
누가 다 먹었을까』와『그 산이 정말 거기 있었을까』를 위한 토대요, 기초 작업이었
음을 알 수 있다. 자신이 직접 겪은 일을 토대로 한 자전적 소설이 주를 이루고 있는
것이다.

특히『그 많던 싱아는 누가 다 먹었을까』는 작가가 1931년 출생에서부터 6·25
전쟁, 그중에서도 1·4 후퇴 시기까지를 다룬 내용인「엄마의 말뚝 1」을 확장하여
쓴 작품이다. 나이로 치면 태어나서 대학 들어갈 때까지, 즉 스무 살이 될 때까지 성
장 과정을 그린 박완서 인생의 전반부인 것이다.

그에 비해『그 산이 정말 거기 있었을까』는 1951년 1·4후퇴 때를 기점으로 미군
부대에서 일하면서 1953년 결혼할 때까지를 다룬「엄마의 말뚝 2」를 확장하고, 여
기에 첫 작품인「나목」의 내용을 더한 것으로, 박완서 인생의 후반부에 해당하는 작
품이라고 할 수 있다.

이후 자신의 사랑과 결혼, 가족 이야기는 있는 그대로 쓰면 불편할 수 있을 것

같아 허구를 더하여 쓴 작품이 『그 남자네 집』이라 하였으니, 이를 『그 산이 정말 거기 있었을까』의 후편이라고 보면 전체적으로 자전적 소설 총 3부작이 되는 셈이다.

그러므로 박완서의 삶과 문학적 궤적을 이해하자면 「엄마의 말뚝 1, 2, 3」이나, 혹은 『그 많던 싱아는 누가 다 먹었을까』와 『그 산이 정말 거기 있었을까』 연작만 읽어도 무방하지 않을까 싶다. 그는 늦은 등단에 비해 엄청난 양의 작품을 쏟아낸 다작의 작가였지만, 그 모든 작품은 작가의 경험에서 그다지 벗어나지 않는다. 즉 박완서의 작품은 대부분 전쟁과 분단, 그리고 가족사를 중심으로 펼쳐지는 이야기라고 할 수 있다.

"나는 사회주의자가 아니지만 진보적 가치를 소중하게 생각한다."

박완서는 개성에서 약 10킬로미터 떨어진 경기도 개풍군^{현 황해도 개풍군} 청교면 묵송리 박적골이라는 시골의 양반집에서 태어나 세 살 때 아버지를 여의고, 할아버지와 대가족의 보호 속에서 풍족하고도 평화로운 어린 시절을 보냈다. 그리고 여덟 살 때 어머니를 따라 서울로 올라오면서 처음으로 도시의 가난한 셋방살이를 경험하게 된다.

어려운 살림이었지만 삯바느질로 억척스럽게 자식들을 교육시켰던 어머니의 교육열 덕분에 그는 숙명여고를 거쳐 1950년 서울대 문리대 국문학과에 입학한다. 범상치 않은 엘리트 여성의 코스를 밟는다 싶었지만 곧바로 한국 전쟁이 터졌고, 가장 노릇을 하던 숙부와 오빠마저 죽자 가족의 생계를 책임져야 했던 그는 1951년 미군 부대 PX 초상화부에 취직을 하게 된다.

어렸을 때부터 신여성이 되어야 한다는 어머니의 집요한 애착 속에 키워져 하늘을 찌를만치 콧대가 높았던 그에게, 미군 부대에서 근무하며 미군을 상대로 초상화 손님을 호객하는 일은 자존심의 추락에 다름 아니었다. 그 무렵 그가 일하던 곳에서 미군들의 초상화를 그리던 '간판쟁이' 중 한 명이 화가 박수근이고, 그 시절의 박수근에 대한 이야기를 다룬 작품이 그의 처녀작 「나목」이라는 사실은 이미 널리 알려져 있다. 이후 그는 여성 문제와 도시의 소시민적 삶을 다룬 몇 작품을 제외하고는 줄기차게 자신의 어린 시절과 전쟁 경험을 바탕으로 분단의 비극을 집요하게 다루었다.

첫 소설 「나목」 외에도 그의 작품은 거의 모두 자신의 경험을 토대로 한 것들이다. 이를테면 오빠의 혼인날, 개성 지방의 전통적인 신부 차림을 했던 올케의 모습은 훗날 대하소설 『미망』을 쓸 때, 여주인공 태임의 혼례 장면으로 고스란히 재현된다. 또한 『그 여자네 집』은 해방 직전 마을에서 직접 들었던 이야기를 토대로 쓴 것으로, 정신대를 피해 딸을 갈잎 낟가리에 숨겼다가 공출할 식량을 찾으러 온 일본 순사의 창끝에 그 딸의 살점이 묻어났다는 이야기에서 소재를 가져왔다고 한다.

이처럼 그의 소설은 잔인하고 어지러운 시절을 살아야 했던 보통 사람들의 이야기를 다루고 있다. 그중에서도 전쟁과 분단, 가족, 그리고 여성 문제를 일관되게 다루고 있다는 점이 특징이다. 식민지 시대부터 6·25를 거쳐 산업사회에 이르는 시대를 한 여성으로서 살아온 그이의 인생이 날 것 그대로 문학에 반영된 것이다.

6·25 전쟁을 다룬 작품은 많아도 인공 치하의 서울을 다룬 이야기는 그다지 흔치 않다. 한 시대를 기록한 역사학자 김성칠의 일기를 담은 『역사 앞에서 – 한 사학자의 6·25 일기』(창비, 2009)에서 김성칠은 북한군이 점령한 서울에서의 경험을 다음과 같이 쓰고 있다.

괴뢰집단의 일이라도 좋은 점은 물론 우리가 배워야 할 것이다. 그리고 그들의 조직과 훈련은 과연 우리보다 앞선 듯싶다. 그러나 인간을 기계나 다른 물질처럼 알고 이를 학사虐使하여 모든 힘을 전쟁 준비에로만 기울이는 정치는 그리 좋은

서대문구 현저동,
박완서

정치라 할 수 없을 것이며, 백성이 허턱 괴롭게만 구는 정치는 본받을만한 것이 못될 것이다.

1945년 12월 1일부터 시작하여 1951년 4월 8일에 끝나는 이 일기를 두고 최근에 국방부에서는 "동기로 본다면 인민공화국이나 대한민국이나 조금도 다를 바 없을 것이다. 그들은 서로 남침과 북벌을 위해 그 가냘픈 주먹을 들먹이고 있지 아니하였는가?"라는 부분을 예로 들면서 현행 고등학교 교과서가 부정확한 내용으로 기술돼 학생들의 안보 의식을 약화시킬 우려가 있다는 이유로 교육과학기술부에 한국사 교과서 현대사 부분의 집필 기준을 개정해달라는 내용의 제안서를 보냈다.

인공 치하에서 이런 저런 이유로 서울에 남아 양측의 이데올로기를 경험한 김성칠의 일기와 박완서 작품에서 볼 수 있는 것은 결국 한 쪽의 이념으로만 다가간다면 동족상잔의 비극에서 결코 벗어날 수 없을 것이라는 사실이다.

자칫 한국 문학사에서 공백이 될 수도 있었을 이 시기가 박완서라는 작가를 통해서 이토록 생생하게 기록되었다는 사실은 한국 현대사에 길이 남을 공헌일 것이다. 2008년 경기도 구리시 아치울 마을 자택 뜰에서 가진 문학 강연회에서 작가는 "나는 사회주의자가 아니지만, 진보적 가치를 중요하게 생각하며 나눔, 평등, 배려와 같은 가치는 더 필요하다."라고 말했다. 그가 어떤 뜻으로 그런 말을 했는지 조금은 알 것도 같다.

"내 문학 세계의 근원은 어머니"

누군가는 말했다. "나를 키운 것은 8할이 바람이다."라고. 그 말을 빗대어 박완서에게 다시 묻는다면 아마도 그는 "나를 키운 것은 8할이 어머니이다."라고 하지 않을까? 그만큼 그의 어머니는 박완서의 삶과 문학 세계에서 절대적이고 근원적인 존

그 시대를
증언하다

재였다.

　어머니의 뜨거운 교육열과 신여성에 대한 꿈은 작가가 이미 자신의 작품 속에서 숱하게 밝혔던 바, 순전히 딸을 위해서라기보다는 어머니 당신의 인생을 더 뜨겁게 달군 목표였던 듯하다. 딸이 어릴 적 자신의 조부모로부터 '태양과도 같은 사랑'을 받은 것만으로 만족할 수 없었던 어머니는 그예 어린 딸의 긴 머리를 싹둑 잘라내고는 서울로 데리고 갔고, 그 일을 시작으로 딸을 통해 자신의 꿈과 열정을 향해 나아가려 했다.

　이 같은 어머니의 과도한 기대가 퍽이나 부담스러웠다고 작가는 여러 곳에서 밝힌 바 있다. 하지만 어머니는 딸에게 늘 공부를 많이 해서 '이 세상의 이치에 대하여 모르는 게 없고 마음먹은 건 뭐든지 할 수 있는 자유와 지성의 상징, 신여성'이 되라고 귀에 못이 박히도록 강조했다고 한다. 그 뜨거운 교육열은 작가의 여러 작품에 별난 치맛바람으로 자주 묘사되기도 한다. 특히 「엄마의 말뚝 1」에서는 그런 어머니의 모습이 다음과 같이 생생하게 묘사되고 있다.

　　글공부를 잘해야지 바느질 같은 거 행여 잘할 생각 마라. 손재주 좋으면 손재주로 먹고 살고, 노래 잘하면 노래로 먹고 살고, 인물을 반반하게 가꾸면 인물로 먹고 살고, 무재주면 무재주로 먹고 살게 마련이야. 엄마는 무재주도 싫지만, 손재간이나 노래나 인물로 먹고 사는 것도 싫어. 넌 공부를 많이 해서 신여성이 돼야 해. 알았지?

　　이것아, 계집애 공부시키는 건 아들 공부시키는 것하고 달라서 순전히 저 한 몸 좋으라고 시키는 거지, 집안이 덕 보자고 시키는 거 아니다. 느이 오래비 성공하면 우리 집안이 다 일어나는 거지만, 너 공부 많이 해서 신여성 되면 네 신세가 피는 거야, 이것아. 알았지?

서대문구 현저동.
박완서

그러던 어머니는 훗날 딸이 쓴 소설책을 보고 "원, 그것도 소설이라고 썼는지!" 하면서 휙 던져버렸다고 한다. 작가는 어머니가 돌아가실 때까지 당신이 딸을 통해 이루고 싶었던 신여성의 꿈을 활짝 펴보지 못했을 것이라고 짐작했다. 그의 어머니께서 조금만 더 오래 사셨더라면 당신 딸이 이 땅의 문학사에서 어떤 위치로 우뚝 선 작가이며, 얼마나 눈부신 신여성이었는지 확인하셨을 것이다.

그러나 어머니의 만족 여부와는 관계없이 어머니로부터 물려받은 교육철학과 정신적 유산은 박완서의 문학과 인생 여정에 튼실한 밑거름으로 작용했음에 틀림없다. 작가 스스로도 '내 문학 세계의 근원은 어머니'라고 말한 바 있다.

어머니로부터 물려받은 진보적인 여성관 때문이었을까? 작가는 여성들의 문제에도 많은 관심을 기울였다. 특히 『그대 아직도 꿈꾸고 있는가』는 여성을 둘러싼 가부장제 사회의 억압을 다룬 작품으로, 한때 TV 드라마로도 인기리에 방영되어 그 인상과 여운을 깊게 남겼다. 이 작품은 작가가 1980년대 초 가정법원에서 조정위원을 했던 경험을 살려 썼다고 한다. 여자 주인공이 혼자 낳아 기른 아이를 옛 애인인 친부가 빼앗아 가려고 하는, 요즘 시각에서 보면 다분히 신파적인 갈등을 다루고 있는 이 작품은, 그러나 출간 당시 가부장제 사회에서 여성들이 겪는 모순과 편견, 부조리를 신랄하게 고발하여 사회적으로 큰 화제가 되기도 했다. 따라서 2008년 호주제 폐지를 통해 남녀평등의 문을 여는 데 이 책이 그 바탕을 이루었다는 세간의 평가 또한 그에게 걸맞은 위상이라 생각한다.

'엄마의 말뚝', 서울 서대문구 현저동

"여긴 서울에서도 문밖이란다. …… 느이 오래비 성공할 때까지만 여기서 고생하면 우리도 여봐란듯이 문안에 들어가 살 수 있을 거야."

고향을 떠나 막 서울에 도착한 딸에게 엄마가 한 말이다. 「엄마의 말뚝 1」의 한 장면으로, 소설 속 배경이 되는 '문밖'은 이사한 훗날까지도 어머니가 잊지 못하던 지금의 현저동을 말한다.

서울 서대문구 무악재 고개 위에 위치한 당시 현저동은 말하자면 뜨내기들의 집합소 같은 곳이었다. 그중에서도 현저동 산동네는 독립문에서 홍제동 방향으로 가다가 무악재 고개를 넘어가기 직전 오른쪽 언덕에 빼곡하게 집들이 늘어서 있던 가난한 동네였다. 그런 산꼭대기 달동네에 살면서도 어머니는 딸을 사대문 안에 있는 소학교에 입학시키려고 주소를 친척 집으로, 요샛말로 위장 전입까지 감행한다. 그러고는 학교에서 말하는 집과 실제로 사는 집 두 주소를 헷갈리지 않도록 딸에게 열심히 외우게 한다.

이 현저동이 우리 문학사에서 뚜렷한 발자취를 가지게 된 것은 아마도 박완서의 공로가 가장 클 테지만 다른 문학 작품 속에도 현저동은 심심찮게 등장한다.

채만식의 소설 「미스터 방」의 주인공 방삼복이 가족을 데리고 거지꼴로 서울로 올라왔을 때 맨 처음 자리 잡은 곳도 현저동이었다. 하지만 우연히 미군 소위의 통역관이 되면서 부와 권력을 지니게 되자 그는 미련 없이 현저동을 떠난다.

1935년에 발표한 심훈의 농촌 소설 「상록수」에도 현저동에 대한 이야기가 잠깐 나온다. 이 일대는 약물이 유명하여 예전에는 '악박골' 혹은 '영천'이라고 불렸다고 한다. 주인공 영신과 동혁이 처음 만난 날, 독립문과 서대문 방면으로 향하는 장면이 있다.

■   영신은 동혁이가 또 그대로 뿌리치고 갈까 보아 도리어 겁이 났던 판이라 '어디로 갈까?' 하고 고개를 갸우뚱하다가, "그럼 목마른데 악박골로 가서 약물이나 마실까요?" 하고 독립문 편짝을 향해서 앞장을 선다.
"참, 악박골이 영천이라구도 허는 덴가요?"

그리고 1970년에 발표한 「엄마의 말뚝 1」 마지막에서 현저동을 지나갈 때, 작가는 영천이라는 지명과 함께 상전벽해가 된 현저동을 보고는 다음과 같이 회고하고 있다.

■   몇 달 전 친구들과 택시로 영천을 지난 적이 있다. 그곳을 지날 때면 언제나 그렇듯이 나는 나만의 은밀한 애정과 감회를 가지고 현저동을 쳐다보다가 그 동네의 변화에 가슴이 덜컥 내려앉고 말았다. 괴불마당이 있던 근처에 연립주택이 들어서고 있는 게 아닌가.

과연 그 동네는 이제 더 이상 구질구질한 예전의 달동네도 아니고, 가파른 계단도 낭떠러지 축대도 없다. 지금은 행정구역상 독립문에서 무악재 방향으로 교도소가 있는 왼쪽은 그대로 서대문구 현저동이고, 엄마의 '말뚝'으로 자리 잡은 오른쪽 동네의 현저동은 종로구 무악동이 되었다. 이름이 바뀐 그 자리에는 지금 무악 연립주택과 고층 아파트가 빽빽하게 들어서 있고, 인왕산 등산로와 통하는 널따란 아스팔트 길이 나 있다. 따라서 현저동, 혹은 영천으로 불리던 비탈진 동네에서 산 밑 길 건너로 '전중이^{죄수들}'를 보고 놀라던 그 시절의 형무소는 무성한 아파트에 가려서 더 이상 보이지 않는다.

이 지역의 작은 집들은 70년대 초 거센 재개발 바람에 휩쓸려 대부분이 헐렸고, 개발 정책을 반대하는 서민들의 절규가 난무할 때 이곳을 소설로 형상화한 것이 바로 조세희의 「난장이가 쏘아올린 작은 공」이다. 조세희는 이 작품을 위하여 서울시 무악동, 구로구 가리봉동, 인천 동구 만석동 일대를 취재하였고, 특히 무악동 일대에서는 난쟁이 가족이 밥 먹는 장면 같은 것을 실제로 보았고, 무허가 주택 철거 장면도 도처에서 보았다고 말했다.

1970년대 말 재개발되기 이전의 현저동(위)
재개발 후 달라진 현저동(아래)

현저동 산동네와 서대문형무소, 그리고 인왕산 길

■ 　　전차길 건너에는 너른 마당이 있었고, 너른 마당에서 층층다리를 올라간 곳엔 큰 길과 철 대문이 보였고, 철 대문 좌우로 높디높은 벽돌담이 끝 간 데 없이 뻗어 있었다. 집 마당만 나서면 곧장 내려다 뵈던 바로 그 큰 대궐 같은 집 담장이었다. 위에서 내려다볼 땐 담장 속에 있는 여러 채의 큰 집들을 볼 수 있었지만 전찻길에서 쳐다본 그 집은 담장밖에 안 보였다.

「엄마의 말뚝 1」에서 '철 대문', 다시 말해 교도소를 보았다는 장소는 지금으로 치면 아마도 지하철 3호선 독립문역 1번 출구로 나와 아파트 밀집 지역을 통과하여 산으로 오르는 길 언덕쯤일 것이다. 그 길은 지금도 사직동으로 연결된다.

의용군에서 도망쳐온 아들과 함께 미처 피난을 가지 못한 어머니가 급기야 아들의 몸을 숨길 곳으로 선택한 은신처가 또다시 현저동이었다. 어머니는 서울 와서 처음 말뚝 박은 동네를 어쩌면 고향 다음으로 신뢰하였는지도 모를 일이다. 모두가 피난 가고 없는 텅 빈 동네에서 자고난 이튿날 아침을 묘사한 대목은 어쩌면 박완서 문학의 방향이 정해진 지점이 아닐까 생각된다.

■ 　　지대가 높아 동네가 한눈에 내려다보였다. 혁명가들을 해방시키고 숙부를 사형시킨 형무소도 곧장 바라다보였다. 천지에 인기척이라곤 없었다. 마치 차고 푸른 비수가 등골을 살짝 긋는 것처럼 소름이 확 끼쳤다. 그건 천지에 사람 없음에 대한 공포감이었고, 세상에 나서 처음 느껴 보는 전혀 새로운 느낌이었다. 독립문까지 환히 보이는 한길에도 골목길에도 집집마다에도 아무도 없었다. 연기가 오르는 집이 어쩌면 한 집도 없단 말인가. 형무소에 인공기라도 꽂혀 있다면 오히려 덜 무서울 것 같았다. 이 큰 도시에 우리만 남아있다. 이 거대한 공허를 보는 것도 나 혼자뿐이고 앞으로 닥칠 미지의 사태를 보는 것도 우리뿐이라니. 어떻게

그게 가능한가. 차라리 우리도 감쪽같이 소멸할 방법이 있다면 그러고 싶었다.

그때 문득 막다른 골목까지 쫓긴 도망자가 획 돌아서는 것처럼 찰나적으로 사고의 전환이 왔다. 나만 보았다는 데 무슨 뜻이 있을 것 같았다. 우리만 여기 남기까지 얼마나 많은 고약한 우연이 엎치고 덮쳤던가. 그래, 나 홀로 보았다면 반드시 그걸 증언할 책무가 있을 것이다. 그거야말로 고약한 우연에 대한 정당한 복수다. 증언할 게 어찌 이 거대한 공허뿐이랴, 벌레의 시간도 증언해야지. 그래야 난 벌레를 벗어날 수가 있다.

그건 앞으로 언젠가 글을 쓸 것 같은 예감이었다. 그 예감이 공포를 몰아냈다. 조금밖에 없는 식량도 걱정이 안 됐다. 다닥다닥 붙은 빈집들이 식량으로 보였다. 집집마다 설마 밀가루 몇 줌, 보리쌀 한두 됫박쯤 없을라구. 나는 벌써 빈집을 털 계획까지 세워놓고 있었기 때문에 목구멍이 포도청도 겁나지 않았다.

- 『그 많던 싱아는 누가 다 먹었을까』(웅진지식하우스, 1995) 중에서

천지에 인기척 하나 없는 텅 빈 도시의 산동네에서 직면한 그 공포감은 읽는 사람을 숨 막히게 하고 전율하게 만든다. 작가는 인공 치하의 서울 바닥에서 가족을 먹여 살리기 위해 서울대 학생이라는 간판으로 미군 부대에서 호객 행위를 하며 잘 먹고 잘살았다고, 그런 자신에 대한 모멸감과 함께 자신만이 그 현장을 보고 느꼈다는 데서 그 시절을 증언하고 싶었다고, 그래서 '사람 노릇'을 하고 싶었다고 서울대학교 명예박사 학위를 받는 자리에서 고백한 바 있다.

서대문형무소 역사관 앞 독립공원에서 올려다보면 지금은 아파트가 된 현저동 꼭대기 산동네, 작품 속 가족들의 애환을 담고 있던 곳이 아련하게 보이는 듯하다. 그들 식구는 완벽하게 은신한 것만 감지덕지할 줄 알았지, 서대문형무소에서 주둔하고 있던 인민군 눈에 산동네에서 매일 아침저녁으로 피어오르는 굴뚝 연기가 보일 수 있다는 점을 왜 몰랐을까. 하나하나 집을 뒤진 끝에 숨어 사는 식구들을 발견

서대문형무소 역사관(옛 서대문형무소)

하고 결국 오빠는 총을 맞은 끝에 목숨이 끊어졌다.

　인왕산을 가운데로 뚫어서 만든 큰길을 따라 걸어가니 배화여자대학교를 거쳐 매동초등학교에 다다른다. 엄마의 성화로 현저동이 아닌 사대문 안 사직동의 매동 초등학교에 입학하여 친구도 없이 홀로 오갔다던 이 인왕산 산길, 한 시간 남짓한 이 거리는 어린아이에게 너무 멀고 호젓한 길이 아닌가. 학교에서 사직공원을 지나 한때 놀이터로 삼은 서대문형무소까지, 그리고 그 형무소가 내려다보이는 산동네 집까지 한 바퀴 돌고 나니 땀이 비 오듯 한다.

　엄마가 삯바느질하여 번 돈으로 군것질하는 철없는 동생을 보다 못해 오빠가 집

사대문 안과 밖으로 서울을 경계 짓던 성곽과 작가가 위장전입해서 다녔다는 사대문 안쪽의 매동초등학교

뒤로 불러내 때리던 인왕산 아래 무너진 성터는 지금은 깔끔하게 복원되어 그럴듯
하게 서울을 둘러싼 성곽으로 변모해 있다.

박완서와 박수근

박완서 소설에서 빠뜨릴 수 없는 것 중 또 하나는 전쟁 중 식구들의 생계를 위한
돈벌이로 미8군 PX에서 근무한 이야기이다. 『그 산이 정말 거기 있었을까』의 상당
부분과 「나목」의 전체 무대에 해당되는 미8군 PX는 당시 미쓰비시 백화점^{현 신세계백화}
^{점 본점 자리} 안에 자리 잡고 있었다고 한다.

그 일대의 큰 건물들이 다 불타고 파괴된 가운데 오직 그 건물만이 온전했고, 비
록 폐허가 됐을망정 PX에서 흘러나오는 미군 물자와 PX를 드나드는 미군을 상대
로 한 장사로 활기에 넘치던 그곳에 작가는 거짓말처럼 쉽게 취직이 됐다고 하였
다. 그 해에는 어찌된 게 6월에 입학을 하게 되어, 입학 후 한 달도 안 되는 대학 생

활이 전부였건만 서울대학교 학생이라는 간판 덕을 단단히 본 것이다. 남대문 시장을 이웃에 끼고 있는 PX, 바로 지금의 충무로 신세계 백화점 건물 1층 초상화 코너에서 박완서는 미군들을 호객하는 일을 맡았다. 주문과 흥정이 끝나면 화가들에게 골고루 일을 배분하면 그들은 그 할당량에 따라 수입이 정해졌다. 주로 극장 간판장이로 목에 풀칠하며 근근이 살던 궁기 흐르는 4~5명의 그림쟁이들 중 한 사람인 '박씨'가 화가 박수근이었다는 사실은 놀랄만하다. 『그 산이 정말 거기 있었을까』(웅진지식하우스, 1995)에서 작가는 실제로 박수근이라는 실명을 밝히며,

아무리 봐도 특출한 점은 나타나지 않았다. 특출이란 여러 평범 중에서 돌출되는 점이어야 하는데, 그는 어디서도 존재가 드러나기에는 불리한 조건만 갖추고 있었다. 평균치의 한국인 얼굴에다 목소리는 낮았고, 남을 웃기는 재담도 할 줄 몰랐고, 신랄한 독설가는 더군다나 아니었다. 사교술도 없었지만 남을 피하는 것 같지는 않았다. 누가 같이 점심 먹으러 나가자고 하면 미적미적 따라나섰지만, 먼저 바람을 잡는 일은 없었다.

이와 같이 그를 표현하기도 하였다. 그러고는 훗날 자신의 산문집 『못 가 본 길이 더 아름답다』(현대문학, 2010)에서 다음과 같이 고백하였다.

그는 휴전 후 정부가 환도하면서 PX가 용산으로 옮겨간 후까지도 초상화 그리는 일을 한 걸로 알고 있다. (중략) 그의 유작전 소식을 신문 문화면에서 읽고 마음먹고 찾아가 〈나무와 여인〉이라는 작은 소품에 매료되어 오랫동안 그 앞을 떠나지 못했고, 그때의 감동이랄까 소름이 돋을 것 같은 충격을 참아내기 어려워 놓여나기 위해 쓴 게 내 처녀작 「나목」이다.

6·25 전쟁이 터진 이듬해 겨울, 서울이 막 수복된 직후를 배경으로 명동, 회현동,

을지로, 화신, 그리고 계동, 연지동으로 동선이 퍼져 나가는 소설 「나목」은 미군 PX 초상화 가게에서 일하는 이경과 화가 옥희도의 예술과 삶 사이의 갈등을 그린 1인칭 소설이다.

이 작품은 박완서 자신이 소설가로 세상에 나온 동시에 '박수근'이라는 화가를 이 세상에 알리고 증언한 책이라고도 볼 수 있으니 어쩌면 서로가 서로에게 은혜로운 존재라 할 수 있겠다.

가난하게 살아가는 사람들과 앙상한 나무, '나목裸木'만 줄기차게 그리던 박수근의 그림은 지금 그림 경매 시장에서 최고가로 매매되고 있다고 하지만, 당시 그의 삶은 1950년대 「나목」의 시대적 배경에서처럼 힘겹고 궁핍하기 그지없었다. 힘들고 고단한 삶 속에서도 이름 없고 가난한 서민의 삶을 아름답게 형상화해낸 박수근. 시간이 허락된다면 소설 「나목」을 읽으며 고향 강원도 양구, 화강암으로 둘러싸인 '박수근 미술관'에 가서 한 번쯤 그의 그림을 감상해봐도 좋겠다.

화가가 자화상을 그리듯이 작가가 글로써 자기를 그렸다면 그건 곧 자서전일 터인즉, 「엄마의 말뚝 1, 2, 3」이나 『그 많던 싱아는 누가 다 먹었을까』, 『그 산이 정말 거기 있었을까』 연작에서도 과연 '소설=허구'라는 공식이 성립되는지 혼란스럽다. 그 정도로 이들 작품은 사람 이름과 지명, 사건, 장소 등이 모두 작가의 실제 삶과 똑같기 때문에 세인들이 장편소설이라 부르는 데에는 쉬이 수긍이 가지 않는다. 차라리 한 개인과 가족이 시대와 사회 상황에 따라 어떤 삶을 살게 되고 어떻게 변화되는지를 생생하게 보여준다는 점에서 '살아 있는 교과서'라 부르고 싶다. 학교 현장에서 국어와 역사, 사회 시간 등에 대안 교과서나 부교재로 쓰면 좋지 않을까 싶다.

살아 있는 교과서

이 대목에서 작가 박완서의 치밀하고도 놀라운 기억력에 찬사를 보내지 않을 수가 없다. 6·25 한국전쟁 때 피난 내려온 사람들의 이야기나 글은 많이 대해 봤지만, 텅 빈 서울의 인공 치하에 남은 사람들이 어떻게 살았는지에 대한 기록은 생각조차 못하고 있었다. 자신의 초인적인 기억력에 대하여 작가는 2010년 서울국제도서전 '책 낭독회'에서 이렇게 밝혔다.

■　　"6·25가 없었으면 소설을 썼을까. 소설가가 되겠다는 근원적인 생각은 내가 텅 빈 서울에 남아 있었고, 그걸 나만 봤다는 것이었어요. 온갖 수모를 당하면서도 그 상황을 견딜 수 있었던 힘은 이야기를 만들겠다는 생각이었고, 그렇기 때문에 상세한 것을 기억할 수 있었지요."

　작가가 산 시대가 결코 평화로웠던 때는 아니지만, 그가 회상 속에서 보여주는 고향 박적골의 삶이야말로 우리 모두가 지향하는 가치와 아름다움의 뿌리가 아닐까. 그리고 그 가치와 아름다움은 '그 많던 싱아'로 상징되어 어쩌면 다시 찾을 수 있을지도 모를 일이다.

　역사의 무자비한 사실들에 대항하여 증언하고 기록할 과제를 개인의 운명으로 받아들인 박완서의 문학은 한국문학의 한 축을 받쳐준다는 점에서 의미가 있고, 아울러 현저동이 갖는 의미도 자못 크다고 할 수 있다.

　전쟁과 분단의 아픈 현실을 증언하고, 약자들의 대변인이 되어 그들의 삶의 질을 높여주고, 애증으로 엮인 질긴 가족사를 참 잘도 써내려간 작가 박완서. 진정한 이야기꾼이란 바로 이런 사람을 일컫는 게 아닐까? 언제나 현역 작가로 남고 싶다던 작가 박완서는 그 말처럼 왕성한 작품 활동을 하다가 2011년 새해가 시작된 지 얼마 되지 않은 1월 22일, 80세의 노구를 이끌고 역사 속으로 사라져갔다.

선생의 빈소 앞에는 '가난한 문인들에게 부의금을 받지 말라.'는 고인의 유지를 받들어 조의금을 사양한다는 안내문이 눈길을 끌었다. 평소에 늘 후배 문인들을 격려하고 배려하며, 거장답지 않게 자신을 내세우지 않고, 주변에 폐 끼치지 않은 채 소박하게 가겠다는 바람대로 가족장으로 생을 마감하였다.

경기도 구리시가 소설가 박완서가 살던 아차산 자락 아치울 마을을 '박완서 문학마을'이라 이름 짓고 기념하려고 하자 유족들이 '나를 위한 어떤 요란한 장식도 이름도 남기지 마라, 오직 작품으로만 사람들 기억에 남고 싶다'는 고인의 평소 뜻을 받들어 거절하였다고 한다. 이는 선생의 문학적 업적과 향기를 느끼고자 하는 이들에게는 아쉽고 가혹하기 이를 데 없으나, 전 재산 13억도 세상에 맡기고 훌훌 떠나신 분이니 이름도 매한가지일 것이다. 선생과 유족의 뜻을 따르지 않고 어쩌랴 싶다.

서대문구 현저동.
박완서

싱아

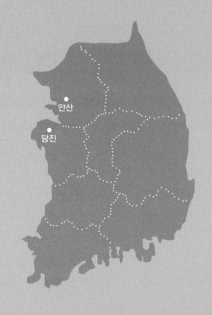

겨레의 마음에
늘푸른나무를
심다

심훈

소설 속으로의 여행

소설 속으로의 여행은 특별하다. 내가 한 번도 살지 않았던 시대, 한 번도 만나지 못했던 사람들, 한 번도 겪어 보지 않은 사건들임에도 어느새 내 사연이 된 듯한 환각에 빠져들게 되기 때문이다. 낯선 익숙함이다.

'거자일이소去者日以疎', '아웃 오브 사이트 아웃 오브 마인드Out of sight Out of mind', '눈에서 멀어지면 마음에서도 멀어진다.'는 말이 동서양에 모두 있는 걸 보면 이는 필경 진리인 모양이다. 그러나 문학에서는 그 경우가 조금 다른 듯도 하다. 작가는 잊혀도 그가 만들어낸 소설 속 인물들은 우리 곁에 영원히 살아 있는 경우가 적지 않기 때문이다. 「상록수」의 채영신 선생과 박동혁도 바로 그러한 인물이다.

심훈1901~1936의 「상록수」는 이광수의 「흙」과 함께 우리 문학사에서 쌍벽을 이루는 불후의 농촌 계몽 소설로 알려져 있다. 「상록수」는 1931년부터 〈동아일보〉가 중심이 되어 전개하고 있던 브나로드Vnarod 운동을 확산 발전시키기 위하여 기획한 소설 현상 모집에 당선된 작품이다.

심훈은 유복한 환경에서도 고향 부곡리를 지키며 청년들과 공동경작회를 조직하여 농촌 계몽운동에 헌신했던 조카 심재영을 「상록수」 속 남자 주인공 박동혁의 주된 모델로 삼았다고 한다. 여주인공 채영신 또한 당시 경기도 안산 샘골에서 농촌 계몽운동을 하다가 26세의 나이로 죽은 최용신을 실제 모델로 삼은 것이라고 하니, 박동혁이라는 인물은 최용신의 실제 약혼자 김학준과 조카 심재영, 그리고 심훈 자신의 투철한 항일 의식을 합한 결과라는 것을 짐작할 수 있다. 또한 「상록수」에서 박동혁이 있던 '한곡리'는 당진의 한진리와 부곡리를 합쳐 무대로 삼은 것이며, 채영신이 활동하던 '청석골' 역시 최용신이 활동했던 경기도 안산의 샘골, 즉 천곡마을을 배경으로 삼은 것이다. 따라서 「상록수」는 소설이지만 상상 속의 이야기가 아닌, 실제 있었던 일에 소설적 외피를 살짝 덧입힌 경우라고 해야 할 것이다.

「상록수」는 불과 50일 만에 완성되었다고 한다. 심훈이 당진에 직접 지은 집 '필경사筆耕舍'에서 당시 실제로 농촌 계몽운동을 펼치던 조카의 활동 모습을 보면서 집필한 데다 실제 인물을 모델로 삼았으니 소설적 요소를 고민하는 데 들어가는 긴 시간이 줄어들었을 것이다. 그 집은 한때 교회로 사용되기도 하였으나 조카 심재영이 도로 사들여서 관리하다가 당진군에 희사하여 지금의 초가 목조 주택으로 보수하고, 그 옆에 새로 건축한 상록수 문화관과 함께 당진군에서 관리하고 있다.

「상록수」의 산실

농촌 계몽운동에 뜻을 두고 있는 채영신과 박동혁은 어느 모임에서 만나 서로 사랑하게 된다. 학교를 졸업한 뒤 동혁은 고향 한곡리로, 영신은 청석골로 돌아가 열심히 농촌 운동을 하고 3년 뒤 결혼할 것을 약속한다. 그런데 얼마 후 영신이 청석골에서 청석학원을 세우다가 몸져눕게 되자 이를 알게 된 동혁이 달려온다. 하지만 농촌 운동에 일제의 탄압이 가해지면서 동혁은 체포되어 감옥에 간다. 출감한 동혁은 영신을 향해 다시 청석골로 달려가지만, 그녀는 이미 죽고 동혁은 그녀의 뜻을 이어 한곡리로 돌아가 푸른 상록수를 바라보며 더욱 농촌 운동에 매진하겠다는 다

짐을 한다는 것이 소설 「상록수」의 줄거리이다.

작품 속에서 연인이요 동지인 채영신과 박동혁은 실존 인물을 토대로 만들었지만, 정작 최용신과 심재영은 서로 알지도 못했고 만난 적도 없다고 한다. 작가조차도 최용신의 존재를 신문에 난 부음 기사를 보고 알았다니 인연이 있을 리 없다.

『작가 심훈의 문학과 생애』(신경림 편저)에 의하면 최용신의 장례는 당시로서는 파격적인 사회장으로 치러졌다고 한다. 그녀의 업적과 함께 소개된 '영원불멸의 명주, 무산아동의 자모, 선각자 중의 선각자'라는 기사를 읽고, 샘골을 세 차례 방문하여 1935년 5월 4일 쓰기 시작한 글을 6월 26일에 탈고, 그해 〈동아일보〉 9월 10일 석간에 연재를 시작하여 이듬해 2월 15일까지 127회에 걸쳐 연재되었다고 한다. 1936년 영화화하려 했으나 일제 당국의 불허로 실패, 같은 해 8월 28일 한성도서주식회사에서 책으로 발간하여 폭발적인 인기를 끌게 되었다.

흔히 소설을 일컬어 '허구의 문학'이라고 한다. 그러나 여기서의 '허구'란 단순히 꾸며낸 이야기라는 뜻이 아니다. 소설적 허구라는 말에는 현실에서 소재를 가져와 그럴만하게 꾸민, 참으로 있을 수 있는 이야기라는 뜻이 들어 있다. 당시 1935년 1월 경기도 안산시 샘골에서 거행된 최용신의 장례식 풍경과 소설 속에서 묘사한 장례식 풍경을 비교해보면 다음과 같다.

■　　장례식은 천곡 마을장으로 학원 마당에서 온 교우와 학원의 학생, 학부형 그리고 친지들이 운집한 가운데 당시 천곡교회 전재풍 목사의 주례로 장명덕 전도사의 기도, 어린 학생들의 조가 및 조사, YWCA의 대표 황에스더 여사의 조사 순으로 이어졌다. 장례식이 마칠 무렵 현해탄을 건너 급히 달려온 약혼자 김학준 씨가 도착, 시신을 부둥켜안고 통곡하다 못 다 한 사랑을 나누기라도 하려는 듯 입고 온 외투를 그녀의 관 위에 고이 덮어 주위를 더욱 숙연케 하였다. 막무가내로 관에 매달려 울부짖는 어린 제자들을 겨우 뜯어말리고서야 그녀의 시신은 그녀의 사랑과 봉사와 희생이 아로새겨진 천곡학원이 마주 보이는 산, 언덕 공동묘

지에 묻혀진 것이다.

– 『샘골교회 역사』 중에서

청석골은 온통 슬픈 구름에 싸였다.

학부형과 청년과 학생들은 말할 것도 없거니와, 친목계의 회원들은 영신의 수시를 거두고, 수의를 지어 입혀 입관까지 자기네 손으로 하고, 그 관을 둘러싸고 잠시도 떠나지를 않는다.

부모의 상사를 당한 것만큼이나 섧게들 울며 밤낮을 계속하는데, 그중에도 금분이는 사흘씩이나 절곡을 하고, 참새 같은 가슴을 쥐어짜며 울다가, 지금은 선생이 입던 헌 자켓을 끌어안은 채, 관머리에 지쳐 늘어졌다. (중략)

빈소 방에는 어느 틈에 책상 하나만 남기고 영신이가 쓰던 물건이라고는 불한당이 처간 듯이 하나도 남지 않았다. 영신의 손때가 묻은 손풍금은 원재가 가져가고, 바람 차고 눈 뿌리는 밤이면 저를 품어주던 자켓은 금분의 차지인데, 부인들은 요, 이불, 베개, 하다못해 구두, 고무신까지 다투어가며 짝짝이로 치맛자락에 싸가지고 갔다. 그만 물건이 탐이 난 것이 아니라, 우리 선생님 보듯이, 두고두고 볼 테다 하고 서로 빼앗기까지 한 것이었다.

– 「상록수」 중에서

그렇다면 당연히 소설 「상록수」의 무대와 그 흔적을 살펴보려면 소설 속 주인공의 실제 모델이었던 최용신이 활동한 경기도 안산과 심재영이 활동한 충청남도 당진 두 곳을 가보아야 한다.

상록수역

최용신의 샘골에서 채영신의 청석골을 만나다

작품 속 '청석골'의 무대는 경기도 안산시 본오동의 샘골이다. 4호선 전철에서 내린 본오동은 '상록수역'이라는 이름으로 선생의 뜻을 기리고 있다. 역에서 나와 큰 길을 건너자마자 최용신이 아이의 손목을 잡고 가는 동상을 만나게 된다. 길 가는 사람 아무나 붙잡고 물어도 '최용신 기념관'과 최용신이 활동한 '천곡교회^{샘골교회}'를 잘 알고 있어 쉽사리 찾아갈 수 있다.

상록수역에서 걸어서 10분 거리에 있는 나지막한 동산 위 상록수 공원으로 느릿느릿 들어서면 천곡교회에서 그를 기리기 위하여 세워놓은 큰 돌을 처음 만나게 된다. 돌에는 '최용신 선생이 남기신 말씀'이 또렷이 새겨져 있고, 그 옆으로는 천곡학원이 보인다. 천곡학원은 소설 속 채영신이 일제의 간섭으로 교회에서

아이들을 더 이상 가르치지 못하게 되자 기부금으로 천신만고 끝에 지은 청석학원의 실제 모델이다. 보기에 안타까울 만큼 남루한 모습으로 최용신의 유물을 보관해두더니만 지금은 최용신 기념관이라는 이름으로 말끔하게 새 단장을 해놓았다.

　지상 1층은 최용신 선생 활동 당시의 샘골 강습소를 원형 복원하였고, 2층은 전시실과 교육 공간으로 지어졌다. 전시실에는 1930년대 선생의 성장 과정과 활동 상황, 제자들의 사진과 이름, 그리고 사망에 이르기까지 각 언론 기사와 영상 자료들로 가득 채워져 있다. 뿐만 아니라 루씨동창회와 천곡교회, 그리고 제자들이 합동으로 선생을 기리는 기념비와 노래, 조형물 또한 곳곳에 즐비하다. 유난히 제자들의 활동이 눈에 띄는데, 특히 안산시가 기념관을 건립할 때 1932년 당시 최 선생의 제자 중 천곡학원 2회 졸업생인 홍석필(84세) 씨가 "최용신 선생의 뜻과 얼을 기리고 청소년과 노인들이 공부하며 쉴 수 있는 강습소를 다시 만들어 달라."라며 1억 5천만 원을 기탁하였다 한다.

선생은 어딜 가나 제자들의 삶에 눈길이 머무는 법인가. 스승의 정신을 이어받고 잘 자란 그 제자가 나의 제자인 양, 혹은 그럴 리 없건만 마치 그 노인이 소설 속 채영신 선생의 가르침을 충실히 받으며 지극정성으로 존경하고 따르던 제자 원재의 모델은 아니었을까 나름대로 상상하며, 그런 사제지간의 정이 눈물겹게 고맙기도 했다.

기념관 옆에는 수업을 알리던 종소리가 아직도 들리는 듯 당시의 종각이 그대로 남아 있고, 일제의 훼방으로 쫓겨난 아이들이 "아는 것이 힘이다. 배워야 산다!"라고 고래고래 소리 지르며 한글을 따라 배우기 위해 다닥다닥 올라갔던 뽕나무는 이제 늙은 거목이 되어 역사의 현장을 지키고 있다.

최용신을 기리는 마음

「상록수」의 실제 인물 격인 최용신은 1909년 8월에 함경남도 덕원군 현면 두남리에서 태어나, 기독교적인 가정 분위기 속에서 자랐다. 그러다가 황에스더라는 농촌 계몽가를 만나면서 본격적으로 농촌계몽 활동에 뛰어들게 되었다. 황해도 수안군에서 계몽 활동을 시작하여 경상북도 포항에 이어, 세 번째 일터가 바로 경기도의 천곡리였다.

당시 브나로드 운동은 대학생들이 방학을 이용하여 농촌에 가서 한두 주일 머물다가 다시 돌아가는 단기적인 활동에 그쳤었다. 그러나 최용신은 학업을 중단하고 결혼도 미룬 채 아예 농촌에서 농민들과 함께 살면서 영구적인 활동을 했다는 점이 특이하다. 신념의 여인 최용신은 이렇듯 자신의 몸을 돌보지 않는 헌신적인 활동을 하다 병을 얻어 "죽을 때까지 잊지 못하는 샘골에다 시신을 묻어 달라."라는 유언을 남기고 꽃다운 26년의 생애를 마쳤다.

안산 본오동 샘골 외.
심훈

죽음에 이르기까지 최용신의 활동 상황을 가만히 지켜보노라면 소설 속 채영신의 그것과 놀랍도록 비슷하다. 마찬가지로 박동혁 또한 심훈이 「민족의 영웅」에서 농촌 계몽가를 작은 영웅이라 부르며 그들 앞에서 머리를 들지 못할 정도로 면목 없어 했던 심재영의 활동 내용과 조금도 다르지 않으니 그 점에서 소설 「상록수」는 이름만 바꾼 다큐멘터리이다.

최용신의 뜻을 기리기 위해 한국여성단체협의회에서는 매년 '용신 봉사상'을 제정하여 평생 봉사 활동에 몸 바친 사람을 '인간 상록수'로 기려 표창하고 있다. 1995년 8월 15일에는 정부에서 최용신을 국가 독립 유공자로 기리고 건국 훈장 애족장을 추서했으며, 2001년 2월에는 문화관광부에서 '이달의 인물'로 선정한 바 있다. 참으로 의미 있는 추모 사업들이다.

방문객들을 위하여 간략히 편집하여 상영해주는 최은희, 신영균 주연의 오래된 흑백영화 〈상록수〉를 보는 내내 감동이 밀려오는 한편으로 불편한 마음을 감출 수 없었다. 국어 교사로서 채영신 선생을 생각해본다. 목숨 걸고 한글을 가르치며 조국과 민족의 미래를 고뇌하며 온몸으로 실천한 그가 살아서 오늘날 모국어가 어떻게 대접받고 있는지, 그리고 입시와 경쟁으로 아이들을 어떻게 죽음과도 같은 현실로 내모는지를 보면 무어라고 할까. 부끄럽고 죄스러운 마음에 무거운 발걸음으로 기념관을 돌아 나오는데, 오른쪽 비탈진 곳에 나란히 누워 있는 두 개의 묘가 보인다. 바로 최용신과 약혼자 '장로 김학준 교수'의 묘이다.

최용신의 실제 약혼자 김학준은 소설에서는 파혼을 당하고 등장하지 않는다. 그러나 실제로는 최용신이 사망한 후에도 평생 그녀가 하던 농촌계몽 일을 도우며 묘소를 돌보는 한편, 자신이 죽고 나면 최용신의 무덤 곁에 묻어달라고 당부했고, 김학준의 아내는 유언대로 남편을 최용신의 묘 옆에 나란히 묻어주었다는 순애보가 전해진다. 이를 거룩하다고 해야 할지 얄궂다고 해야 할지, 여러모로 여운을 남겨주는 이야기를 안고 당진으로 걸음을 옮긴다.

글쓰기로 마음의 밭을 갈던 곳, 필경사

「상록수」의 남자 주인공 박동혁이 활동한 곳은 오늘날 행정구역상으로는 충청남도 당진군 송악면 한진리이다. 이곳은 서해 고속도로에서 송악 나들목으로 빠져 나오자마자 가장 먼저 닿는 작은 어촌이다. 한진 포구에서는 비릿한 바다 냄새와 갈매기 떼들이 어울리는 경치 구경도 좋지만, 무엇보다도 작가 심훈이 살면서 「상록수」를 집필한 필경사를 놓쳐서는 안 된다.

송악 나들목에서 나와 '필경사' 표지판을 따라 한진 포구 입구 왼쪽에 있는 종탑이 높은 상록수 교회를 지나 좁은 길을 따라 걸어가면 소설 속에서 박동혁과 젊은이들이 농민 활동을 한 주요 배경이자 지금은 건물만 남아 있는 낡은 부곡교회가 나온다. 심훈이 쓴 수필 「조선의 영웅」에 나오는 "우리 집과 등성이 하나를 격한 야학당에서 종치는 소리가 들린다."의 야학당이 위치상 이 부곡교회가 아닐는지. 그렇다면 뭐라고 글 한 줄 남길 만도 한데 아무런 표시판이 없다. 아무려나 길을 따라 조금 더 가니 왼편에 널따란 마당이 펼쳐진 필경사가 떡 하니 앞을 가로막는다. 필경사는 '글로 경작하는 집'이라는 뜻이다. 이곳에서 글을 쓰며 심훈이 사람들의 마음에 심으려 한 것은 무엇이었을까?

둘러보니 넓은 앞마당 왼쪽으로 상록수 모형을 받치고 선 무쇠 기둥에 "그날, 쇠가 흙으로 돌아가기 전에 오라"라는 심훈의 글이 새겨져 있고, 필경사를 바라보는 지점에 철제 의자가 설치되어 있다. 파이프를 물고 사색하면서 작품을 쓸 자신의 집을 직접 설계하고 작품을 구상하였다는 작가의 생전 모습이 눈앞에 보이는 것 같다.

초가지붕에 흙벽으로 지어진 필경사는 창에 덧문을 멋스럽게 드리워 놓아 마치 호젓한 별장처럼 운치가 있어 보인다. 집은 수령이 꽤 오래된 측백나무를 양쪽으로 앞세우고 뒤로는 울창한 대나무 숲에 싸여 있다. 그 옆에는 원래 경기도 안성시에 있던 것을 2007년 말 이곳으로 이장한 심훈의 묘가 보인다.

상록수 문화관 쪽으로 몇 걸음 옮기면 조각 작품 하나가 길손을 반긴다. 나무 한

필경사

그루와 함께 얼굴이 조각된 조형물은 심훈 선생의 부조탑이다. 그리고 건물 앞에는 매섭게 날이 선 그 유명한 저항시「그날이 오면」전문을 새긴 시비가 서 있다. 이 시는 우리나라는 물론이요, 세계적으로도 널리 알려진 시다.

학창 시절 윤동주와 이육사를 우리나라 2대 저항 시인이라 배웠다. 그 외 이상화, 한용운 등을 배웠으나, 뒤늦게「그날이 오면」이라는 시를 접하고부터는 그런 단정적인 가르침을 더 이상 용납할 수 없었다. 차라리 이육사보다 더 많은 시를 남긴 심훈의 시를 '저항시의 본보기'라 하는 것이 더 적절하지 않을까?

나는 쓰기를 위해서 시를 써본 적이 없습니다. 더구나 시인이 되려는 생각도 해보지 아니하였습니다. 다만, 닫다가 미칠 듯이 파도치는 정열에 마음이 부대끼면 죄수가 손톱 끝으로 감방의 벽을 긁어 낙서하듯 한 것이 그럭저럭 근 백 수나 되기에 한 곳에 묶어보다가 이 보잘것없는 시가집이 이루어진 것입니다.

―『그날이 오면』,「머리말씀」중에서

겨레의 마음에
늘푸른나무를 심다

조국 광복의 미래를 상상하면서 쓴, 오늘날에도 광복절이면 널리 애송되는 시 「그날이 오면」에는 압제에 대한 심훈의 단호한 거부와 독립에 대한 갈망이 직접적으로 그려져 민족 문학의 한 좌표를 제시한다.

그날이 오면 그날이 오며는
삼각산이 일어나 더덩실 춤이라도 추고
한강물이 뒤집혀 용솟음칠 그날이,
이 목숨이 끊기기 전에 와주기만 하량이면,
나는 밤하늘에 날으는 까마귀와 같이
종로의 인경을 머리로 들이받아 울리오리다.
두개골은 깨어져 산산조각이 나도
기뻐서 죽사오매 오히려 무슨 한이 남으오리까

– 「그날이 오면」 중에서

'상록수 문화관'에서 만나 본 심훈

필경사 옆 상록수 문화관은 늘 문이 잠겨있더니 네 번째 방문하였을 때야 비로소, 가까스로 들어가 관람할 수 있었다. 이제는 직원이 상주하여 안내를 해주며 정상 운영을 하고 있다고 했다. 퇴근 시간이 되었지만 멀리서 왔음을 호소하니 30분을 더 기다려 줄뿐만 아니라, 직접 안내하며 영상을 보여주기까지 하였다. 아무렴, 이 정도는 되어야 않겠는가.

20여 평의 문화관 공간에 비해 방대한 분량으로 전시된 유품들은 미국에 거주하는 심훈의 아들이 지난 10여 년 간 한국의 대학 도서관과 고서 수집가를 찾아다니

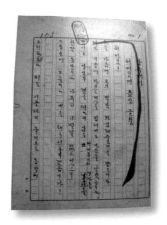

면서 모은 것이라고 한다. 생전에 심훈이 사용했을 법한 낡은 책상과 석유 등잔, 낡은 서적과 방석들이 그의 체취를 뿜어내고 사진과 약력, 작품 활동, 문학 자료, 저서, 유품, 심훈에 관한 연구서 등 빼곡히 전시된 자료들은 생전에 그의 삶이 어떠하였는지를 알고 느끼기에 족하다.

심훈의 아들은 천신만고 끝에「감옥에서 어머니께 보내는 편지」원본과 영화〈먼동이 틀 때〉의 극본과 제작 콘티, 시「그날이 오면」의 일제 총독부 검열본 등 거의 모든 친필 원고와 아버지가 사용한 의자, 책상 등 1천 여 종을 모았다고 한다. 이곳에서 한나절 찬찬히 읽으며 여유롭게 머물다 간다면 심훈의 모든 것을 알 수 있을 것도 같다.

특히 시집『그날이 오면』의 원본에 오래 눈길이 머문다. 일제의 검열에서 비위에 거슬리는 내용이나 시구를 지워버리거나 '삭제' 도장을 찍어 출판을 허가하지 않았다고 한다. 결국 살아생전에는 빛을 보지 못하고 해방 이후에야 간행이 되는 바람에 유고집이 되고 말았다.

「감옥에서 어머니께 보내는 편지」는 심훈이 경성제일고보[현 경기고등학교] 재학 시절에 3·1 운동에 참가하여 4개월 간 복역하면서 나라 걱정과 어머니를 그리는 애절한 마음을 담아 비밀리에 부친 글로, 중학교 국어 교과서에도 실려 있다.

어머니! 오늘 아침에 고의적삼 차입해주신 것을 받고서야 제가 이곳에 와있는 것을 집에서도 아신 줄 알았습니다. (중략) 저는 이곳까지 굴러오는 동안에 꿈에도 생각지 못하던 고생을 겪었건만 그래도 몸 성히 배포 유하게 큰집에 와서 지냅니다. 고랑을 차고 용수는 썼을망정 난생 처음으로 자동차에다가 보호 순사를 앉치고 거들먹거리며 남산 밑에서 무학재 밑까지 내려 긁는 맛이란 바로 개선문으로나 들어가는 듯하였습니다. (중략) 저는 어머님보다 더 크신 어머님을 위하여 한 몸을 바치려는 영광스러운 이 땅의 사나이외다.

이 글 또한 세 줄 정도가 빨간 색으로 줄쳐져 있고 '삭제' 도장을 찍은 게 보였다.
편지글은 어머니의 걱정을 덜어주기라도 하려는 듯 자못 익살스럽게 시작되고
있지만 뒤로 갈수록 사뭇 비장한 결의마저 느껴진다. 열아홉 살 어린 청년이 감당하
기에는 녹록치 않았을 수감 생활 중에도 '어머님보다 더 크신 어머님'인 조국을 위
하여 '한 몸을 바치려' 한다고 당당하게 외쳤던 심훈. 훗날 그가 「밤」이라는 시에서
"쥐가 천정을 모조리 써는데/ 어둠은 아직도 창밖을 지키고/ 내 마음은 무거운 근심
에 짓눌려/ 깊이 모를 연못 속에서 자맥질한다."라고 노래한 것에서도 잘 알 수 있
듯 심훈은 짧은 생을 역사의 '어둔 밤' 속에서 고뇌하며 끊임없이 저항의 길을 모색
했던 투사였다.

영화를 좋아했던 재기발랄한 청년 투사

심훈은 짧은 생애에도 불구하고 다양한 장르에 걸쳐 많은 수작을 남긴 것으로 평
가받고 있다. 경력도 무척 다채로워 아나운서, 기자로도 일했으며, 특히 그가 영화에
열광했던 영화인이자 영화가 지닌 대중 예술로서의 파급력을 확신했던 선구자였다
는 기록은 매우 놀랍기까지 하다. 영화 〈먼동이 틀 때〉는 자신이 직접 대본을 쓰고
촬영과 감독까지 맡았다니 심훈이 이렇게까지 영화에 사로잡힌 이유는 어디에 있
었을까? 아마도 읽고 생각하고 상상해야 하는 소설과는 달리 인물들의 말과 행동을
통해서 바로바로 메시지를 전달하고 관객을 움직일 수 있는 영화의 직접적인 효과
때문은 아니었을까?
새롭게 떠오르는 문화 매체였던 영화의 힘을 빌려 당대의 현실을 표현하고자 했
던 그의 젊은 욕망과 다재다능한 열정은 투사나 저항 작가로서의 그의 이미지와는

언뜻 조합이 잘 되지 않는 듯도 하다. 하지만 심훈은 열린 사람이었고 무엇보다 재기발랄한 청년이었다. 그런 그에게 영화라는 참신한 매체는 경이롭고 매혹적인 도구로 다가왔을 것이다. 부질없는 가정이지만 그가 좀 더 오래 살았더라면 혹 우리 영화사에 남을만한 좋은 작품이 만들어지지는 않았을까?

상념에 젖어 천천히 주변을 둘러보다보니 어느새 날이 저물어가고 있었다. 필경사에서 10여 분 거리에 박동혁의 실제 모델, 훌륭한 청년이었던 심재영이 살던 집이 있다고 한다. 이곳에는 지금도 심재영의 부인이 살아 있어서 심훈과 심재영에 대한 생생한 이야기를 들을 수 있다고 해설사가 귀띔해주었으나 갈 길이 바쁜 나그네는 그대로 푸른 소나무를 한 번 더 뒤돌아보며 어두워가는 당진 포구를 향해 길을 나섰다.

불온한
젊은 날의
자화상

오정희

인천 중구 차이나타운

120여 년 전만 해도 제물포로 불리던 인천은 작고 한적한 어촌이었다. 그러나 조선 시대 말 서구 열강에 의해 강제로 개항이 되자, 외국인과 서구 문물이 쏟아져 들어와 예전과는 전혀 다른 번화한 길목의 도시로 변해갔다. 오늘날에도 인천시 중구는 이런 개화기의 흔적과 풍물이 많이 남아 있다.

그중에서도 중구 차이나타운은 우리나라의 유일한 중국인 거리로, '한국 속의 외국'으로 불리면서 이곳을 찾은 사람들을 이국적인 정취에 푹 빠져들게 한다. 개화기 문화유산의 보고인 이 거리를 걸으면 마치 타임머신을 탄 것 같다. 그래서인지 길 따라 마음 따라 마냥 걷고 싶은 곳이기도 하다.

화려하고도 거대한 동인천역과는 달리 시골 역처럼 자그마한 인천역에 내려 길 건너를 바라보면 휘황찬란한 원색의 패루牌樓^{중국인들이 시가지의 중요 입구나 명승지에 일종의 장식으로 설치하는 건축물}가 한눈에 들어온다. 패루로 들어서서 길을 따라 자유공원까지 이어진 언덕길로 올라가본다. 오정희^{1947~} 의 소설 「중국인 거리」에 나오는 일곱 살짜리 주인공 소녀 치옥이가 되어보는 거다. 어디선가 환각처럼 '해인초^{홍조식물과의 해조류. 주로 기생충 약으로 쓰임}' 냄새가 날 듯하다.

인천 차이나타운 외.
오정희

젊은 날의 참혹한 자화상

오정희의 작품들은 대부분 일인칭 주인공 시점으로 진행되며, 화자인 주인공은 예닐곱 살의 소녀에서부터 죽음을 앞둔 할머니까지 모두 여성들이다. 특히 중년 여성을 많이 다루며, 오랜 가부장제의 그늘 아래서 거부당하고 억눌렸던 여성 의식을 되살려내는 솜씨가 섬세하기 그지없다.

젊은 시절, 그의 작품들은 주로 정상적인 삶의 틀에서 벗어난 사람들의 생활을 그려 '광기와 파격으로 가득 찬 소설들'이라는 평을 들었다. 오정희는 이에 대해 '그것은 내 젊은 날의 참혹한 자화상'이라고 스스로 인정한다. 결혼을 하고 아이를 낳고서야 음습하고 폐쇄적인 20대와 결별하였고, 상처와 아픔으로만 기억되던 어린 시절을 비로소 따뜻한 시선으로 바라볼 수 있게 되었다는 고백은 조용한 놀라움을 주었다. 출산의 경험과 모성으로의 변천이 그토록 열병을 앓듯이 치른 청춘기와 결별할 수 있게 해주다니 경이로운 일이 아닐 수 없다.

오정희는 서울에서 태어났지만 6·25 전쟁이 터지면서 충청남도 홍성군 홍주읍 오관리라는 마을에서 피난살이를 하였다. 이 시절의 기억들을 오정희는 소설 「유년의 뜰」에서 그대로 풀어놓는다. 전쟁을 겪으며 지나치게 조숙해져 순수함과는 거리가 먼 소설 속의 어린아이, 그 아이가 바로 오정희 자신의 유년기 모습이란다.

실제로 오정희의 소설에 등장하는 어린아이들은 대체로 순진한 모습이 아니다. 그들은 때로는 교활하기도 하고 악마적인 태도를 보이기도 한다. 「중국인 거리」의 치옥이가 그러하고, 거울 장난으로 노부부를 집요하게 괴롭히는 「동경」의 아이들이 그러하고, 중편 「새」의 우미 역시 조숙하고 불온한 반항아로 나온다.

그러나 작가는 이를 가리켜 2000년 '오정희의 문학과 인생'이라는 주제로 펼친 강연에서 "당연히 받아야 할 가정과 사회의 보호를 받지 못하고, 무방비 상태의 알몸으로 세상에 맞서야 하는 어린 소녀의 힘겨운 삶의 모습이다. 어리고, 작고, 무력할수록 세상은 폭력적이고 가혹하고 차갑고 불친절하며 전혀 희망적이지 않다는 것을 말하고 싶었다."라고 밝힌 바 있다.

결코 행복하다고 말할 수 없는, 작품을 통해 스스로 '참혹한 자화상'이라 표현하는 작가의 어린 시절은 인천의 자유공원 아래, 차이나타운이 내다보이는 작은 일본식 집에 정착한 뒤까지도 계속된 듯하다. 당시 그녀는 자유공원 꼭대기에 올라가 인천 바다를 바라보거나 신문 연재소설부터 야담에 이르기까지 닥치는 대로 읽는 것을 낙으로 삼았다고 한다. 집 근처 언덕의 차이나타운에는 미군에게 몸을 파는 양공주들이 세 들어 살고 있어서 그들의 하이힐, 플레어스커트, 페티코트 등에서 묻어나는 이국적인 화려함과 아름다움이 어린 그녀를 온갖 비밀스럽고 야릇한 상상의 세계로 이끌어가곤 했다. 이때의 체험과 상상력을 작가는 훗날 소설 「중국인 거리」에서 세밀화처럼 고스란히 그려낸다.

평소 조용한 아이였던 오정희는 초등학교 3학년 때 산문 「제비」가 경기도 내 백일장에 당선된 것을 시작으로 '글 잘 쓰는 아이'로 소문이 났다. 그러다가 1966년에 작가가 될 뜻을 품고 서라벌 예술대학 문예창작과에 입학한 뒤 중앙일보 신춘문예에 소설 「완구점 여인」이 당선되면서 등단한 이후, 「불의 강」, 「유년의 뜰」, 「바람의 넋」, 「옛 우물」, 「중국인 거리」, 「불꽃놀이」 등의 작품을 통해 40년 가까운 세월 동안 여성상에 대한 새로운 영역을 우리 문학사에서 개척해냈다는 평가를 받고 있다.

흔히들 소설은 작가 자신의 경험을 토대로 만든 이야기라고 한다. 그중에서도 오정희의 소설은 특히 더 글쓴이의 기억과 체험에 그 뿌리를 두고 있는 것 같다. 일인칭 시점으로 서술하는 과정에서 '나'는 모두 여자이며, 주인공들의 유년기, 청년기, 장년기, 노년기 시절의 일화가 서로 엇비슷하게 겹치는 경우가 많아 마치 한 여성의 일대기를 다룬 연작 같다는 느낌이 들 때가 있으니 말이다. 이 점에 대하여 작가는 이렇게 말한 적이 있다.

■　　"저의 상상력이라는 것은 저의 생활에 기대어 있습니다. 저는 상당히 단조로

인천 차이나타운의 패루

운 생활을 하고 있고, 생활을 단순화시키려 애쓰고 있습니다. 걸레질을 하거나 밥을 하면서도, 머리는 머리대로 따로 가동을 하는 거죠. 담요나 스웨터의 올 하나를 터서 잡아당기면 죽 풀리듯이 일상적으로 부딪치고 만나는 것들 속에서 모티브를 찾아내곤 합니다."

– 〈금요일의 문학이야기〉 '오정희의 문학과 인생(2000. 4. 21)' 강연 중에서

소설 「중국인 거리」

1979년 발표한 「중국인 거리」는 오정희 소설의 특징을 잘 나타내주는 대표작으로 창작집 『유년의 뜰』(문학과지성사, 1998)에 실려 있다.

> ■　　해안촌 혹은 중국인 거리라고도 불리는 우리 동네는 겨우내 북풍이 실어 나르는 탄가루로 그늘지고, 거무죽죽한 공기 속에 해는 낮달처럼 희미하게 걸려 있었다.
>
> 할머니는 언제나 짚수세미에 아궁이에서 긁어낸 고운 재를 묻혀 번쩍 광이 날 만큼 대야를 닦았다. 아버지의 와이셔츠만을 따로 빨기 위해서였다. 그러나 바람을 들이지 않은 차양 안쪽 깊숙이 넌 와이셔츠는 몇 번이고 다시 헹구어 푸새를 새로 하지 않으면 안 되었다.
>
> 망할 놈의 탄가루들. 못 살 동네야
>
> 할머니가 혀를 차면 나는 으레 나를 뒤엣말을 받았다.

이렇게 시작되는 소설 속에는 그저 어떤 항구 도시라고만 묘사될 뿐, 인천이라는 지명은 한 번도 나오지 않는다. 그러나 작품을 읽다 보면, 그 속에 등장하는 항구 도시와 공원이 인천과 자유공원임을 누구라도 금세 알 수 있다. 또 '산토닌^{회충약}, 미제, 양갈보, 미군 병사, 검둥이, 야경꾼의 딱딱이 소리, 화차의 바퀴 소리……'를 통해 시대적 배경은 6·25 전쟁이 지나간 직후임을 알 수 있다.

소설은 피난살이 끝에 낯선 소도시로 이사 온 가족들의 이야기를 사춘기 소녀의 눈으로 그려 보인다. 소녀는 미군들에게 몸을 파는 양공주들의 화려한 모습에 매혹되고, 중국인 청년에게 아련한 동경을 품는다. 그러면서 할머니의 죽음을 겪고, 아이를 출산하는 어머니의 처절한 비명을 들으며 첫 생리를 경험하는 과정에서 여성으로서의 자각과 성 정체성에 막연하게나마 눈을 뜨게 된다.

중국인 거리의 풍경

나는 따스한 핏속에서 돋아 오르는 순筍을, 참을 수 없는 근지러움으로 감지
했다.

인생이란…….

나는 중얼거렸다. 그러나 뒤를 이을 어떤 적절한 말도 떠오르지 않았다. (중략)

내가 낮잠에서 깨어났을 때 어머니는 지독한 난산이었지만 여덟 번째 아이를
밀어내었다. 어두운 벽장 속에서 나는 이해할 수 없는 절망감과 막막함으로 어머
니를 불렀다. 그리고 옷 속에 손을 넣어 거미줄처럼 온몸을 끈끈하게 쥐고 있는
후덥덥한 열기를, 그 열기의 정체를 찾아내었다.

초조初潮였다.

소설은 소녀의 초경이 시작되는 것으로 끝이 난다. 여자의 첫 생리. 이것은 육체
적인 성장과 함께 정신적인 성장을 의미한다. 소녀는 성숙과 동시에 삶의 고통과 연
민을 알게 되고, 차차 슬픔이라는 것을 안고 자라야 할 삶을 시작하는 것이다.

자유공원

비탈진 중국인 거리를 따라 계속 걸어 올라가다 보면 자유공원이 보인다. 어느 방향으로 가든 수도 없이 많은 계단을 올라야 공원에 이른다. 숨이 차서 몇 번이고 쉬었다가 올라가면 우뚝 서 있는 맥아더 장군의 동상이 보인다. 「중국인 거리」에서는 이 계단과 공원 모습을 이렇게 묘사하고 있다.

■　　　우리는 묵묵히 하늘 끝까지라도 이어질 것 같은 층계를 하나씩 올라갔다.
　　　공원의 꼭대기에는 전설로 길이 남을 것이라는 상륙 작전의 총지휘관이었던
　　　노장군의 동상이 있었다. 그곳에서는 시가지 전체가 한눈에 들어왔다.

자유공원은 1883년(고종 20년) 인천이 개항된 뒤에 만들어진 서구식 공원으로, 처음 이름은 '만국 공원'이었다. 그 뒤 1957년에 맥아더 장군 동상을 세우면서 지금의 이름으로 바뀌었다. 1888년 11월 공원 주변에 일본, 미국, 독일, 중국 등의 조계를 지정하였다. '조계'란 개항된 곳에 외국인이 자유로이 통상하고 거주하며 치외법권을 누릴 수 있도록 설정한 구역을 말한다. 지금도 그 당시 건물들이 곳곳에 남아 있어 이따금 영화나 드라마 촬영의 무대가 되고 있다. 공원 한가운데 서 있는 맥아더 장군 동상과 '한미 수교 1백 주년 기념탑'에서 항구의 역사를 더듬어볼 수 있다. 이 동상은 소설 「중국인 거리」 곳곳에 등장한다.

■　　　다음 날 나는 아무도 몰래 반닫이를 열고 손수건 뭉치를 꺼냈다. 그러고는 공
　　　원으로 올라가 장군의 동상에서부터 숲 쪽으로 할머니의 나이 수대로 예순다섯
　　　발자국을 걸어 숲의 다섯 번째 오리나무 밑에 깊이 묻었다.

그런데 지금 자유공원의 동상 주변에는 어린아이 걸음으로 예순다섯 발자국을

인천 차이나타운 외,
오정희

자유공원

자유공원에서 바라본 인천 바다

걸을 만큼의 숲도 오리나무도 없고, 그저 잘 조성된 울타리와 산보를 할 수 있는 좁은 길만 있을 뿐이다. 그리고 이제는 바닥이 모두 콘크리트로 덮여 나무 밑에 물건을 파묻을 수도 없다.

"키를 넘는, 위가 잘려진 정사면체의 받침돌에 손톱을 박고 기어올라 장군의 배 위에 모아쥔 망원경 부분에 발을 딛고 불빛이 듬성듬성 박힌 시가지를 내려다보았다."는 소설 속 소녀처럼 시가지를 내려다보니 월미도와 인천항이, 그리고 그 옛날 석탄가루 날리던 인천역이 주저앉을 듯이 가깝게 보인다.

1883년 개항 이후 중국인 거주 지역으로 자리 잡은 인천의 중국인 거리에는 오늘날까지 그 역사의 흔적이 조금씩 남아 있기는 하다. 그러나 지금은 소설 「중국인 거리」에서처럼 "폭이 좁은 길을 사이에 두고 조그만 베란다가 붙은, 같은 모양의 목조 이층집들이 늘어선 거리"도 없고, 그 이층집, "검게 그을린 목조 적산가옥 베란다에 널린 얼룩덜룩한 담요와 레이스의 속옷들"도 찾아볼 수 없다. 어디를 보나 붉은

인천 차이나타운 외,
오정희

색 간판과 붉은색 장식물을 주렁주렁 늘어뜨린 중국 음식점과 가게들만 빼곡할 뿐이다. 그리고 소설 전체에서 소녀의 과거와 현재를 연결시켜주는 "해인초 끓이는 냄새"도 물론 없다.

수몰지 파로호에서 '나'를 찾다

오정희는 1978년 강원대학교 전임강사로 임용된 남편을 따라 춘천으로 이주한 이후 유학생인 남편과 함께 미국에서 산 2년을 빼고는 지금껏 30여 년간 춘천에 머물면서 춘천을 대표하는 작가가 되어 있다. 귀국 후 한국의 땅을 느끼기 위해 이곳저곳을 기웃거리다 1987년 마침 '평화의 댐' 기초공사를 위해 물을 다 비워낸 바로 그때 그녀는 텅 빈 들판의 파로호破虜湖를 보게 되었다고 한다. 이야기의 줄거리보다는 분위기나 이미지에 집착하는 지금까지의 틀을 깨고, 특이하게 소설 「파로호」를 쓰기 위해 두 번이나 현장을 찾았다고 한다.

단편소설 「파로호」 역시 작가의 경험이 그대로 녹아 있다. 30대 후반 중년 여성이 남편을 따라 간 미국에서의 생활과 귀국한 뒤 남편의 친구와 함께 텅 빈 파로호를 찾아 겪는 이야기에서 작가의 삶과 작품이 겹을 이루는 모습을 알 수 있다.

> 회백색의 텅 빈 거대한 골짜기와 물마른 호수 바닥을 원혼처럼 할퀴며 떠도는 바람, 그리고 밑동을 헐어낸 채 황량하게 서 있는 산들은 낯설고 기이한 풍경이었다.

고향 땅과 나 사이를 가로막는 물의 장벽을 뛰어넘는다는 게 얼마나 어려운 일인지, 수몰이 빼앗아 가는 것은 단지 땅과 집만은 아니다. 오래도록 이어 내려오던 역사와 전통, 인심과 지혜와 인격, 인간의 근본을 두루두루 빼앗아 가는 것이다.

수몰지의 물이 죄다 비워진 기괴한 호수를 소재 삼아서 쓴 오정희의 단편 「파로호」에서 주인공 혜순은 4년 여 미국 생활에서 극도로 황폐해진 상태에서 막 귀국한 참이었다. '평화의 댐' 공사로 40년 만에 바닥을 드러내어 햇볕과 바람에 노출되어 있는 드넓은 파로호를 걸을 때 작가가 미국에서 실제로 겪은 문화적 갈등과 남편과의 불협화음이 교차되어 나타난다. 그런데 파로호 끄트머리, 선사시대 유적을 발굴하는 현장에서 혜순은 옛사람이 차돌에 새겨놓은 여자의 얼굴에서 자신의 무력하고 건조한 내면을 꼭 닮은 자신의 얼굴을 발견한다. 이상하게도 그 닮은꼴에서 소생한 걸까. 실제로 작가 오정희는 파로호에 다녀온 후 단편 「파로호」를 발표하고 다시 왕성한 작품 활동을 하였다.

고향을 물에 빼앗긴 사람에게
휴전선 철조망은 차라리 희망이다

강원도 화천에 있는 파로호는 1944년 10월 화천댐 건설로 이루어진 거대한 인공호수이다. 어마어마한 크기에 걸맞게 새벽마다 짙은 물안개를 피워내며 화천과 이웃한 양구 두 고장을 지도에서 하얗게 지워버린다. 처음 화천호이던 것이 6·25 전쟁 당시 중공군 3만 명을 쓸어담아 '오랑캐를 무너뜨린 호수'라고 당시 이승만 대통령이 '파로호'라 이름 붙였다고 한다. 옛사람들은 금강산을 찾기 위해 그 바닥을 지나갔을 테지만 지금은 물길 따라 갈 수밖에 없을뿐더러 그마저도 금강산 앞에서 뚝 끊겨버린다.

춘천에서 춘천호를 오른쪽으로 끼고 가든 왼쪽으로 껴안고 가든 화천은 나온다. 어느 쪽이든 상관없이 풍광이 아름다워 언제 누구와 가든 즐거워지는 길이다. 화천읍을 지나 지방 도로 461번을 따라 구불구불하게 형성된, 파로호로 가는 길은 굽이굽이마다 눈이 부시다. 강원도 깊은 산골에 몸 담고 있는 파로호는 쉽게 만나지 못

파로호

하는 그 아득한 거리감 때문에도 더욱 신비롭다. 굽이쳐 흐르는 물 위의 나무 그림
자도 물빛도 푸르다. 소설 「파로호」의 첫 구절과 꼭 닮았다.

단애의 끝에 호수가 있다. 산을 깎아낸 길 아래, 가파른 벼랑 끝의 호수는 그릇
에 담긴 물처럼 고요하다. 만산홍엽, 지는 잎들이 깊고 푸른 물 위에 색종이처럼
후르르 후르르 떨어져내린다. 오르막길에서 차는 변속기어를 넣고, 귀에 먹먹한
귀울음이 오며 호수가 또 한 차례 까무룩이 내려앉는다.

아무것도 모르고 보면 더할 수 없이 아름답고 낭만적인 파로호, 그러나 이 땅에서
이 파로호처럼 온몸으로 남북 분단의 상흔을 껴안고 있는 호수도 드물 것이다. 선착
장 근처의 안보전시관에 잠시 들러 중공군을 무찌른 파로호 전투에 대해 읽고 가도

좋으리라.

수몰지와 실향민은 닮은꼴이다. 휴전선 너머 이북의 고향에 가기란 통일이 되기 이전에는 어렵다. 그러나 고향을 물에 빼앗긴 사람들에게 휴전선의 철조망은 차라리 희망이다. 실향민들에게는 그리워할 대상이라도 있지만 삶의 터전을 하루아침에 물에게 빼앗긴 채 고향을 영영 잃어버린 사람들에게는 그리움마저 박탈당한 자의 설움이 느껴진다. 설령 그 물이 다시 뭍으로 돌아온다 한들 그때는 이미 그 옛날의 고향이 아닐 것이다.

아직도 전운이 남아 있는 것 같은 이곳 분위기를 바꾸어주는 것은 문학의 향기, 예술의 향기이다. 고갯마루에 우뚝 선 전적 기념탑 왼쪽으로 나 있는 호수의 길을 따라 50미터쯤 들어가면 시조계의 거목인 월하 이태극이 우리 산천의 아름다움을 노래한 「산딸기」가 새겨진 시조비가 보인다. 이태극은 화천 동촌리 태생으로, 한국 시조의 일대 중흥을 이루는 데 크게 이바지한 작가다.

파로호 곁을 따라 마치 애인 면회를 가는 듯한 착각 속에 몇 개의 군부대를 지나 양구 읍내 쪽으로 가면, 작품 속에서 혜순이 보았던 선사 유물이 대량 발굴된 월명리가 나오고, 그 한 쪽에 선사 유물 박물관이 보인다.

몇 년 전 문학동네에서 출간된 『나의 도시, 당신의 풍경』에서 작가는 "이 세상의 시간에서 돌아앉은 듯한 무중력의 적요로움 뿐인 선사 유적지를 헤매는 동안 얼굴에는 잘 여문 채송화 씨앗 같은 주근깨가 까맣게 돋아났다"고 했다.

아닌 게 아니라 덕분에 그는 「파로호」에서 혜순의 나직한 목소리를 통하여 자신의 내면을 차근차근 들여다볼 수 있었고, 끝내는 생명의 에너지를 얻지 않았던가.

지금도 고독과 무기력한 아픔 속에서 희망을 건져 올리고 싶은 사람은 작품 속 '혜순'과 작가가 그러하였듯이 파로호를 찾아봄이 어떠할는지. 근처에는 또 박완서의 소설 「나목」에 나오는 화가의 실제 인물이자 양구 출신의 서민 화가인 박수근을 기념하여 세운 박수근 미술관도 있으니, 일상적인 삶의 모습을 따뜻한 시선으로 그려낸 이 화가에게서 소박한 아름다움과 위안을 얻을 수 있을지도 모를 일이다.

인천 차이나타운 외,
오정희

박수근 동상

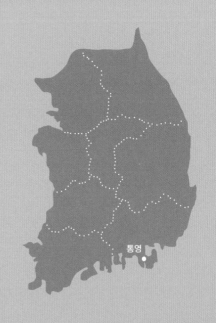

통영

사랑하였으므로
진정 행복하였네라

유
치
환

연고권 싸움으로 번진
문화 경쟁력

　문화의 빛과 힘으로 지역을 가꾸는 것은 좋은 일이다. 문화 관광자원을 찾아내서 널리 알리면 지역 자랑도 되고 사람들도 모이고 돈도 된다. 그러다 보니 문화 관광자원을 둘러싼 다툼이 전국에서 심심찮게 벌어지고 있다.

　전라북도 남원시 인월면과 아영면은 서로 자기 마을이 「흥부전」의 무대라고 주장하다가 결국은 외부 학술조사단까지 불러들였다. 그 결과 인월면이 흥부 출생지, 아영면이 흥부 발복지라고 정해져, 지금은 두 마을이 모두 「흥부전」을 기념하고 있다.

　충청남도 예산군과 전라남도 곡성군도 서로 "심청이 우리 고향 사람이다."라고 맞서다가 곡성군이 연세대학교 심청연구단에 먼저 조사를 의뢰하였다. 그 후 역사 자료 고증과 현지답사를 거친 결과 심청의 고향이 곡성으로 추정된다며 오산면 선세리 도로변에 효행비와 심청공원, 효 박물관, 심청각 등을 건립하였다.

　전라남도 장성군과 강원도 강릉시의 홍길동에 관한 다툼도 여전하다. 매년 5월 초 '홍길동 축제'를 열고 캐릭터 사업을 벌여 온 장성군은 황룡면 아곡리 아치실에 홍길동의 생가까지 복원했다. 한편 강릉시는 「홍길동전」의 작자 허균의 고향이 강릉이라는 점을 내세워 매년 9월에 허균과 허난설헌 문화제를 열고 있다.

그런데 문화 관광자원을 둘러싼 연고권 싸움 중에서도 특히 유치환[1908~1967]의 출생지에 대한 문제는 법정 싸움으로까지 이어져 한동안 세간의 눈길을 끌었다. 유치환의 세 딸들이 "부친이 거제시 둔덕면 방하리 태생인데도 통영시가 운영하는 청마문학관에는 통영시 태평동 552번지라고 잘못 기재하였다."라며 인격권에 대한 손해배상 소송을 낸 것이 그 시발점으로, 당시 법원에서는 "통영시는 유치환의 출생지를 통영시 태평동 552번지로 표시한 청마 문학관의 안내문을 '유년시절을 보낸 곳'으로 표기하라."라고 강제조정 결정을 내렸다.

그러나 통영시가 이에 불응하자 다시 유족들의 항소가 이어졌고, "유치환의 출생지가 어디인지에 대해 재판부의 공식 입장을 밝힐 상황은 아니다."라는 판결에도 싸움이 계속되었다. 그러다가 결국 청마 출생지는 '통영'이라는 최종 판결이 대법원에서 내려짐으로써 "유족의 상고가 모두 기각"(〈한산신문〉, 2004년 12월 24일)되었고, 청마의 출생지를 놓고 벌이던 지리한 법정 공방도 끝이 났다.

이러한 다툼은 옛 통영이 오늘날의 거제시와 통영시로 분리되면서 불거진 것으로, 사연 많은 두 도시는 현재 각자 별도의 유치환 관련 기념물들을 세워 그를 기리고 있다. 통영시에서는 2002년에 일찌감치 청마 문학관을 건립하였고, 시내 태평동에 살던 집을 문학관 옆에 복원해놓았다. 거제시는 거제시대로 둔덕면 빙하리 어귀에 '거제도 둔덕골'이라는 시비를 세워 둔 청마 시비 동산을 조성하고, 유족이 주장하는 출생지에 청마 생가를 복원한 데 이어 2008년에는 청마 문학관을 개관하였다. 동네에서 산방산 쪽으로 천천히 걸어서 20여 분 올라가면 묘소 입구에 자그마한 청마 시비 공원이 보인다. 그곳에 청마를 기리는 시비가 있고 그의 부모님과 부인 묘 사이에 청마의 무덤이 자리하고 있다.

통영과 거제가 제각기 청마의 팔을 한쪽씩 잡고 옥신각신하다가 결국 거제와 통영 두 곳에 청마 생가와 문학관이 다 세워진 셈이다. 이를 두고 어떤 이는 "불과 20km 떨어진 인접 두 시가 서로 청마의 생가가 자기네 지역에 있었다며 우기는 것도 볼썽사나운 데다, 복원 사업에 이중으로 예산을 낭비하는 것도 바람직하지 않다.”라며 “고인의 명예를 추모하기보다는 관광사업에 열을 올리려는 두 시의 행태가 오히려 고인을 욕되게 하는 것 같다.”라고 불편한 심기를 드러내기도 한다. 두 곳 모두 청마의 자취가 남아 있는 가까운 고장인 만큼 문화 연대를 하여 주제별로 기리는 것은 어떠할는지 안타까운 마음을 보태본다.

강인한 의지와 뜨거운 감성의 소유자

통영 사람들은 외지 사람을 만나면, 통영 출신 예술인들의 이름을 줄줄이 대며 한껏 자랑을 늘어놓는다. 시인인 유치환 외에도 그의 형이자 극작가인 유치진, 소설가 박경리와 김용익, 시인 김춘수, 시조 시인 김상옥, 세계적인 음악가 윤이상, 얼마 전에 타계한 화가 전혁림 등 예술계의 거장들 중에는 유난히 통영 출신이 많다.

청마 유치환은 서정주와 더불어 ‘인생파’ 혹은 ‘생명파’로 불리는 시인이다. 유치환의 작품은 인간 의지와 인내, 극기에 관한 내용이 많은데, 그 가운데에서도 삶에 대한 치열하고 준엄한 자세는 특히 주목할만하다. 그렇지만 유치환의 문학적 소재와 주제는 한두 가지로 단정 지을 수 없을 정도로 다양하다.

통영을 빛낸 예술가들이 많고도 많지만, 이 중에서도 유치환에 대한 통영 사람들의 사랑은 각별하다. 통영 바다를 내려다보며 통영문화회관이 있는 남망산 공원을 오르다가 팍팍한 다리를 쉬고 싶다 싶을 즈음 바다를 향하여 동백나무와 은목서 사이로 숨은 듯이 세워져 있는 오래된 시비를 볼 수 있다. 시비가 많기로는 아마 국내에서 유치환을 따를 자가 없을 것이다. 만인의 연인이었다는 징표일까. 1963년 7월 부산 경남여고 교장으로 부임한 후 사망하기까지 부산에서도 활동하였기에 부산에만도 시비가 5개가 넘는다.

남망산에 새겨진 시 「깃발」은 참으로 오랫동안 국어 교과서에 실렸던 시이다. 불과 9행의 짧은 시이지만, 깃발이 가지는 이미지가 선명하고 그 무엇인가를 강렬하

남망산에서 바라본 통영 바다

게 열망하는 자세를 잘 표현하고 있다.

이것은 소리 없는 아우성
저 푸른 해원을 향하여 흔드는
영원한 노스탤지어의 손수건
순정은 물결같이 바람에 나부끼고
오로지 맑고 곧은 이념의 푯대 끝에
애수는 백로처럼 날개를 펴다.
아아 누구던가
이렇게 슬프고도 애달픈 마음을
맨 처음 공중에 달 줄을 안 그는.

- 「깃발」 전문

또 "내 죽으면 한 개 바위가 되리라"는 강한 의지로 시작되는 시「바위」에서도 현실과의 타협이나 양보 없이 자기의 신념을 꿋꿋이 밀고 나가려는 초인적인 의지와 극기를 엿볼 수 있다.

유치환은 자작시 해설집『구름에 그린다』에서 "간혹 젊은이들에게서 시인이 된 동기가 무엇이냐는 질문에 서슴지 않고 '연애'라고 대답한다."라고 하였다. 누군가를 늘 그리워하고 갈망하는 마음이 사람의 내면을 풍요롭게 해주는 원동력이 될 것이라는 점에서 고개가 끄덕여진다.

유치환은 파도 소리 들리고 바람 많은 항구의 거리에서 자랐다. 그래서 '깃발'과 함께 바람, 파도, 그리움은 그의 시에 자주 등장하는 소재이다. 그는 초기 작품「그리움 1」을 두고 20대의 그리움이라 말했고「그리움 2」를 가리켜 40대의 그리움이라 말하기도 하였다.

■　오늘은 바람이 불고
　　나의 마음은 울고 있다.
　　일찍이 너와 거닐고 바라보던 그 하늘 아래 거리언마는
　　아무리 찾으려도 없는 얼굴이여.
　　바람 센 오늘은 더욱 너 그리워
　　긴 종일 헛되이 나의 마음은
　　공중의 깃발처럼 울고만 있나니
　　오오 너는 어드메 꽃같이 숨었느뇨.

-「그리움 1」전문

　　파도야 어쩌란 말이냐
　　파도야 어쩌란 말이냐

임은 뭍 같이 까딱 않는데

파도야 어쩌란 말이냐

날 어쩌란 말이냐

-「그리움 2」전문

　남망산 공원에서 내려왔거든 멀리 동피랑 산동네를 바라보며 20분 남짓 거리인 정량동 언덕으로 가보자. 바다가 바라다보이는 정량동 언덕에 복원한 생가와 바로 그 아래 통영시 정량동 863-1번지에 있는 청마 문학관은 작은 규모지만 청마의 생애, 작품 세계, 청마의 발자취, 시 감상 코너로 아기자기하게 구성되어 있으며, 유품과 각종 문헌 자료들이 빼곡하게 전시되어 있다.

　통영은 좁디좁은 곳이라는 이유 말고도 골목마다 거리마다 예술과 역사가 담겨 있어 정답고 운치가 넘친다. 그러니 통영에 오면 아무것도 들지 말고 두 손 주머니에 찌르고 발 가는 대로 어슬렁거릴 일이다. 시장기가 느껴지면 통영의 명물 꿀빵 두어 개 사 먹으면서 이곳저곳 기웃거린들 무어라 할 사람 누가 있겠는가.

사랑하였으므로 나는 진정 행복하였네라

　문학관에서 왔던 길을 도로 돌아 나와 박경리 선생의 영결식을 치른 강구안 문화마당을 지나 중앙동의 비좁은 골목, 입구에 청마의 흉상과 「향수」 시비가 세워져 있는 청마거리로 가보자. 이 거리 가운데쯤 통영에서 청마의 발자취가 가장 많이 묻어 나는 중앙우체국 문 앞에는 오랫동안 연애시로 사랑받았던 시 「행복」 전문이 우체통 옆 어여쁜 돌에 새겨져 있다. 빨간 우체국과 빨간 우체통, 빨간 옷을 입은 우체부, 그리고 빨간 자전거를 멀리서 보기만 해도 가슴이 설레던 시절이 있었다.

휴대전화와 전자우편에 밀려난 지 이미 한참이지만 편지는 오랜 시간 우리들 사이를 이어주는 소통의 다리 구실을 해 왔다. 향수에 젖어 우체국 앞에서 서성거리다 보니 우체국을 소재로 노래한 이수익의 「우울한 샹송」 중 "우체국에 가면 잃어버린 사랑을 찾을 수 있을까"나, 안도현의 「바닷가 우체국」 중 "나도 바닷가 우체국처럼 천천히 늙어갔으면 좋겠다", 김충규의 「우체국 계단」 중 "우체국 앞의 계단에 나는 수신인 부재로 반송되어온 엽서처럼 구겨진 채 앉아 있었다"와 같은 시 구절이 떠올라 괜스레 가슴이 아려온다. 대하소설 『혼불』을 쓴 최명희는 고등학교 3학년 때 전국 문예 콩쿠르에서 장원을 받은 수필 「우체부」에서, 이제는 집배원으로 불리는 우체부의 음성과 가방을 가리켜 다음과 같이 묘사하기도 했다.

■ 　우체부의 음성은 가장 정겨운 인간의 소리로 우리에게 부딪쳐 오는 것이다. (중략) 우체부, 그의 모든 것은 살아있는 낭만이다. 그의 모자와 옷과 운동화의 빛깔들…… 그의 전신에서 흘러나오는 모든 것은 무한한 그리움이다. 그의 낡은 가죽가방은 詩다. 흘러넘칠 만큼 배부른 사연들을 때로는 헐렁헐렁하게 흔들리는 몇 통의 이야기를 담은 그의 큼직한 가방에는 어떤 기다림과 동경과 바램이 흠뻑 배어 있다. 그리운 이름을 부르는 분홍빛 얘기, 썰렁한 절연장, 그리고 검은 빛의 부고며 5급 공무원 합격통지서, 고위층의 파아티 초대장에서부터 후생주택 연부금 독촉장에 이르기까지. 헤아릴 수 없는 손길과 대화들이 서로 부딪고 뒹구는 그 가방 안이야말로 가장 푸짐한 인간의 호흡이요, 숱한 생명의 축소된 역사이다.

통영 우체국과 「행복」 시비

그러나 우체국을 노래한 작품 가운데 주저 없이 맨 앞자리에 놓아둘 작품으로는
역시 유치환의 「행복」만 한 게 없다.

■   - 사랑하는 것은
　　　사랑을 받느니보다 행복하나니라.
　　　오늘도 나는
　　　에메랄드빛 하늘이 환히 내다뵈는
　　　우체국 창문 앞에 와서 너에게 편지를 쓴다.

　　　행길을 향한 문으로 숫한 사람들이
　　　각기 한 가지씩 생각에 족한 얼굴로 와선
　　　총총히 우표를 사고 전봇지를 받고
　　　먼 고향으로 또는 그리운 사람께로
　　　슬프고 즐겁고 다정한 사연들을 보내나니.

　　　(중략)

- 사랑하는 것은
사랑을 받느니보다 행복하나니라.
오늘도 나는 너에게 편지를 쓰나니
- 그리운 이여 그러면 안녕!
설령 이것이 이 세상 마지막 인사가 될지라도
사랑하였으므로 나는 진정 행복하였네라.

-「행복」중에서

"사랑하는 것은 사랑을 받느니보다 행복하나니라."라는 첫 구절은 당시 많은 젊은이들에게 사랑의 정의를 새로 쓰게 하였고, "사랑하였으므로 나는 진정 행복하였네라."라는 마지막 구절은 훗날 시조 시인 이영도가 그와 주고받은 연서를 묶어서 낸 서간집의 제호로 쓰이기도 하였다.

1967년에 초판이 출간된 이래 오랜 시간 서점가의 스테디셀러가 된 이 서간집은 당시 연인들이 러브레터를 보낼 때 살짝살짝 베껴 쓰던, 말하자면 연애편지의 교본 같은 책이었다. 그러나 고상하기 이를 데 없는 시인들이 주고받은 편지여선지 달달한 연애편지치곤 아무래도 너무 어렵다. 이런 현학적인 글을 멋도 모르고 베꼈다가는 자칫 무식이 탄로 날 수 있으리라. 게다가 이들의 사랑이 아무리 정신적인 것이었고 또 아름다운 언어로 수식된다 할지라도 청마가 유부남이라는 사실에는 여성 독자로서 불편한 마음을 감출 수가 없다.

어떻든 「행복」이라는 시는 「그리움 1, 2」나 「우편국에서」처럼 따스하고 부드러우며 감미롭기 그지없어 누구나 쉽게 이해하며 접근할 수 있는 작품이었기에 유치환 시인이 그처럼 많은 애독자를 가진 것이 아닐까 싶다. 이런 인기를 증명하듯 청마의 시비만도 전국에 10여 기나 되니 개인 시비로 청마만큼 많은 시비를 가진 시인도 드물 것이다.

통영 청마거리,
유치환

그런데 이영도 여사에게 하루 한 번씩 와서 편지를 쓰던 그 통영우체국을 기념하여 이름을 '청마우체국'으로 바꾸는 일을 추진하던 무렵, 돌연 청마의 친일 행적이 구설수에 오르면서 법정 투쟁까지 가게 된 일이 있었다. 유가족과 통영 문인들의 힘겨운 싸움 끝에 친일 인명사전에 오르는 일에서는 벗어났으나 민족문제연구소에서 "친일 인명사전에 청마가 수록되지 않았다고 해서 친일 인사가 아닌 것은 아니다. 다소 미흡한 부분이 있어 더 조사를 하려는 것이지, 결코 면죄부가 주어진 게 아니다."라는 입장을 밝혀 우체국 이름 변경 문제는 아직 어찌 될지 모를 채로 남아 있다. 우체국 바로 옆에는 청마로 하여금 "사랑하였으므로 나는 진정 행복하였네라."라는 절창을 끌어낸 이영도 시인이 당시 몸담았던 유치원 자리가 통영교회로 새로이 자리 잡고 있다.

사랑과 그리움의 도시, 통영

몸을 돌려 중앙로로 걸어나가노라면 시내 곳곳에 통영을 빛낸 예술가들의 초상이 걸려있고, 바닥에는 전혁림을 비롯한 화가들의 그림이 타일에 박혀서 시민들 가까이 숨 쉬고 있다. 시조 「봉선화」가 벽에 새겨진 김상옥의 '초정거리'에서 잠시 머물다가 김춘수의 대표 시 「꽃」이 새겨진 시비 앞에서 잠시 멈춘다. 우리나라 사람들 가운데 김소월의 「진달래꽃」과 윤동주의 「서시」 다음으로 아마 이 시 한두 줄 암송할 줄 모르는 사람은 없으리라. 국어 교과서와 시험문제에서 오죽이나 많이 다루었던가.

해저터널 이정표를 보고 계속 걸어가다가 윤이상 생가 터에 새로 조성된 기념공원에서 오른쪽으로 틀어서 길 하나를 건너 통영여고로 가보자. 반평생을 교단에서 교편을 잡았던 교육자이기도 한 유치환이 통영여고에 재직할 당시, 같은 학교 음악교사였고 이제는 세계적인 작곡가로 알려진 윤이상과 함께 만든 교가가 지금 통영

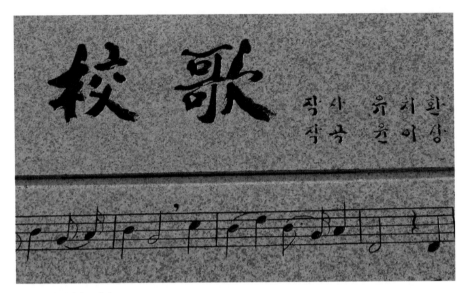

통영여고에 세워진 교가비

여자중고등학교 교정에 세워져 있다. 하얀 대리석에 '작곡 윤이상, 작사 유치환'이
라 새긴 교가비를 처음 본 순간의 감동을 잊을 수 없다.

　이름만으로도 혀를 내두르게 하는 두 유명인이 한 학교에 근무했다는 사실도 놀
랍고, 이들이 만든 교가는 대체 어떠할까 싶어 지나가는 학생 둘을 붙들고 교가를
한번 불러달라고 청했다. 그런데, 이럴 수가! 부끄러워할 줄 알았던 학생들이 뜻밖
에 서슴없이 교가를 불러 젖히는데……. 아! 어찌 그렇게도 멋지고 우아한 교가가
있단 말인가. 학생들이 교가를 자랑하고 긍지를 가지고 있지 않다면 낯선 이 앞에서
이토록 당당하게 노래를 부를 수 있겠는가.

　다시 발을 돌려서 해저터널을 건너 바닷가 해평리에 이르면 '김춘수 유품 전시관'
건물이 보이고, 그 옆에는 '해평 열녀'를 기리는 비각이 하나 세워져 있다. 1780년
경 해평마을에 금실 좋은 부부가 살았는데, 남편이 고기잡이를 나갔다가 실종되자

아내가 남편을 찾으려고 현지로 가서 바다에 투신, 사흘 뒤에 시체가 된 아내가 남편의 주검을 안고 지금의 사당 앞인 해평나루에 나타났다는 전설이 전해진다.

이 전설을 소재로 한 두 편의 소설이 있는데, 하나는 황순원의 단편 「잃어버린 사람들」이요, 또 하나는 거제 출신 작가 김병룡의 장편 『잃어버린 꽃의 향기』이다. 두 사람이 통영 해평나루에서 비석 하나를 보고 30여 년 간격으로 소설을 썼다니 참으로 신기하지 않은가.

통영은 또한 사랑하는 여자에게 꽃신을 신겨 신부로 맞이하려던 꿈이 단지 백정의 아들이라는 이유로 거절당한 '상도'의 슬픈 이야기가 전해지는 곳이기도 하다. 일찍이 미국으로 건너가 활동한 소설가 김용익이 영어로 쓴 수많은 작품 중 1956년에 발표한 단편 「꽃신」은 그 표현의 섬세한 아름다움으로 미국과 유럽에서 엄청난 찬사를 받았다. 그러나 정작 국내에서는 뒤늦게 알려져 최근에야 어느 검인정 국어 교과서에 실려 있을 뿐이다. 우리말로 번역된 「꽃신」은 그 서정적인 표현과 백정의 가슴 시린 사랑 이야기로 읽는 이의 가슴을 치는 아름다운 작품이다.

그뿐인가. 통영의 여인 '란이'를 사랑한 시인 백석도 일찍이 이루지 못한 사랑의 애틋함을 시에 담아 통영을 더욱 아름답게 예찬하였다. 시인이 "옛 장수 모신 낡은 사당의 돌층계에 주저앉아서 나는 이 저녁 울듯 울듯 한산도 바다의 뱃사공이 되어 가며/ 녕 낮은 집 담 낮은 집 마당만 높은 집에서 열나흘 달을 업고 손방아만 찧는 내 사람을 생각한다"로 끝나는 시 「통영 2」를 새긴 시비가 충렬사 맞은편 명정샘 옆 공원에 세워져 있다.

통영을 그린 글이라면 어김없이 등장하는 명정샘(정당샘)과 충렬사, 세병관, 착량묘, 판데목, 용화사, 간창골, 박석골, 여황산, 뚝지먼당, 동문, 서문, 서피랑, 굴량교…… . 굳이 통영에서 살지 않아도 낯익고 정겨운 이 이름들은 우리들로 하여금 통영을 오래도록 사랑과 그리움의 도시로 기억하게 할 것이다.

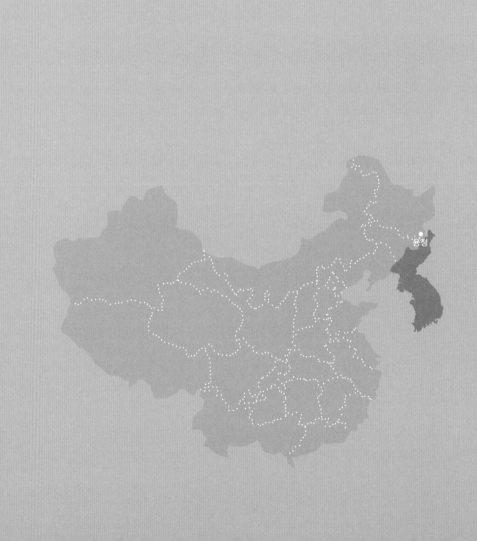

내게도 십자가가
허락된다면

윤동주

낯선 익숙함,
북간도 용정마을

일송정 푸른 솔은 늙어늙어 갔어도
한줄기 해란강은 천년 두고 흐른다.
지난날 강가에서 말 달리던 선구자
지금은 어느 곳에 거친 꿈이 깊었나.

용두레 우물가에 밤 새 소리 들릴 때
뜻 깊은 용문교에 달빛 고이 비친다.
이역 하늘 바라보며 활을 쏘던 선구자
지금은 어느 곳에 거친 꿈이 깊었나.

용정마을! 우리 가곡 〈선구자〉의 무대이며, 박경리의 대하소설 『토지』에서 서희
가 재기의 발판으로 삼았던 곳. 이육사의 시 「절정」의 무대이자, 연변 작가 류원무의
소설 『해란강의 아이들』이 숨 쉬는 곳, 맑고 투명한 별을 노래하는 시인 윤동주1917~
1945가 태어나고 어린 시절을 보낸 곳! 그곳이 바로 중국 동북부의 만주 벌판 가운데

독립 투쟁의 근거지요, 한 번도 와본 적 없어도 꼭 언젠가 와본 듯 낯선 익숙함으로 다가오는 곳이 바로 북간도 용정이다. 윤동주의 시 「별 헤는 밤」에서 "어머님, 그리고 당신은 멀리 북간도에 계십니다."란 구절을 처음 접했을 때처럼 '간도'라는 낱말은 여전히 까마득하고 혈육과도 같은 목메임으로 다가온다.

봉건제와 엄격한 신분제도로 고통을 받던 조선의 백성들은 오래 전, 이미 1860년대부터 식솔들을 이끌고 북쪽으로 올라가 중국의 동북부인 이곳에 자리를 잡았다. 그리고 그곳에서 거친 땅을 개간하며 마을을 이루고 살았다. 나라가 일본의 손아귀에 들어간 뒤로는 더욱 더 많은 사람들이 먹고살기 위해서, 그리고 빼앗긴 나라를 되찾기 위해서 간도로 갔고 자연히 이곳 간도는 조선 독립운동의 중심지가 되었다. 따라서 이 지역은 항일운동을 하던 우리 조상들의 피와 살이 섞이고 독립의 함성이 메아리치던 곳이다.

이후 해방이 되자 많은 사람들이 본국의 고향으로 돌아갔지만 그대로 이곳에 머물러 산 사람들은 오늘날 중국 정부가 지정해놓은 집거지구에서 살고 있다. 그곳이 연변 조선족 자치주이고, 조선족 3, 4세대 아이들이 자라는 지금 우리 동포들의 숫자는 83만 명에 이르고 있다고 한다. 그 중심을 이루는 지역이 연길이요, 연길 옆이 바로 조선 이주민들이 북간도 땅에 처음으로 정착한 용정마을이다.

우리 조상들이 조국을 찾겠노라 말을 달리던 만주 벌판과 우리 동포들이 집단을 이루며 살고 있는 연변 조선족 자치주, 특히 윤동주의 숨결이 살아 숨 쉬는 용정마을을 살펴보는 일은, 그래서 몹시도 가슴 떨리는 일이다.

용두레 우물가와 일송정 푸른 숲, 해란강, 그리고 그 해란강 위에 걸려있는 용문교는 모두 우리 역사의 산 현장이요, 우리 현대문학의 인물들과 그들이 내뿜는 향기가 새록새록 피어오르는 곳이다. 그 앞에서 느꼈던, 가슴 저 안으로부터 진하게 퍼져오는 감동과 아픔과 슬픔을 어떻게 다 전할 수 있을까?

'하늘과 바람과 별과 시'를 길어올린 우물

우리 민족이 간도 지방에 처음 뿌리를 내린 곳은 해란강 주변의 들판이었다. 여기에서 발견한 우물을 '용두레'라 불렀고, '용정龍井'이라는 지명도 바로 이 우물에서 유래되었다고 한다.

윤동주는 만주국 간도성 화룡현 명동촌에서 출생, 명동소학교를 거쳐 1932년에 용정 은진중학교에 입학하였다. 이후 서울 연희전문학교 영문과를 거쳐 1942년 일본 동경으로 건너가 공부하던 중 1943년 여름방학을 맞아 귀국하려다 일본 경찰에 의해 고종사촌 송몽규와 함께 사상범으로 체포되었다. 그리고 1945년 2월, 해방을 6개월 남기고 규슈 후쿠오카 형무소에서 옥사하여 유고 시집으로 『하늘과 바람과 별과 시』가 전해질 뿐이다.

윤동주 시인이 다녔다는 은진중학교의 흔적이 남아 있는 옛 대성중학교 건물은 예전 그대로의 모습으로 남아 있으나, 지금은 당시 북간도 지역에서 독립운동을 하던 이들의 자료를 전시해놓은 기념관으로 쓰이고 있다.

건물 앞 윤동주의 「서시」가 새겨진 시비를 화들짝 반기며 감개무량한 마음으로 한 차례 읊고는, 삐걱거리는 목조 계단을 따라 올라가니 윤동주 기념관이 나온다. 작은 복도를 따라가자 북간도에서 활약했던 독립운동가들의 사진이 전시되어 있다.

북간도 용정마을,
윤동주

단정하고 사무적인 여성 안내원이 용정의 인물들을 가리키며 지나온 역사와 윤동주의 생애를 설명하는데 억양이 독특한 데다 말이 너무 빨라서 눈으로 자료를 재빨리 훑지 않으면 무슨 소린지 알아먹기가 어렵다. 그러나 우리가 이해하거나 말거나 안내원의 청산유수는 천재지변이 일어나더라도 계속될 듯 기계적이다. 특별히 기대를 품었던 것도 아니건만 살짝 서운한 감마저 든다.

엄숙하다 못해 약간은 위압적인 분위기 속에서 조심스레 살피다 보니 눈에 익은 인물들이 보인다. 윤동주는 물론, 우리나라 민주화 운동의 산 증인인 문익환 목사와 영화감독이자 배우로 활약했던 나운규, 안중근 의사 등이 보인다. 얼핏 안중근 의사는 왜 이곳에 있을까 의아해 하였더니 안중근이 연해주로 가기 전, 윤동주 생가 근처 선바위 맞은편 골짜기에서 열흘쯤 머물면서 사격 연습을 했다고 한다.

기념관 앞 돌에 새겨진 「서시」를 다시 새겨 읽으며 가슴 언저리에 일어나는 통증을 가슴에 묻고 용정을 향하여 차를 달렸다. 비암산 정상의 일송정은 지금껏 정자로 알고 있었는데 알고 본즉, 독립투사들이 항일 투쟁을 하면서 비밀회의를 하던 산 정상의 소나무를 가리키는 것이란다. 해란강과 용정이 내려다보이는 비암산 위의 소나무가 마치 정자와 같은 모습이라서 그리 불렀다고 한다. 하지만 지금의 일송정은 그때의 것이 아니고, 일제강점기에 일본 밀정에 의해 없어진 소나무를 최근에 다시 심고 정자도 지었다고 하니, 이도 역시 복원된 현장인 셈이다. 그러나 어째 시들시들한 모습이 다 죽어가는 듯하여 아쉽기 그지없다. 다만 그 아래로 내려다보이는 용정 시가지는 가슴이 시리도록 훤하다.

묘소로 가는 진흙길에 자욱이 핀 들꽃

윤동주의 묘소는 현재 용정시 인근의 동산 공동묘지에 있다. 용정에서 삼합촌으로 가는 큰길을 지나 버스는 들판 한가운데로 나 있는 좁다란 시멘트 포장길로 접어들었다. 포장만 되었다 뿐이지 우리네 60년대의 신작로와 똑같아서 더 정다운 길이다.

　얼마쯤 가다 비포장도로로 들어가는 길목부터는 발이 푹푹 빠지는 진흙 길을 따라 걸어가야 했다. 어느새 돌덩이처럼 무거워진 운동화를 끌고 한 발짝씩 걸음을 디뎌가면서, 그 옛날 우리네 고향집 논두렁길을 가듯 정겨운 길을 걸으며 옆으로는 아련하게 피어난 들꽃 무리를 눈에 담는다. 샛노란 딱지풀과 짚신나물, 금불초, 그리고 보라색 각시취와 지칭개, 분홍색 달구지풀……. 윤동주를 닮은 듯 머나 먼 이역에서 해맑게 피어난 온갖 들꽃들이 아름답다.

　뭐라 표현할 길이 없는, 2010년에 처음 와 본 후 일 년 내내 애틋한 그리움으로 몸살을 앓다 끝내 다시 찾은 이 길에는 끝없는 옥수수 밭이 이어지고 있다. 그 위로 파란 하늘이 펼쳐져 있고 야트막한 구릉 위로는 흰 구름이 떠가고 저 멀리로는 용정 시내가 바라다보이는, 마음속에서 그리던 한 폭의 그림 같은 풍경. 굽이굽이 이어진 그 작은 길을 걸으면서 눈물 나고, 하늘을 보다가 또다시 목이 메는 속절없이 아름다운 길이다. 저 언덕을 넘어가면 또 하나 마을이 나올 것 같은……. 모든 풍경들이 그렇듯 애잔하다.

■　　내를 건너서 숲으로
　　고개를 넘어서 마을로

　　어제도 가고 오늘도 갈
　　나의 길 새로운 길

　　민들레가 피고 까치가 날고
　　아가씨가 지나고 바람이 일고

　　나의 길은 언제나 새로운 길

북간도 용정마을,
윤동주

윤동주 묘소 가는 길

오늘도 …… 내일도 ……

내를 건너서 숲으로
고개를 넘어서 마을로

– 「새로운 길」 전문

　　20분 정도 걸었을까. 공동묘지가 나타나고, 이어 '시인 윤동주의 묘지'라는 팻말
이 보인다. 그 아래로 서른 걸음 정도 내려가니 '시인 윤동주지묘'라고 쓴 묘비가 있
다. 절을 하고 묵념을 하는데 입에서는 저절로 「서시」가 흘러나온다.

■ 죽는 날까지 하늘을 우러러
　한 점 부끄럼이 없기를,
　잎새에 이는 바람에도
　나는 괴로워했다.
　별을 노래하는 마음으로
　모든 죽어가는 것을 사랑해야지
　그리고 나한테 주어진 길을
　걸어가야겠다.

　오늘 밤에도 별이 바람에 스치운다.

－「서시」 전문

　얼마나 괴로웠을까? 순수함을 지키고자 하는 것만으로도 목숨을 내놓아야 했던 시절! 윤동주의 묘소 옆에는 고종사촌 형이자 일생의 벗인 송몽규의 묘도 있다. 윤동주와 같은 해에 태어나 대학까지 줄곧 같이 다녔고, 독립운동을 했다는 이유로 윤동주와 함께 체포되어 후쿠오카 형무소에서 함께 수감 생활을 하다, 윤동주는 1945년 2월에, 송몽규는 같은 해 3월에 절명했다. 송몽규의 묘비에는 '청년문사 송몽규지묘'라고 쓰여 있다. 윤동주의 동생 윤일주가 형을 추억하며 쓴 글에는 다음과 같이 송몽규에 대해 언급한 내용이 있다.

■ 　이 글을 씀에 있어서 몇 가지 아쉽고도 안타까운 일들이 있다. 첫째는, 동주 형과 같이 옥사한 고종 송몽규 형에 대하여 별반 추모의 표시가 갖추어진 바 없었다는 사실이다. 그도 재사才士였으나 남긴 글이 하나도 전해지지 않고, 그의 친가족이 이남 땅에 살고 있지도 않은 까닭도 있지만, 동주 형의 명성에 비할 때 늘

죄송한 마음이 따른다.

- 윤일주, 「윤동주의 생애」 중에서

윤동주의 육촌 동생인 가수 윤형주가 아버지께 「서시」를 노래로 만들고 싶다고 했다가 "시도 노래다!"라는 한 마디에 손도 대지 못하였다고 했던가. 윤동주가 일본 감옥에서 생체 실험용 주사를 맞고 비통한 죽음을 당했을 때, "2월 16일 동주 사망, 시체 가져가라"는 전보를 받고 윤동주와 윤형주의 아버지, 그러니까 윤동주의 아버지와 당숙이 가서 유해를 가슴에 안고 온 날 명동촌의 본가는 울음바다가 되었다고 한다.

동주와 몽규, 두 젊은이의 묘는 남쪽 한반도를 정면으로 바라보고 있다. 바로 앞산을 넘어 한나절만 걸어가면 두만강이 나온다. 그 너머는 바로 북한의 함경북도 회령 땅이다.

조국의 독립을 끝내 보지 못하고 죽어간 젊디젊은 그들이 죽음으로 되찾고자 한 조국, 과연 그들이 살아서 조국의 오늘을 본다면 무어라 말할까. 해방된 지 65년. 그러나 분단국가라는 고단한 역사 앞에서 우리는 여전히 부끄러울 뿐이다. 두 분의 묘소에 절을 하고, 시 한 편씩 낭송하며 돌아서는 발걸음이 진흙 묻은 신발보다 더 무겁고 힘겹게 느껴진다.

부끄러움의 시인 윤동주

한국인이 좋아하는 시인 중에 늘 앞자리를 차지하는 윤동주 시인이 태어나고 자란 곳은 북간도 용정의 명동촌. 오늘날의 연변 자치주 용정시 지신진 명동촌이다. 용정에서 명동촌까지는 버스로 20여 분 거리다. 차창 밖으로 스쳐가는 풍경들이 정

답다. 논과 밭이 푸르고 산도 푸르다. 가까이 보이는 산언덕에는 온갖 꽃들이 흐드러지게 피어 내 마음을 붙든다. 산이 많기는 하여도 우리 땅과 크게 다르다는 느낌이 들지 않는다. 아직 이곳은 개발의 흔적이 없으니, 어린 시절 농촌 풍경을 다시 찾은 듯하다. 저 멀리 풀밭에서 풀을 뜯고 있는 누렁소를 비롯하여 여기가 중국이라기보다는 그저 우리 땅 어디인 듯 눈에 익은 풍경이다. 불빛 가득한 도심을 지나 명동촌으로 향하는 길에 우리를 맞이하는 것 역시 익숙한 시골 냄새다. 풀 향기와 흙냄새 그리고 거름 냄새가 열린 창문을 통해 들어왔다.

버스에서 내리자 '명동'이라 쓰인 표석이 입구에 장승처럼 서 있다. 명동촌! 문학의 현장 중 가장 가보고 싶었던 곳이다. 내 얼마나 이곳에 오고 싶어 하였던가! 고샅 길을 따라 들어가니 지금은 '명동역사전시관'으로 쓰이는 옛 명동교회가 십자가를 이고 서 있다. 윤동주의 외삼촌이자 젊은이들에게 뜨거운 민족혼과 애국심을 심어 준 민족 교육자 김약연 목사의 "나의 행동이 나의 유언이다."라는 마지막 말 한 마디가 심장에 박힌다. 하고 싶은 말, 당부하고 싶은 말을 이토록 간명하게, 또 가슴 저리게 표현한 말이 있을까. 밖으로 다시 나와보니 허름한 교회의 지붕 위로 뾰족한 십자가가 보인다. 아마 시인도 저 십자가를 바라보면서 이 시를 쓰지 않았을까.

쫓아오던 햇빛인데
지금 교회당 꼭대기
십자가에 걸리었습니다.

첨탑이 저렇게도 높은데

북간도 용정마을,
윤동주

어떻게 올라갈 수 있을까요.

종소리도 들려오지 않는데
휘파람이나 불며 서성거리다가,

괴로웠던 사나이,
행복한 예수 그리스도에게
처럼
십자가가 허락된다면

모가지를 드리우고
꽃처럼 피어나는 피를
어두워 가는 하늘 밑에
조용히 흘리겠습니다.

                                        -「십자가」 전문

  십자가는 순교의 이미지다. 교회당 꼭대기에 걸려있는 십자가, 올라가고 싶지만
올라갈 수 없는 시인. 예수처럼 십자가가 허락된다면 암울한 조국 앞에 자신도 십자
가를 지고 피를 흘리겠다는 시인은 지금 이 자리에 없다. 그러나 그의 시대적 소명
감과 그가 살았던 흔적은 고스란히 남아 그를 추억하는 사람들로 하여금 이곳을 찾
아들게 한다.
  마당을 가로질러 아랫집으로 내려가니 마침내 윤동주의 생가가 보인다. 집을 빙
둘러 버드나무가 서 있고, 마당 들어가는 쪽에는 코스모스와 씀바귀 꽃이, 또 여기
저기 보랏빛 고려엉겅퀴가 자욱이 피어 있다.

윤동주 생가

　윤동주가 태어나고 자랐던 집이 여기구나. 열다섯까지 이곳에 살면서 그렇게 심성이 곱게 자랐구나. 장례를 치른 앞마당을 한참 거니는 동안 시인이 지금 이 자리에서 시를 짓고 노래하는 것 같은 착각에 빠진다.

　시인은 이곳 북간도 명동촌 마당에서 하늘의 별을 보며 시심을 키우고 자라「오줌싸개 지도」,「굴뚝」같은 동시를 낳았겠지. 마당에 있는 저 우물을 보며 "산모퉁이를 돌아 논가 외딴 우물을 홀로 찾아가선 가만히 들여다봅니다./ 우물 속에는 달이 밝고 구름이 흐르고 하늘이 펼치고 파아란 바람이 불고 가을이 있습니다./ 그리고 한 사나이가 있습니다"로 시작하는「자화상」을 썼겠지. 그리고 어느 낯선 곳에서 가을 하늘의 별을 바라보며 고향의 어머니를 떠올렸을 것이고, 함께 웃고 떠들며 지냈던 친구들을 그리워하며「별 헤는 밤」을,「참회록」을,「서시」를 썼겠지.

　집 앞으로는 들판 건너 나지막한 산들이 병아리를 감싸주는 어미 닭처럼 포근하게 둘러쳐져 있다. 집 뒤로는 앵두나무가 서너 그루 있고, 하얀 백양나무 숲이 있고, 또 그 뒤로는 다시 소나무 숲이 감싸고 있다. 옆으로는 푸른 옥수수 밭이 멀리까지 펼쳐져 있다. 그의 고향은 어디이고, 또 다른 고향은 어디일까? 여기 명동은 그에게 '고향'일까, '또 다른 고향'일까? 시인이 자신의 이름자를 써보고 흙으로 덮어버렸던 언덕은 아마 시인의 집 뒤에 있는 언덕이었을까? 시인의 활자화된 작품들이 생생한 육성으로 다가옴을 느낀다.

다시 마당으로 나왔다. 오른쪽 부속 창고인 듯한 조그만 건물 벽 작은 칠판에 누가 써놓았는지 하얀 백묵으로 귀엽고 재미있는 낙서가 쓰여 있다.

1927년 소학교 3학년 때라⋯⋯. 문익환은 묵묵히 청소를 잘 했겠지. 윤동주는 뭐 하느라고 지각을 했을까. 송몽규는 또 무엇에 대하여 떠들어댔을까. 김옥분은 누구일까.

「참회록」의 한 구절이 또 떠오른다.

"내일이나 모레나 그 어느 즐거운 날에/ 나는 또 한 줄의 참회록을 써야 한다/ 그때 그 젊은 나이에/ 왜 그런 부끄러운 고백을 했던가"

많은 한국인들이 이곳에 들러 시인이 살았던 흔적을 보고 가지만, 한평생 아무런 부끄럼 없이 살아가고자 했던 치열한 한 청년의 순결한 마음을 얼마나 읽고 갈까? 여행이란 게, 특히 무리 지어 하는 여행이란 게 더 그렇듯이 부산하게 왔다가 주마간산처럼 훑어보고 가기 십상이다. 그래서 바쁘게 왔다가 바쁘게 가는 여행의 뒤끝에는 쓸쓸함이 남게 된다.

단지 중국 땅이라는 이유 하나만으로 윤동주를 이렇게 버려둔다면 마음 아픈 일이 아닐 수 없다. 윤동주 개인 문학관이 아니더라도 이곳 연변 출신 작가들의 작품과 자료를 모아 연변문학관이라는 이름으로 기념관을 건립했으면 하는 마음 간절하다.

'해란강의 아이들'을 지키는 조선어문 선생님들

연변인민출판사에서 펴낸 류원무의 소설 『해란강의 아이들』은 용정에서 멀지 않은 작은 농촌 마을 용암을 무대로 아이들과 선생님이 펼쳐내는 소박하고 정겨운 이야기다.

우리나라 1960년대를 연상케 하는 환경에서 해맑은 아이들과 현숙 선생님을 중심으로 펼쳐지는 이 이야기는 '나는 무엇이 될까?'로 시작하여, 자신의 꿈이 이루어진 미래를 그려서 현숙 선생님께 결혼 선물로 드리는 마지막 장면까지가 마치 한 폭의 수채화처럼 그려진다. 교실에서 교사와 학생 간에 이루어지는 자유로운 활동과 교사와 학부형 사이에 오가는 존경과 믿음이 경이롭다. 특히 '어떻게 사랑할 것인가?'라는 물음에 아이들 스스로 답을 찾아가게 하는 현숙 선생님의 모습은 부러운 교사상이 아닐 수 없다.

해란강의 어머니들이 자식들에게 '사람이 되라'고 말할 때, 그 '사람됨'의 가르침이 지금 우리 교육 현장에서는 사라진 지 오래 되었다는 사실이 가슴 아프다. 우리들 앞에는 하루의 대부분을 학교와 학원에서 보내고, 친구들과 끊임없이 경쟁하며 피해의식과 열등감으로 파김치가 되어버린 아이들이 있을 뿐이다. 그리고 도덕과 양심, 이해와 배려보다는 내 아이의 출세를 우선시하는 어른들이 있을 뿐이다. 똑같이 교육열이 높긴 하나 그 방향과 질이 다르다.

하지만 안타깝게도 지금 중국의 우리 동포들이 겪는 현실 또한 녹록치 않다는 사실을 이 시점에서 인정하지 않을 수 없다. 2010년 8월, 전국국어교사모임(한국)과 조선어문교수연구회(중국)가 주관하고 코리아언어문화교육센터가 주최한 학술토론회에 참여하여, 여러 조선족학교에서 온 조선어문 선생님들과 토론하는 중에 놀라운 사실을 알게 되었다.

중국의 조선족은 개혁 개방을 맞은 후 한국과의 거래가 대폭 증진됨에 따라 조선어 표기법에서도 한국의 영향을 많이 받고 있으며, 국제화 시대에 발맞춰야 한다는

용정 시가지

분위기 때문에 영어 숭배 열풍 또한 날로 뜨거워져 모국어인 조선어 학습과 사용에 부정적인 영향을 주고 있다고 하였다.

료녕(랴오닝)성 단동(단둥)시 조선족중학교 교사 김일순 선생은 "학생들 대부분이 가정에서 한어로 의사소통을 하고 학교에서는 민족어를 거의 쓰지 않기 때문에, 뜻도 잘 모르고 이미 알았던 어휘도 점차 잊어가고 있다."며, "조선어문 교원으로서 민족의 언어를 지켜야 한다는 사명감은 절실하나, 어떻게 학생들의 마음을 사로잡아 어휘량을 넓힐지 고민이다."라고 말했다.

또한 길림(지린)시 조선족중학교 교사 강영애 선생은 "총체적으로 조선어문 학습은 학생들로 하여금 어떻게 '사람 노릇'을 하고, 어떻게 '좋은 사람' 노릇을 하는가를 먼저 알게 한 다음에 기본적인 과학 문화 지식을 전수하여 지식이 진정한 효능을 발휘하도록 하여야 한다."라고 힘주어 말하였다.

하지만 무엇보다 큰 문제는 많은 학부모들이 이제 중국에서의 생존과 발전을 위해서 자녀들에게 조선어문 지식보다 한어^{중국어}에 능통해야 한다고 생각하는 것이라고 했다. 또한 돈을 벌기 위해 부모들이 외국으로 떠나는 집이 많아지면서 점차 가정이 붕괴되고, 아이들은 열악한 환경 속에 놓이게 된다는 것이다. 한국에 나와 있는 조선족들의 눈물겨운 삶은 '기러기 가족'이 늘어나는 한국의 상황과 크게 다르지 않다는 생각에 마음이 무겁다.

한족 문화의 거센 영향권 안에서 조선족의 정체성과 문화를 지켜가는 노력이 얼마나 고단할 것인지는 보지 않아도 짐작이 간다. 이런 상황임에도 그들 중에는 아직도 인간에 대한 예의가 있고, 반듯하게 우리 고유어를 사용하고 있는 사람이 많다. 언어가 그러하다는 것은 곧 그들의 정신과 정서가 바르고 곱다는 증거가 아니겠는가.

용정중학교의 운동장 구석에 세워진 게시판에는 윤동주의 시 구절을 연상시키는 언어로 가득 차 있다. 실제로 그 훈화들은 학생들에게 살아 있는 가치 기준일 것이라고, 용정중학교 학생 문집에서 읽은 시 한 편에서 안도와 위안을 얻는다.

그 좋은 우물 안에
숨겨 둔 옛 시구를 찾으려고, 바람에 스쳐 온
천국의 시인이
하아얀 별빛을 헹구어 본다.

죽는 날까지
한 점 부끄럼 없이 살다 간
그 순결의 넋을 받아
자기 모습 가꾸려고
우물로 세수하는 우리 마음이다.

흐리지 않는 시의 서정을 한 두레박 퍼 마시면
색 바래지 않은 역사가
겨레의 핏줄 떠올려
먼 하늘 열어 간다.

천국의 시인은
고향의 우물가에 서 있다.

– 용정중학 초중 2학년 전설매, 「명동 우물」 전문

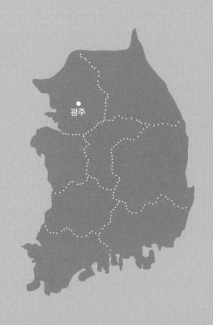

광주

시대의 문제와 정면으로 마주 선 르포 작가

윤정모

불편해서
아름다운 작가

　작가 윤정모^{1946~} 를 한마디로 무어라 하면 좋을까. 발로 뛰고 체험한 것을 쓰는 리얼리즘 작가? 미 제국주의의 지배와 폭력에 항거하는 반미 작가? 힘없고 약한 자의 편에 서서 그들의 대변인이 되어주는 민중 작가? 기자 정신으로 똘똘 뭉친 르포 작가? 기실 그에게는 이 모든 명칭과 호칭이 다 잘 어울린다.

　그곳이 어디이든 이야깃거리가 되고, 밝혀 알려야 한다면 윤정모는 몸 사리지 않고 그대로 뛰어든다. 그래서 마치 종군기자와도 같이 목숨이 위험한 곳까지도 달려들어 파헤치고 까발리고 떠들어서 '소설'이라는 이름으로 세상에 알린다. 사회 부조리와 고통, 계급의식, 제국주의의 수탈, 약소국가의 슬픔, 사회에서 소외되고 억압된 농민이나 여성들의 수난사, 일본군 위안부 등을 주로 다룬 그의 문학은 그 어떤 분칠도 하지 않고 우리 사회의 환부를 날카롭게 드러낸다는 점에서 곧 '르포 문학'이다. 뿐만 아니라 사회 현상을 전체적으로 파악하고 분석해내는 능력이 누구보다 탁월하다는 점에서 그를 '거시적 르포 작가'라 부르고 싶다.

　그래서 그런가, 윤정모의 소설은 전하고자 하는 메시지가 너무 강렬하여 아무리 보아도 '문학'이라 말하기에는 아름답지도 예쁘지도 않다. 오히려 거칠고 불편하기 짝이 없다. 작가적 자존심이라곤 눈곱만큼도 없다는 듯이 활짝 알몸을 쏟아낸 자전에세이집 『우리는 특급열차를 타러 간다』는 아슬아슬하게 곡예사처럼 살아온 지난날과 불덩이처럼 타들어가는 내면의 고백서이다. 남편의 무능과 허세, 외도, 무지, 폭력 등으로 일관한 자신의 가족사, 불행했던 개인사를 지나치리만큼 날것 그대로 드러내어 읽기가 힘들고 불편할 정도이다.

윤정모는 어릴 적부터 불우한 환경 속에서 온갖 수모와 모욕을 당하며, 학비 때문에 술집을 전전하는 등 일찍부터 평범한 행복과는 인연이 없었다. 그렇기에 '가진 것도 없는 사람들에게 세상은 왜 슬픔까지 안겨 줄까' 생각하면서 그 억울함과 분함을 쓰기 위하여 작가가 되었다고 에세이에서 스스로 밝힌 바 있다.

읽기 이전 나의 세계로 다시 돌아가기 어렵게 만드는 작품들

윤정모는 경북 월성에서 태어나 서라벌예대 문예창작과를 졸업했다. 1968년 첫 장편소설 『무너져 부는 바람』으로 작품 활동을 시작하여, 1981년 〈여성중앙〉에 중편 『바람벽의 딸들』로 문단에 정식 등단하였다.

1980년 광주민주화 운동 이후 문학적 시야를 현실 사회에 대한 비판으로 옮기면서 식민지 시대의 민족 현실과 분단 상황을 비롯하여 사회적 빈부 계층의 대립과 갈등 문제 등에 대해 진지한 자세로 접근한다. 그의 도저한 작가 정신은 훌륭한 역사가들이 그랬듯이 감추고 싶은 역사마저 숨김없이 드러냄으로써 다시는 이런 일이 일어나서는 안 된다는 경종을 울리는 것에서 출발하고 있으며, 그 결과 내놓는 작품마다 우리 사회에 새로운 문제의식을 던져주었다.

일본군 위안부 이야기를 다룬 『에미 이름은 조센삐였다』를 비롯하여 일제강점기 나환자들의 항쟁사를 다룬 『그리고 함성이 들렸다』, 전교조 해직 교사, 그리고 윤락녀의 삶을 통하여 성의 상품화와 외세 지배와의 관계를 그린 『고삐』, 독일에서 활동한 작곡가 윤이상의 삶을 통해 예술적 성취와 민족적 불행의 엇갈림을 그린『나비의 꿈』, 그리고 경기도 용인의 황새울 마을을 실제 배경으로 모순된 농촌의 구도를 파헤치고 새로운 농민운동을 탄생시킨『들』, 제국주의의 식민지 한국과 아일랜드의 공통점을 기반으로 분단 한국을 바라보게 하는『슬픈 아일랜드』, 5 · 18 광주 민주항쟁을 다룬『밤길』과『누나의 오월』, 6 · 25 전쟁과 IMF 경제 위기로 비틀어진 한 남자의 이야기를 다룬『꾸야 삼촌』, 미군에게 성폭행 당한 딸을 통하여 반미 감정을 드러낸『빛』등이 모두 그러하다.

하나같이 시대의 문제를 외면하지 않고 똑바로 바라보는 매서운 작가 의식을 드러낸 작품들로, 어느 하나만 읽어도 그 인상과 충격이 얼마나 세찬지 읽기 이전의 나의 세계로 다시 돌아가기 어렵게 만든다.

이들은 거의 모두 작가 자신이 직접 발로 뛰고, 경험하고, 취재하고, 수집한 자료들을 바탕으로 하여 몸으로 써낸 역작들이다. 따라서 역사적 진실성을 지녔으면서도 생동감 넘치는 묘사와 서술을 통해 문학적 형상화에서도 높은 수준을 얻고 있는 것으로 평가받고 있다.

에미 이름은 조센삐였다

『에미 이름은 조센삐였다』(당대, 1997)는 위안부 출신 어머니를 둔 37세의 아들 '문하'의 시선으로 보는 어머니 이야기로 회고적 수법의 중편소설이다. 여기서 '삐'란 '남자를 상대하는 여자'라는 뜻으로 멸시와 조롱이 섞인 저속어이다. 2차 세계대전 당시 일본에서 돈을 받고 와서 장교를 상대했던 일본 여자들은 '일본삐', 조선에서 잡혀온 여자들은 '조센삐'라 불리었다고 한다.

작품 속에서 문하의 어머니이자 주인공인 '순이'는 일제 말기 오빠의 징용을 대신해서 정신대를 지원하였다가 위안부로 잡혀가 필리핀에서 온갖 수난을 당하는 '조센삐'이다. 그리고 또 한 사람, 문하의 아버지인 배광수는 학병으로 징집당해 왔다가 부상당한 뒤 일본의 패전으로 현지에서 '안락사에 의한 부상병 처리' 방침에 따라 죽을 위기에 처한 사람이다. 다행히 배광수는 위안부 순이를 만나 극진한 간호와 보호를 받게 되고, 두 사람은 천신만고 끝에 부산에 도착하여 살림을 차린다. 남편 배광수는 아내 순이를 몹시 사랑하면서도, "당신이 상대한 군인들의 숫자는 대체 몇 명이나 될까? 수천 명이 더 되겠지?"라고 틈틈이 묻곤 한다. 위안부 출신인 순이의 과거를 두고 고뇌와 갈등을 계속하던 배광수는 결국 순이가 해산하던 날 어디론가 달아나버리고, 혼자 남은 순이는 자기 힘으로 아이를 낳고 탯줄을 끊은 후 아들과 살면서 떠나간 남편을 기다리게 된다.

일본에 대한 피해의식에서 벗어나고자 아내와 자식을 버린 배광수는 새로운 여자를 만나 경북 안동에 새 살림을 차리지만, 결국 술로 인생을 탕진하며 살다가 끝내 아내와 아들을 인정하지 않은 채 죽고 만다. 남편의 고뇌와 갈등을 잘 아는 순이는 한 마디 원망도 없이 남편의 온갖 횡포를 견디며 아들을 훌륭하게 키워낸다. 하지만 그런 순이도 술값 때문에 찾아온 남편이 아들에게 던진 '왜놈의 새끼'라는 말 한마디에는 자살까지 시도하며 강한 반발과 집요한 항변을 내보인다.

아들을 호적에 올려놓고도 내 자식이 아니라며, 죽어도 인정할 수 없다는 남편의 삶, 일제가 남긴 상흔이 얼마나 뿌리 깊었는지, 단 하나뿐인 혈육마저도 거부하며 평생을 자학 속에서 비참하게 살다 간 까닭을 순이는 안다.

아버지의 장례식에 참석하기 위해 안동에 간 아들 문하는 아버지의 여자로부터 아버지가 평생 불행하게 살았음을 전해 듣는다. 서울로 돌아온 아들은 어머니에게 다그쳐 묻고, 순이는 마침내 굳게 닫힌 말문을 열기 시작한다. 어머니에게서 차마 입에 담을 수 없는 정신대의 참혹한 실상이 폭포처럼 쏟아져 나오자 아들 문하는 충격에 휩싸인다.

그러나 문하는 아버지가 학도병 시절부터 귀국까지 그 절망적인 세월의 언저리에서 아들의 출생을 1946년이 아니라 1948년으로 두 해 늦게 신고한 사실에서 자신을 그토록 철저히 거부했던 아버지를 이해하고 받아들인다. 그리고 비로소 자신을 오랫동안 괴롭혀왔던 부모에 대한 열등의식, 즉 아버지가 딴 살림을 차리고 가족을 책임지지 않은 모습이나 그런 아버지에 대한 어머니의 이해할 수 없는 태도에서 해방된다. 아버지를 받아들임으로써 자신은 물론 아버지와 어머니의 불행했던 삶 또한 긍정하게 된 것이다.

우리의 순박한 처녀들이 동남아시아 곳곳에 퍼져 있는 일본 군대의 위안부로 끌려가 그들의 삶이 산산이 파괴되어버리고, 우리 민족의 역사가 가장 잔인한 방법으로 유린당했던 이 엄청난 역사적 사실에 작가는 끝까지 다가간다. 그리고 우리가 도저히 상상할 수 없을 만큼 처참했던 민족의 고통을 낱낱이 증언해주고 있다. 그 어둡고 깊은 한을 담담하게 펼쳐내어 끝까지 손에서 책을 놓을 수 없게 하는 이 작품은 순이라는 한 여성의 삶을 통해 일제가 우리 민족과 여인들을 얼마나 잔혹하게 짓밟았던가를 소름끼치게 보여준다.

문학의 현장, 안동

작품 속에서 아들은 안동에 세 번 왔다. 한 번은 친구들과 안동 오는 길에 들렀고, 또 한 번은 일부러 와서는 멀찍이서 집과 아버지만 보고 바로 돌아갔고, 마지막으로 아버지의 부고장을 받고 온 것이 전부이다. 아들이 안동역에 도착하여 집까지 찾아가는 대목은 마치 사진을 찍듯이 당시 안동을 똑같이 그려놓았다.

■　　안동에 도착한 것은 새벽 1시경이었다. 비는 멈춰 있었다. 안동 시가지는 완전한 소등으로 마치 죽어 있는 늪 같았고, 하늘에서는 마른 번개가 피렇게 곤두박질치고 있었다. 나는 어둠을 헤치고 경찰서와 소방서를 지나 초등학교 길로 들어섰다. 지대가 높아져서 그런지 골목골목에서 물이 흘러 내렸고 나는 물 속에 빠

광주 퇴촌 나눔의 집.
윤정모

『에미 이름은 조센삐였다』에서 아들 문하가 아버지의 부고장을 받고 찾아간 안동 옥정동

지지 않으려고 잠깐씩 멈추어 서서 번갯불을 기다리곤 했다. (중략) 계단을 다 올
랐을 땐 숨이 턱밑까지 차올랐다. 일제 때 신사당으로 오르내리던 이 계단은 높
고도 높았고, 신사당의 그 자리는 꺼먼 기와를 올린 초등학교 별교사別校舍가 들
어섰지만, 이제 그 교실도 쓸모가 없는지 빈 건물만 산 밑에 웅크리고 있었다.

어머니가 위안부인지 몰랐던 아들이 평생 어머니를 내쳤던 아버지의 사망을 알
리는 부고장을 받고 찾아간 곳은 안동 옥정동에서도 200여 개의 시멘트 계단을 까
마득히 올라가야 닿는 달동네이다. 안동역에서 내려 당시 소방서와 경찰서가 있던
자리는 지금 웅부공원과 한양아파트가 들어섰고, 동부초등학교 교문 앞을 지나 높
은 계단 꼭대기, 당시 일제의 신사단과 사택으로 쓰던 자리에는 원불교가 높이 세워
져 있다. 공터의 긴 텃밭 끝에 위치한 아버지의 남루한 집. 대문에서 내려다보면 안
동 시내가 다 보이던 집은 산책길로 다듬어놓았으나, 여전히 꼬불꼬불 좁은 산등
성이이다.

10년 전에 이 집을 사서 개조하여 살고 있다는 할아버지께 소설 속의 안동 옥정
동 대목을 상세히 묘사했더니 "바로 여기, 이 집이 맞구먼!" 하신다. 저기 원불교 자
리에 일본 신사당이 세워져 있었고, 그 신사당 조각은 당연히 해방과 함께 사람들이
부숴버렸으나 그 조각 하나는 아래로 떨어져 지금 동부초등학교 운동장 구석에 있
다며, 이 집에서 저기까지 막사 같은 긴 집들이 늘어서 있었고, 황량한 빈터는 어둡
고 지저분해서 산동네 아이들의 우범지대였다고 하였다. 아래를 내려다보니 작품에

서처럼 아버지의 여자가 여교도관으로 근무하였다는, 지금은 풍산으로 옮겨간 안동 교도소 자리가 보이고, 그 옆으로 안동댐에서 흘려보낸 물에 아버지의 뼛가루를 뿌렸다는 낙동강 물이 보인다.

바로 이 자리쯤에서 아버지의 여자로부터 출생의 비밀에 대한 이야기를 전해 듣고는 곧장 집으로 돌아와 어머니를 채근한다. 그리고 어머니로부터 놀랄만한 기나긴 이야기를 듣는다.

한 대목 한 대목에서 충격적인 표현들을 무심한 듯 말하는 어머니. 어머니는 일본군 위안부로 필리핀에 있던 시절에 징용으로 끌려온 아버지를 만나 해방 후 같이 부산항에 도착하여 아이를 낳지만, 그때 집을 나간 아버지는 영영 그 아이를 자기 아이로 인정하지 않았다. 상처받은 사랑하는 여자를 끝까지 받아들이지 못한 아버지를 어머니는 이해하고 있었다.

> 내 머릿속은 불시에 뒤죽박죽으로 엉키는 듯했다. 정신대라면 나에겐 더 나쁜 경우가 될지도 모른다. (중략) 어머니의 경우는 위안부였을 확률이 크다. 그것은 아버지가 평소 내뱉었던 말로서도 충분한 뒷받침이 된다. (중략) 아, 그런데 난 왜 어머니와 일본군 위안부를 단 한 번도 연결시켜서 생각해보지 못했을까.

'나눔의 집'으로 가는 길

경기도 광주군 퇴촌면 원당리 '나눔의 집'에는 2011년 8월 일본군 위안부 할머니들 8명이 살고 있다. 중부고속도로 경인 나들목에서 무갑리 방면으로 8킬로미터쯤 가다가, 퇴촌면 사거리에서 '일본군 위안부들의 집'이라는 표지판을 만나면 그 진입로쯤에서 차를 세워두고 좁은 시골길을 천천히 걸어 올라가보는 것이 좋을 듯하다. 곧 만나게 될 우리들의 아픈 역사를 생각할 때, 그리고 국가가 지켜주지 못한 우리

광주 퇴촌 나눔의 집.
윤정모

나눔의 집(경기도 광주)

할머니들의 고달픈 삶을 생각할 때 걸어 올라가며 마음의 준비를 할 시간이 있어야 하지 않겠는가.

　나눔의 집으로 가는 길은 꽃다운 소녀들이 겪어야 했을 질곡의 삶처럼 구부러지고 비틀어지고 다시 꺾어지는 산길이지만, 올라가는 길 양쪽으로는 굳게 닫힌 대문 사이로 그림처럼 예쁜 전원주택이 보인다. 그 모습이 어쩐지 부자연스럽다. 미안함을 지나 매정하게 느껴질 만큼, 혹시 길을 잘못 들어온 게 아닌가 걱정이 될 때쯤 눈앞에 '일본군 위안부 역사관' 건물이 나타난다.

　나눔의 집은 애초 위안부 할머니들이 모여 살 집을 마련하기 위해 사회 각계에서 모금을 해서 1992년 서울 마포구 서교동에 터를 잡았다. 이후 명륜동, 혜화동을 전전하다가 1995년에 한 독지가가 마련해준 지금의 경기도 광주군 퇴촌면의 650여 평 땅에 생활관 두 동과 수련관을 지었고, 1998년 역사관이 새롭게 문을 열었다.

　나눔의 집에 들어서면 중앙에 김순덕 할머니의 그림 〈못 다 핀 꽃 한 송이〉를 그대로 본 따 만든 '조선의 처녀' 동상을 만나게 된다. 그 앞에 서니 "우리가 강요에 못 이겨 했던 그 일을 역사에 남겨두어야 한다."라는 김학순 할머니, "일본 군인이 나를 잡으러 오는 악몽을 매일 꾼다."던 문필기 할머니, "일본 너희들 왜 그랬냐? 그렇게 하면 되겠느냐."는 강덕경 할머니의 단호한 목소리가 절절하게 울리는 듯하다. "일본의 사죄를 받을 때까지 절대 죽을 수 없다."라고 하셨던 할머니들 중 몇 분은 이미 이곳에서 돌아가셨고, 나눔의 집 조각상 옆에 잠들어 계신다.

일본군 '위안부' 역사관

　일본군 '위안부' 역사관은 세계 최초로 성 노예를 주제로 한 인권박물관이다. 일본의 전쟁 범죄 행위를 고발하고, 피해자 할머니들의 명예 회복과 역사교육의 공간으로 1998년 8월 14일 지상 2층, 지하 1층으로 개관하였다.

제1관 '증언의 장'은 국내외 위안부 피해자들의 증언을 채록하고 전시 공개, 일본군의 만행을 기록한 각종 영상 다큐 상영, 생존 '위안부' 할머니들의 증언을 육성으로 들려준다.

지하로 이어진 제2관 '체험의 장'은 당시 분위기를 느끼게 하려는 의도인지 내려가는 나무 계단이 좁고 어둡다. 일본군은 위안소를 '군위안소', '군인클럽', '군인오락소', 혹은 '위생적인 공중변소' 등으로 불렀다는데, 부대 주둔지에 새로 짓거나 원주민 가옥을 고쳐 사용하기도 하고, 이동 중이거나 전쟁 중일 때는 군인 막사나 초소, 참호, 군용 트럭 등이 임시 위안소로 바뀌기도 했다고 한다. 이곳은 각 지역에 분포한 위안소와 위안소에서 사용한 각종 물품을 설명하고, 실제 위안소를 재현해놓았다.

실물 크기로 재현된 '위안소의 방'은 한 평 남짓하게 널빤지로 칸을 막고 담요로 둘러쳐진 작고 어두운 곳으로, 당시 위안부로 끌려간 여성들에게는 인간적인 모멸감을 견뎌내야 했던 죽음의 공간이었다. 담요가 덮인 나무침대에는 흐릿한 백열등이 흔들리고 있었다. 침상에 살짝 걸터앉는 것조차 죄스러운 이곳, 담요 한 장과 방 한구석에 놓인 뒷물용 놋쇠 대야가 당시 소녀들이 겪어야 했던 고통과 공포의 나날들을 슬프게 대변해주고 있었다.

제3관 '기록의 장'은 일본 위안부 관련 각종 중요 문서와 사진 자료를 전시하고 분향소를 설치해두어, 특히 일본인들이 방문하고 사죄한 기록이 제법 눈길을 끌지만 이것으로는 어림도 없다는 생각이 들지 않을 수 없다.

제4관 '고발의 장'은 위안부 할머니들의 그림이 전시되어 있어 우리 민족과 우리 여성들의 바스러진 자존심을 뼈아프게 확인하는 곳이다. 그림 그리기는 미술대학 학생들이 할머니들의 고통을 치료하겠다는 자원봉사 활동에서 시작되었다. 하지만 그 후 할머니들의 그림은 세계 곳곳에서 일본군의 만행을 폭로하는 전시회로 발전했으며 손끝 재주로는 담을 수 없는, 진심으로 그린 그림의 감동이란 게 어떤 것인

일본군 '위안부' 역사관 내부

지를 보여주기에 충분하다.

특히 강덕경 할머니가 그린 그림 〈빼앗긴 순정〉, 〈책임자를 처벌하라〉, 김순덕 할머니가 그린 〈끌려가는 날〉, 〈끌려가는 배 안〉, 〈배를 따는 일본군〉, 〈그때 그곳에서〉, 〈우리 앞에 사죄하라〉는 당시 위안부로 끌려간 소녀들의 고통과 슬픔, 민족의 수난을 '그림으로 말한 역사책'이다. 역사관의 온갖 설명보다도 더 보는 이의 마음을 아프게 하는 피눈물 나는 고발이요, 어떤 말로도 표현할 수 없는 분노와 굴욕과 수치와 슬픔의 기록이다. 그들이 겪은 고통과 슬픔은 한 개인을 넘어 가족 전체의 삶을 돌이킬 수 없이 파괴하였음을 보여주었고, 덮어버릴 수 없는 역사를 파헤침으로써 우리에게 말로는 표현할 수 없는 큰 충격을 주었다.

문학은 그 시대를 발언해야 할 의무가 있다. 그것은 어떤 문제에 대한 해결 방안을 말해야 한다는 것이 아니라 문제 제기를 해야 한다는 것이다. 나눔의 집 2층, 그림이 있는 전시실은 할머니들의 무거운 삶처럼 우리들의 발걸음 또한 한량없이 무겁게 하는 곳이다.

광주 퇴촌 나눔의 집,
윤정모

파괴된 곱단이와 만득이, 그리고 순애 들의 삶

박완서의 단편소설 「그 여자네 집」은 일본 제국주의의 폭력과 민족사의 수난이 개인에게 남긴 상처를 다룬 작품으로, 작중 화자인 '나'가 김용택의 시 「그 여자네 집」을 자신의 고향에서 일어났던 이야기와 결부시켜 과거 회상의 방식으로 서술한 소설이다.

소설 속 주인공인 곱단이와 만득이는 일제강점기에 행촌리라는 마을에 살던 청춘남녀로 동네 사람들이 모두 인정하는 예비 신랑각시였다. 하지만 징용 가는 만득이가 어떻게 될지 몰라 곱단이를 위해 혼인을 미루고 떠났다. 그런데 그사이에 정신대 차출을 피하기 위해 곱단이가 그만 낯선 중년 남자와 혼인하여 마을을 떠나게 된다. 해방이 된 후 다시 고향으로 돌아온 만득이는 순애라는 처녀와 혼인을 해 잘 살지만, 순애는 죽을 때까지도 남편이 곱단이를 잊지 못한다고 오해한다. 사실 만득이는 곱단이를 잊지 못한 것이 아니라 '정신대 할머니 돕기' 모임에서 알게 된 일본의 만행에 분노했던 것뿐인데도 말이다.

당한 사람이나 면한 사람이나 똑같이 제국주의적 폭력의 희생자였다고 생각해요. 면하긴 했지만 면하기 위해 어떻게들 했나요? 강도의 폭력을 피하기 위해 얼떨결에 고층 아파트에서 뛰어내려 죽었다고 강도는 죄가 없고 자살이 되나요? 삼천리 강산 방방곡곡에서 사랑의 기쁨, 그 향기로운 숨결을 모조리 질식시켜버린 그 천인공노할 범죄를 잊어버린다면 우리는 사람도 아니죠. 당한 자의 한에다가 면한 자의 분노까지 보태고 싶은 내 마음 알겠어요?

— 박완서, 「그 여자네 집」, 『그 여자네 집』(문학동네, 2006) 중에서

작가는 한 마을의 어여쁜 공식 짝꿍 만득이와 곱단이가 부부로 맺어지지 못한 채

각자 다른 배우자와 살면서 모두가 불행한 삶을 살 수밖에 없었던 것은 결국 일제의 폭력, 강제징용과 정신대 때문이었다고 항변한다. 비록 요행히 정신대에 끌려가는 것만은 피했다고 하나, 곱단이는 결국 행복하지 못했고 순애까지 줄줄이 불행하게 되었다. 작가는 이런 불행의 원인이 개인의 잘잘못이 아니라고 말한다. 일본의 만행이 그 시대 보통 사람들의 삶을 송두리째 파괴했다는 것이다.

1991년 8월 14일 한국 최초로 김학순(67세) 할머니가 자신이 일본군 위안부였음을 증언하였다. 김학순 할머니가 주름진 얼굴로 눈물을 흘리며 증언한 이후 한국 정부는 피해자 센터를 설치하여 피해자와 증언을 접수했고, 약 250여 명이 신고를 했다. 한국정신대문제대책협의회(이하 '정대협')가 김순덕, 강덕경 외 여러 할머니들의 용기 있는 증언을 받아 적은 기록물『강제로 끌려간 조선인 군위안부들 1∼5』와『역사를 만드는 이야기』에는 수십 명 할머니들의 증언이 오롯이 담겨 있다. 가히 '기억의 정치화'가 아닐 수 없다.

당시 군위안부로 끌려갔다 살아남은 할머니들은 해방이 된 후에도 대부분 고향으로 돌아가지 않거나, 돌아오지 못했다. 그중에는 결혼을 한 사람도 있었으나 대부분 행복하지 못했다. 윤정모가 위안부 할머니들의 증언을 바탕으로 쓴 작품으로는『에미 이름은 조센삐였다』외에도 아이들이 읽기 쉽도록 쓴『봉선화가 필 무렵』이 있다. 또 작가 이규희의『두 할머니의 비밀』은 우여곡절 끝에 살아 돌아온 위안부 할머니들이 식구들과 주변 사람들, 그리고 남편과 자식이 알까 봐 죄인처럼 숨죽이며 살아야 하는 그 슬프고도 노여운 역사를 쉽게 써서 보여주고 있다. 고통과 치욕의 시절을 같이 겪은 동무를 길거리에서 우연히 만났을 때, 소스라치게 놀라 서로 외면하다가 몰래 뒤돌아본 순간 눈길이 서로 마주치는 대목에서는 참았던 눈물을 주르르 흘리지 않을 수가 없다. 이 슬픔, 이 아픔, 이 분노를 진정 교과서로 배울 수 있을까? 우리 시대에 문학과 작가가 왜 필요한지를 여실히 보여주는 순간이 아닐 수 없다.

광주 퇴촌 나눔의 집,
윤정모

제 발로 걸어간 게 아니니까
우리는 '종군위안부'가 아니야

'일본군 위안부'란 일제강점기에 일본군 위안소로 끌려가 강제로 성폭행 당한 여성들을 일컫는 말이다. 우리는 오랫동안 이들을 '정신대'라는 말로 불러왔다. 일반적으로 정신대라는 단어가 널리 쓰이기 시작한 것은 태평양 전쟁이 막바지로 접어드는 1944년 '여자정신근로령'이 공포되면서부터였다. 이 법령에 의해 조직된 '여자근로정신대'는 원래 남성 노동력이 부족해지자 여성까지 군수공장에서 일하게 하려고 만든 것이었다. 그러므로 '여자근로정신대'와 '일본군 위안부'는 본래 다른 것이다.

애초 '근로정신대'는 고무 공장, 직물 공장, 군수품 공장, 그리고 위안부 등으로 나누어져 있었고 명목상 지원 형식이었으나, 점차 강제성을 띠게 되었을 뿐만 아니라 나중에는 부인들까지도 강제 납치했다는 사실은 할머니들의 증언으로 알 수 있다. 할머니들의 증언은 끌려간 경로에서부터 장소, 위안소 생활, 해방 후의 삶 등에 이르기까지 매우 다양하다. 강제 동원된 여자들은 위안소에 배치되어 반복적으로 성폭행을 당해야 했는데, 이들을 일반적으로 '종군從軍위안부'라고 불렀다. 하지만 강일출 할머니는 종군위안부라는 명칭은 강제성보다는 자발성을 내포하고 있어 적절한 표현이 아니라고 다음과 같이 밝혔다.

> 종군이[라고 하면] 안 돼요. 종군위안부라 하면 틀리는 거야. 그거는 위안부라 해야지. 종군위안부는 지 발로 걸어갔어. 돈 벌러 간 사람이라. 우리는 강제적으로 막 끌려서 올라갔어. 그래. … 이거 막 끌려서 올라간 거는 그거는 위안부라. 그랜께니 이렇게 말하면 안 돼요.
>
> – 한국정신대문제대책협의회, 『역사를 만드는 이야기』(여성과인권, 2004) 중에서

무엇보다 할머니들을 고통스럽게 하고, 이러한 사실을 무덤까지 가지고 가야 할 비밀로 여기게 한 배경에는 '강간당했다', '순결을 빼앗겼다'는 등의 여성들에게만 부여하는 한국 사회의 가부장적 순결관이 있었기 때문이다.

현재 일본군 위안부 문제와 관련된 대표적인 단체로는 1990년에 발족하여 정치, 사회적으로 가장 맹렬하게 투쟁하고 있는 정대협과 1990년 조직된 연구단체 한국정신대연구소가 있다. 또한 '할머니의 herstory 우리들의 ourstory'를 주창한 '일본군위안부 피해자 e-역사관' 등이 있다. 그리고 1992년 불교계 및 사회 각계 성금으로 건립한 할머니들의 쉼터인 '나눔의 집www.nanum.org'이 있는데, 특히 여성감독 변영주가 나눔의 집 할머니들의 이야기를 다룬 다큐멘터리 〈낮은 목소리 1~3〉은 분노와 감동으로 당시 엄청난 사회적 반향을 불러일으켰다.

할머니들의 수요일은 끝나지 않았다

정대협의 주도 아래 매주 수요일 12시에 서울 일본대사관 앞에서 벌이는 할머니들의 '수요 집회'는 1992년 1월 8일에 시작하여 2011년 12월 14일에 1000회를 맞았다. 세상에서 가장 오래된 시위로 기록되고 있다는 수요 집회의 횟수가 늘어나는 만큼 위안부 피해 생존자 수는 점점 줄어들어 현재 60여 명의 할머니들만 생존해 있다. 역사의 산 증인들이 이 세상을 떠나고 있는 마당에 1,000회 집회 날에 건립한 평화비와 소녀상을 '한일외교에 부정적인 영향을 줄 수 있다'는 이유로 일본대사관 측에서 철거를 요구하고 있으니 가슴을 칠 일이다.

할머니들과 함께 수요 시위를 이끌고 있는 정대협의 윤미향 대표는 미래의 주역인 청소년들에게 다음과 같이 말하고 있다.

■ 우리는 기억해야 합니다. 그리고 배워야 합니다. 일본군 '위안부' 문제에서 출

수요 집회

발했지만 성매매 피해 여성들을 향해 손을 내미셨던 할머니들, 미군 기지촌 피해 여성들에게 당당하게 싸우라고 격려했던 할머니들, 다른 전쟁 피해자들에게 연대를 약속하던 할머니들의 모습에서 자신만이 아닌 다른 사람을 위해 희망을 외치는, 모두를 위한 꿈을 말이지요. 저는 진심으로 할머니들의 그러한 꿈이 미래의 역사를 만드는 청소년 여러분의 마음에 전달되길 바랍니다.

– 윤미향, 「저자의 말」, 『20년간의 수요일』(웅진주니어, 2010) 중에서

경기도 퇴촌 '나눔의 집'에서 98년 3월부터 살고 계시는 김군자 할머니의 독백은, 식민지를 경험한 국가에서 살아가는 한 국민으로, 그리고 한 여성으로 느끼는 슬픔과 분노에서 더 나아가 우리를 참으로 부끄럽게 만든다.

여기 근처 사람들이 우리를 정신병자로 아나 봐. 정신대라느니 뭐니 하니까⋯. 안 그렇고서야 우리를 피할 이유가 무에야. 애들도 말 안 해. 아침으로 내가 저 아래까지 산책 나가곤 했는데, 나이 좀 든 여자도 그렇고 젊은 여자들도 그렇게 말을 안 해. 가방 메고 가는 학생들도 외면하고, 길에서 봐도 고개를 외로 꼬고 말을 안 해. 그거 보면 사실 기분 나빠요. 응, 말하는 사람이 세 사람 있지. 이장, 소 키우는 아저씨, 비닐하우스 하는 아저씨. 참, 그리고 할머니 한 분, 머리가 하얀 할머닌데 그 할머닌 말해요.

– 권은정,『그 사람이 아름답다』(나무와숲, 2003) 중에서

　전쟁터에서든 식민지에서든 제일 먼저 죽어나는 건 여성들이다. 시간과 공간을 초월하여 여성들은 강간이나 성폭력에서 자유로울 수가 없으니 통탄할 노릇이다. 일본군 위안부였다는 사실 때문에 할머니들은 이 모든 것들을 해방 후 반세기가 넘는 동안 고스란히 개인의 고통으로 짊어지고 지내왔다. 다시 말하거니 일본군 위안부 문제는 한 개인, 한 여자의 문제가 아니다. 남겨진, 그리고 살아가는 그네들의 유전자를 나누어 가진 우리 모두의 문제임을 결코 잊어서는 안 될 것이다.

광주 퇴촌 나눔의 집,
윤정모

일본대사관 앞에 세워진 평화의 소녀상

안동

서릿발 칼날 진 그 위에 서다

이육사

보수와 진보가
'따로 또 하나'로
존재하는 안동

어제의 햇볕으로 오늘이 익는
여기는 안동
과거로서 현재를 대접하는 곳
서릿발 붓끝이 제 몫을 알아
염치가 법규보다 앞서던 곳

옛 진실에 너무 집착하느라
새 진실에는 낭패하기 일쑤긴 하지만
불편한 옛것들도 편하게 섬겨가며
차말로 저마다 제 몫을 하는 곳

눈비도 글 읽듯이 내려오시며
바람도 한 수 읊어 지나가시고
동네개들 덩달아 댓귀 받듯 짖는 소리

안동 원촌마을,
이육사

아직도 안동이라

마지막 자존심 왜 아니겠는가.

      * 차말로: '참말로'의 경북 지역 방언

– 유안진,「안동」전문

    안동이 어떤 고장인가 물어오면 안동 출신의 시인 유안진의 시 한 자락으로 그 대답이 될 성싶다. 안동이라고 하면 즉각 '양반'과 '보수'를 떠올리는 이가 적지 않을 것이다. 그만큼 이곳은 퇴계 이황 선생을 비롯하여 서애 류성룡 선생 같은 쟁쟁한 선비와 유생들이 많이 배출된 곳이다. 그래서 이곳 사람들은 자기 고장을 '추로鄒魯 _{공자와 맹자}의 향鄕'이라고 자랑삼아 말한다. 도산서원, 호계서원, 병산서원, 안동향교들을 비롯하여 근교에 서당과 서원만 해도 40여 개나 되는 안동시의 시정 구호는 '한국 정신문화의 수도'이다. 만만찮은 역사와 인물을 가지고 있다는 긍지와 자부심의 표현이다. 아마도 우리나라에서 가장 보수적인 곳이라고 할 수도 있을 경북 안동은 또한 국난 때마다 자발적으로 일어나 나라를 지킨 의병들과 독립투사가 가장 많이 배출된 곳이기도 하다. 보수와 진보가 이처럼 한 곳에 밀집해 있는 지역도 그리 흔치는 않을 것 같다.

    또한 일제강점기 때 독립 투쟁과 관련하여 스스로를 '독립운동의 성지', '독립운동의 본향'이라고 했을 만큼 안동은 독립운동과도 관련이 깊은 곳이다. 항일 의병의 효시랄 수 있는 갑오의병의 발상지요, 1905년 이후 일본 제국주의에 항거하며 스스로 목숨을 끊은 이만 무려 열 명에 이르는 지사와 열사의 고장(전국 66명)이기도 하며, 갑오의병 이후 1945년 안동농림학교 학생항일운동에 이르기까지 51년 동안 쉼 없는 독립 투쟁을 전개

하여 단일 시군으로는 전국에서 가장 많은 독립유공 포상자(310여 명, 포상받지 못한 이를 포함하면 1천여 명)를 배출한 곳, 안동.

그런 항일운동의 역사를 기리기 위해 안동시는 2007년 8월 11일 임하면 천전리 옛 천전초등학교 자리에 안동 독립운동 기념관을 개관하였다. 주로 안동 지역을 중심으로, 안동 출신 독립운동가들의 활동을 소개한 기념관으로서, 전국 지방자치단체의 힘으로 독립운동 기념관이 건립된 것은 처음이다.

독립투사 집안의 '눈물 안 흘리는' 여섯 형제의 우애

안동에는 일제강점기에 만주로 독립 투쟁을 하러 떠나면서 노비 문서를 태워 노비들을 다 풀어주었다는 임시정부 초대 국무령 석주 이상룡 선생과 함께 퇴계 선생의 14대 손이자 항일 운동가요, 저항 시인인 육사 이원록[1904~1944] 선생의 집안이 있다.

육사의 어머니인 허씨의 집안 역시 우리나라의 대표적인 항일 가문이다. 또한 석주 이상룡 선생의 손자며느리와 육사의 어머니는 이종사촌이 되기도 한다. "새는 깃털이 같은 새끼리 논다."라는 서양속담이나 '유유상종'이라는 말처럼 독립운동가 가문을 살펴보면 서로 혈연으로 이어져서 사돈에 겹사돈으로 거미줄처럼 얽혀 있다. 바로 석주 선생과 육사 시인의 집안처럼 말이다.

육사는 안동군 도산면 원촌리에서 여섯 형제 중 두 번째로 태어났다. 할아버지를 가장으로 한 육사 일가는 창씨개명에 불응함은 물론 항일 운동에 철저한 나머지 그 형제들은 항상 일제의 감시 속에서 살아야 했다.

어머니로부터 '눈물을 흘리지 말라'고 배운 이들 여섯 형제들의 우애는 유명하여 내 것 네 것이 없이 지냈으며, 지금까지도 다섯 형제(원기, 원록, 원일, 원조, 원창. 막내인 원홍은 일찍 운명함)는 호적상 분가하지 않았다고 전해진다. 형제들 중에서도 셋이 의열단에 입단하였고, 그중 가장 행동파였던 육사는 밀명을 받고 북경으로 가 북경군관학교에 적을 두고 있다가 1927년에 귀국하여 조선은행 대구지점 폭탄 투척 사건에 연루되어 첫 번째 감옥살이를 하게 된다. 일평생 열일곱 차례나 겪게 되는 감옥살이의 시작이었다. 이때 죄수 번호가 264번이라 하여 이후 이육사로 불리었다는 이야기는 유명하다.

육사는 1944년 해방을 1년 앞두고 일본 헌병대를 기습한 뒤 체포되어 북경 감옥에서 사망했다. 서대문형무소 역사관 영상 자료에 의하면 이때 이육사의 시신을 인계받은 사람이 이병희(93세) 여사로, 육사의 시신과 유품을 수습해 국내 유족에게 전달하는 등 독립운동사에 한 획을 그은 인물이다.

96년 국가유공자가 될 때까지 50년 간 독립운동가였던 사실을 숨기고 살아야 했어. 사회주의 독립운동을 했던 경력이 혹시 후손들에게 누가 될까 봐……

감옥에 가 보니 이육사가 눈을 부릅뜨고 성난 얼굴로 죽어 있었어. 온몸이 고문으로 엉망이 되어 있었지. 내가 두 눈을 감겨 주었어. 펑펑 울었지. 이육사 시체를 어디 가 찾아? 나 아니었으면 못 했지. 이제 그 「청포도」니 「광야」니 그 시집을 마분지 조각에다 이만큼 쓴 거를, 그게 유물이야. 다 내가 가지고 나온 거야. 지금 국민, 중학교 교과서 책에두 나오잖아. 내가 그거 안 가져 왔어 봐라? 일본눔들 손에 들어갔어 봐라?

– 서대문형무소 역사관 영상 자료, '이병희 여사의 증언' 중에서

육사가 죽은 뒤인 1946년에 단 한 권의 유고 시집 『육사 시집』이 나온 데에는 이병희 여사의 공헌이 적지 않은 셈이다.

이병희 여사는 이육사 시인의 손녀뻘 되는 친척으로 18살의 어린 나이에 위장 취업한 회사에서 반일 파업을 이끌다 옥고를 치렀다. 또한 의열단 단원으로 임시정부

에서 활동하다가 육사 선생과 함께 체포된 적이 있다고 한다. 2010년 10월 27일 국치 100년을 맞아 안동문화방송국에서는 김락, 남자현 여사와 함께 이 분을 여성 독립운동가로 소개한 바 있다.

안동 원촌마을

　서울 미아리 공동묘지에 잠들어 있던 그의 유해를 고향에 이장해온 것이 1960년이고, 낙동강 변에 첫 시비 「광야」가 세워진 게 1968년이다. 시비가 안동댐 민속촌 입구로 옮겨진 뒤 그 자리는 '육사로'라는 이름의 큰길이 조성되어 그를 기리고 있다.

　그러나 안동댐이 생기면서 수몰지로 정해진 까닭에 도산면 원촌리에 있던 육사 생가를 시내 태화동 포도골로 옮긴 지가 수십 년이 지났는데도, 여전히 생가를 찾아

안동 원촌마을,
이육사

가는 길에는 표지판 하나 없어 찾는 이들의 애를 먹인다. 애써 찾아가도 초라하게 방치되어 있을 뿐이고, 어쩌다 문이 열려 들어가보면 좁은 마당 한 귀퉁이에 '이육사 생가'라는 안내판 하나만 을씨년스럽게 서 있을 뿐이다. 그나마 나무로 가려져서 관심 있게 찾아보는 이의 눈에나 겨우 뜨일 뿐인지라 문화 도시 안동에 걸맞지 않다는 생각에 안타까운 마음 감출 길이 없다.

안동 시내를 벗어나 도산 방향으로 25킬로미터쯤 올라가면 도산서원 입구가 나오고, 여기에서 국도를 따라 언덕 하나를 넘으면 퇴계의 생가가 있던 도산면 온혜리에 닿는다. '퇴계종가, 퇴계묘소, 이육사 문학관'이라는 표지가 있는 오른쪽 작은 길을 따라 5킬로미터쯤 가면 육사가 태어난 원촌이 나타나고, 그의 수필 「계절의 오행」에 나오는 "내 동리 동편에 왕모산"이란 대목처럼 우뚝 솟아 있는 왕모산 저 앞쪽에 이육사 문학관이 아담하게 서 있다.

문학관 근처 작은 '청포도 시 공원' 안내판에는 이 원촌마을을 예부터 '하늘이 아끼고 땅이 감추어둔 그윽하고 구석진 두메산골'이라 불렀다는 내용이 적혀 있다. 지금도 동네 어르신들이 이곳을 가리켜 '먼데마을'이라고 부르는 걸 보면 교통수단이 없던 예전에는 정말 까마득한 오지였음에 분명하다.

안동댐으로 인하여 물이 들어온다고 시인의 생가를 시내로 옮겼는데 아직까지 물이 예까지 차오른 적은 한 번도 없고, 시내의 생가는 폐가처럼 무너져가는 데다 정작 생가 자리에서는 동네 사람들이 여전히 농사를 지으며 살고 있다. 문학관 안에 생가를 복원해내기보다는 차라리 시내로 옮긴 집을 다시 제자리에 갖다놓으면 좋겠다는 생각을 해본다.

예술가는 그를 사랑하는 고향 사람들이 만든다

1970년대 안동댐 건설로 300여 년 동안 번성했던 이 마을은 이제 옛 모습을 찾아볼 수가 없다. 남은 유적으로는 원대정과 원대고택 등 몇 점이 있을 뿐이다.

　이육사 탄생 100주년을 맞아 2004년 시인의 고향 안동시 도산면 원촌리 불미골 생가 터에 문을 연 이육사 문학관은 지상 2층 규모로 지어져 시인의 생애와 문학 세계, 그리고 육사가 걸었던 항일운동의 가시밭길을 생생하게 살펴볼 수 있도록 해놓았다.

　특히 2층은 낙동강이 굽이쳐 흐르는 원천리 일대를 한눈에 조망할 수 있는 곳으로, '시상詩想 전망대' 등이 갖춰져 있어 이육사 문학관의 가장 핵심적인 공간이라 할만하다. 문학관 주변에는 연못과 분수대, 생가인 '육우당', '청포도 샘'과 '청포도 밭', 이육사 동상 등이 조성되어 시심을 즐기도록 해놓았다. 문학관 바로 뒤에 있는 산으로 3킬로미터 남짓 올라가면 시인의 묘소가 있으나 워낙 높은 곳에 있어서 애초에 관을 어떻게 이곳까지 옮겼는지 놀랍기만 하다. 묘소 참배를 강행하려면 마음을 단단히 다잡아야 할 것이다.

　문학관에서 안내하는 '이육사 문학로드'를 따라가노라면, 원래 생가가 있던 자리에 세워진 「청포도」 시비를 비롯하여 「절정」을 낳은 왕모산 칼선대, 그리고 「광야」의 시상이 떠오르는 쌍봉 옻판대 등에서 육사 시 세계의 전모를 느낄 수 있다. 특히 봉화의 농암종택까지 이어지는 '퇴계 예던길'은 절경 중의 절경이다. 단천리 전망대에 서면 멀리 청량산이 마주 보이고 월명담이며 학소대, 벽력암 등 우뚝한 기암절벽 아래 낙동강이 유유히 흐르니 가히 그림 속으로 들어가는 길이다.

　이곳 문학관에는 4~5년 전부터 이육사 시인의 고명딸 이옥비(71세) 여사가 한복을 곱게 입고서 방문객에게 아버지의 문학과 삶을 알리는 해설사로 일하고 있다.

　이옥비 여사는 "'비옥할 옥沃' 자에 '아닐 비非' 자를 쓰지요. '기름지지 않다', 즉 욕심을 부리지 말고 소박하게 살라는 뜻으로, 아버지가 주신 평생의 선물이라 생각해요."라며 아이보리색 양복을 입으셨다는 것만 어렴풋하게 기억날 뿐 아버지에 대한 기억이 거의 없다고 했다. 하지만 언젠가 조지훈 시인 등 아버지와 벗하던 이들이 집으로 찾아와 말해주었다며, "아버지는 말을 타고 달리면서 총을 쏘더라도 백발

육사 시인의 딸, 이옥비 여사

백중인 총의 명수이셨대요."라고 잠시 지난 시절을 회상하기도 하였다. 아버지가 쓴 시를 비롯한 소중한 자료들이 6·25 전쟁 당시 폭탄을 맞아 소실된 것을 지금도 가슴 아프게 생각한다는 이옥비 여사는 더 늦기 전에 어머니의 회고와 지인들의 기억을 모두 모아서 조금씩 글로 정리하고 있는 중이라고 한다.

　예술가는 그를 사랑하는 고향 사람들이 만든다고 한다. 그런데 이육사 시인을 기리겠다고 만든 문학관에 아쉽고 납득하기 어려운 일이 있다. 바로 입장료를 받는다는 사실이다. 문학관이 있는 곳은 버스가 하루에 세 번밖에 가지 않는 시골 후미진 곳이라, 특히 학생들이 찾아가기에는 여간 불편한 게 아니다. 그런데 기껏 찾아간 이에게 입장료까지 받고 있는 것이다. 전국에 입장료를 받는 문학관이 이곳 말고도 두어 군데 더 있는데, 지자체마다 경쟁하듯 지역을 알리는 일에 엄청난 노력과 투자를 하는 마당에 굽이굽이 먼 길을 찾아온 사람에게 오히려 감사해야 할 일이 아닐까. 모름지기 문학관이란 여럿이 와서 지역 작가의 삶과 문학을 보아주는 데 목적을

두어야 마땅하거늘 입장료를 징수하는 것은 목적에 비추어볼 때 아무래도 적절치
않은 듯하다.

「청포도」의 산실

내 고장 칠월은
청포도가 익어 가는 시절

이 마을 전설이 주저리주저리 열리고
먼 데 하늘이 꿈꾸며 알알이 들어와 박혀

하늘 밑 푸른 바다가 가슴을 열고
흰 돛단배가 곱게 밀려서 오면

내가 바라는 손님은 고달픈 몸으로
청포를 입고 찾아온다고 했으니

내 그를 맞아 이 포도를 따 먹으면
두 손은 함뿍 적셔도 좋으련

아이야 우리 식탁엔 은쟁반에
하이얀 모시 수건을 마련해 두렴

– 「청포도」 전문

안동 원촌마을,
이육사

위 시 「청포도」는 오래 전부터 중학교 국어 교과서에 실려 있어서, 혹 사람들 중에는 안동이 청포도가 많이 열리고 돛단배가 오락가락하는 어촌인 줄 아는 이가 있을지 모르겠다. 그러나 안동에는 청포도도 배도 없다. 이 점을 두고 포항시에서는 대보면 호미곶 등대박물관 옆에는 이육사가 1937년 요양 차 포항 송도에 머물면서 일월지 포도원을 찾기도 했다는 이유로, '여기가 청포도의 산실'이라고 주장하며 영일만 들머리에 이육사의 「청포도」 시비를 세워서 기리고 있다

그러나 이육사 문학관의 사무국장 이위발 시인은 포항의 이러한 주장에 대하여 "어림도 없는 소리"라며, 옛날 이 마을에 많이 열리던 산머루를 '덜 익은 포도'라는 뜻에서 청포도라 했을 수 있고, 자나 깨나 고향을 사랑하고 그리던 시인이 누워서 푸른 하늘을 보고 '바다'라 이미지화하였을 것이라고. 그리고 원촌은 '시내에서 먼 곳에 있는 마을'이라는 뜻으로 마을 사람들은 흔히 '먼 데'라 불렀으므로 시 속에 등장하는 '먼 데'란 바로 원촌리를 뜻하는 것이며, 더구나 이곳은 접빈객 문화가 발달하여 손님을 지극정성으로 대접하던 고을이므로 '은쟁반에 하이얀 모시 수건을 마련해두렴'이라 시화했을 것이라고 주장한다.

시를 이해하고 감상하는 데 이런 사실 여부가 그리 중요한 것은 아니겠으나 지역 사람들에게는 드높은 자존심의 문제이므로, '여기가 거기다'라고 함부로 발설할 수는 없을 것 같다. 그럼에도 여전히 학교 현장에서는 이육사의 삶과 연관하여 모두들 독립을 염원하며 조국 해방을 맞이할 준비를 하라는 미래지향적이며 긍정적인 시인의 낙관적 자세라 가르치고 있다.

유명 시인이 잠시 거쳐 간 자취만 있어도 여러 개의 시비를 세운다는 선진국의 예를 보더라도 문학적 유산이 드문 포항 지역에서 위대한 시인을 기념한다는 것은 의미가 있을 것이다. 이참에 여러 지역 골골마다 문학과 예술의 기념물들이 좀 더 많이 남겨졌으면 하는 바람이다.

안동댐, 이육사의 「광야」 시비

칼날 같은 저항과 여유만만한 시 「절정」

　1930년대 독립군 자금을 모으기 위하여 여러 차례 만주를 왕래할 때 육사는 이 드넓은 광야를 달리면서 우리 민족에게 조국 광복을 가져다줄 '백마 타고 오는 초인'을 애타게 기다렸나 보다. 그는 투사의 모습과 시인의 얼굴을 동시에 가지고 있었으니 그의 시에 절로 고구려 장군의 우렁찬 소리가 나오지 않을 수가 없었을 것이다.

　　　매운 계절의 채찍에 갈겨

　　　마침내 북방으로 휩쓸려 오다

　　　하늘도 그만 지쳐 끝난 고원

서릿발 칼날 진 그 위에 서다

어디다 무릎을 꿇어야 하나
한 발 제겨 디딜 곳조차 없다

이러매 눈감아 생각해 볼밖에
겨울은 강철로 된 무지갠가 보다

-「절정」 전문

이 시는 자기 관조의 여유와 준엄한 선비의 자세로 드높은 자존감을 보여주는 대표적인 저항시다. 일제에 쫓겨 눈 덮인 매서운 추위의 북만주 벌판을 헤매면서도 '겨울은 강철로 된 무지개'라 말하고, '한 발 디딜 곳조차 없'고 '서릿발 칼날 진' 상황에서도 굴복하지 않는 독립 전사의 기세가 서슬 퍼렇다.

「절정」의 시상이 잉태되었다는 도산면 원촌리 근처 왕모산 칼선대에 오르면 육사가 자랐던 생가 터와 이육사 문학관이 아스라이 보인다. 깎아지른 수직의 벼랑 아래로 시퍼런 강물이 흐르고 주변에는 들과 산이 완만하게 펼쳐져 있다.

우리는 시대가 어두울수록 신념에 찬 인간을 그리게 된다. 역사 속에 살다 간 인간을 평가할 때 먼저 그가 살았던 시대를 염두에 두고 살펴봐야 하지만, 그가 과연 얼마나 그의 생각과 행동을 자신의 삶과 일치시켰는가에 따라서 그 사람이 얼마나 가치 있는 삶을 살았는가를 결정짓는다. 그런 점에서 우리에게 남긴 시와 일생의 행적을 볼 때 육사는 자신의 신념을 삶과 일치시킨 사람이란 것을 알 수 있다.

"선생님, 이런 촌구석에서 어떻게 그런 훌륭한 사람이 태어났어요?"

미래를 살아가는 우리 아이들이 배울 점이 바로 현장을 보고 돌아가는 학생에게서 나온 이 감탄사에 있지는 않을까.

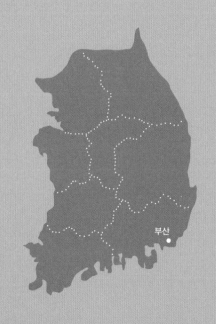

부산

사랑과 위로의 언어

이해인

아프고도 아름다운 멍에

누구의 아내도 아니면서
누구의 엄마도 아니면서
사랑하는 일에
목숨을 건 여인아
그 일이 뜻대로 되지 않아
부끄러운 조바심을
평생의 혹처럼 안고 사는 여인아

표백된 빨래를 널다
앞치마에 가득 하늘을 담아
혼자서 들꽃처럼 웃어 보는 여인아

때로는 고독의 소금 광주리
머리에 이고

부산 성 베네딕도 수녀원,
이해인

맨발로 흰 모래밭을
뛰어가는 여인아

누가 뭐래도
그와 함께 살아감으로
온 세상이 너의 것임을 잊지 말아라
모든 이가 네 형제임을 잊지 말아라

- 「수녀 1」 전문

언제나 그랬다. 절이나 성당, 교회에 들어간다는 것, 더구나 수도원에 발을 들여놓는다는 것은 마치 딴 나라에 온 듯 낯선 느낌에 누가 뭐라지 않아도 발걸음 하나 손동작 하나도 조심스러워 숨을 죽이게 된다.

부산 광안리 성 베네딕도 수녀원은 지금껏 익숙하게 숨 쉬며 살던 속세와는 다른 별천지처럼 눈앞에 펼쳐졌다. 튤립 꽃과 잎이 똑 닮은 튤립나무 문을 조심스레 지나자 향기가 천 리를 간다는 서향나무와 샤프란, 보라공작, 하얀 공작초가 피어 있는 이국적인 꽃밭이 보인다. 울창한 나무 숲 사이로 마치 비밀의 정원에 발을 내딛는 것처럼 숨겨져 있던 풍경들이 오솔길 사이로 나타나는 순간 지금까지 들려오던 도회지의 소음은 어디론가 사라지고 갑작스레 사방이 조용해짐을 느낀다. 이렇게 금세 정적이 감돌 수가 있는가.

주로 슬픈 사람들이 머물다 간다는 곳. 멀리는 바다의 소리와 냄새가, 가까이는 고요한 정적과 고아한 분위기가 넘친다. 커다란 십자가가 있는 황홀한 정원 산책길에는 온갖 질푸른 나무가 향을 뿜어대고, 곳곳에 숨어 있는 성모마리아의 기도상이 더없이 성스럽고 거룩하여 자꾸만 숨을 죽이게 된다. 꽃댕강나무의 감미로운 꽃내가 유난히 진하다. 사철 내내 꽃이 지지 않는 수도원에서 꽃들은 늘 향기로 먼저 말

이해인 수녀가 명상을 하거나 시상을 다듬을 때 걷는 오솔길

을 건네는 것 같다. 그리고 내면이 늘 고요히 깨어 있어야만 꽃향기를 제대로 맡을 수 있다는 것도 일러주는 것 같다.

정오가 되자 수도원 안에서는 종소리가 은은하게 울렸다. 그 소리 또한 풍경 밖의 세상에서 건너온 듯 아득하고 낯설었다. 부산 광안리 앞바다 성 베네딕도 수녀원의 한 곳에 자리한 이해인1945~ 수녀만의 공간, 언젠가부터 '해인글방'이 '작은 위로'로 바뀌기는 했지만, 이곳에서 그녀는 여전히 자신의 글로, 시로 복음을 전하고 있었다.

이해인 수녀는 이곳에서 황폐하고 메마른 현대인의 상처를 어루만지는 따뜻한 햇살과도 같은 몫을 해내고 있다. 평생을 오직 '하나의 님'만을 섬겨야 하는 성직자로서의 삶이건만 틈입자의 눈에는 그저 아프고도 아름다운 멍에로만 보인다.

민들레 연가

2003년 여름, 고요하고 평화로운 적요 속에서 처음 만난 이해인 수녀는 예순이 넘은 나이에 뜻밖에도 명랑소녀처럼 밝고 씩씩했다. 게다가 아주 빠르고 높은 톤으로 막힘없이 감성적인 표현을 쏟아낼 때는 영화 〈시스터 액트〉나 〈사운드 오브 뮤직〉에 나오는 말괄량이 수녀가 떠오르기도 했다. 혹시 그녀가 쓴 글을 읽고 한 떨기 백합같이 청아하고 가냘픈 이미지의 수녀 시인을 상상했다면 위풍당당한 풍채에 활달함까지 갖춘 이해인 수녀의 모습에 살짝 놀랄지도 모르겠다.

이해인 수녀는 1945년 강원도 양구에서 태어나 1964년 경북 김천시 성의여고를 거쳐 필리핀 성 루이스 대학교 영문학과와 서강대 대학원 종교학과를 졸업했다. 1964년 올리베따노 성 베네딕도 수녀회에 입회, 세례명은 클라우디아이다. 1968년에 수도자로 살 것을 서원한 후, 수도 생활을 하면서 바닷가 수도원의 '해인글방'에서 사랑과 위로의 메시지가 담긴 글과 시를 밖으로 내보내고 있다. 1976년 첫 시집 『민들레의 영토』 이후 2011년 『꽃이 지고 나면 잎이 보이듯이』에 이르기까지 시집과 산문집, 기도 모음집, 번역서 등이 수십 권에 이른다.

이해인 수녀의 작품은 각박한 삶을 사는 현대인들에게 기도 같은 마음을 회복시켜주고 청소년들의 정서를 순화시키는 데 기여했다는 평가를 받아 '새싹문화상' 및 '여성동아대상', '부산아동문학상' 등을 수상했다. 스무 살에 수녀회에 들어와 부산 성 베네딕도 수녀원에서 종신 수녀로 지내던 중, 지난 2008년 여름 암 선고를 받고 지금은 투병 중에 있다.

살아가면서 실망과 좌절, 고통을 겪을 때마다 문학이나 예술, 자연에서 살아갈 힘을 얻는다는 사람들이 많다. 한하운이 한센병이라는 무섭고 끔찍한 병을 앓으며 급기야 죽을 생각까지 했을 때 위안과 용기를 준 것이 바로 문학이었다고 하는데, 이해인 수녀는 그럴 때 힘을 얻은 것 중 하나가 바로 자연이라고 했다. 그리고 그 주인공은 길섶에 핀, 조금도 화려하지 않은 수수하고 소박한 들꽃, 민들레라고 했다.

이미 각오하고 나선 길이면서도 어려움이 많았고 그 어려움은 거의 내면적인 것에서 비롯되었다. (중략) 그럭저럭 일 년을 보내고 난 다음 해 우리는 푸른 바다가 보이는 광안리 수녀원으로 이사를 했다. 그곳을 산책하던 어느 날 나는 극히 좁다란 돌 틈을 비집고 당당히 피어난 노란 민들레를 보고 "아, 어쩌면……." 하고 솟구치는 기쁨에 몸을 떨면서 그의 정다운 목소리를 듣게 되었다. "넌 왜 고민하니? 나처럼 살면 되잖아. 네가 원하기만 하면 좁은 땅에 앉아서도 모든 이를 뜨겁게 사랑할 수 있어." 그는 내게 노래를 주었다. (중략) 민들레를 만난 것은 내가 안주해야 할 땅을 확인케 해준 소중한 발견이었고, 그것은 나에게 사랑의 슬기를 깨우치는 좋은 친구가 되어 주었다.

- 「민들레의 연가」 중에서

민들레는 누가 돌보아주지 않아도 스스로 자신을 가꾸고 꽃을 피우며 살아나가

는 강인함을 가지고 있다. 그러기에 하얀 홀씨가 사방으로 흩어져서 새로운 생명을 창조하는 것처럼 이해인 수녀도 수도원 안에서 글로써 세상을 만나고 하느님의 말씀을 전하지 않았던가.

이해인 수녀의 작품 가운데는 유난히 작은 꽃들을 예찬하는 시가 많다. 인도의 시인 타고르의 「꽃의 학교」와 한용운의 시 「꽃 싸움」을 읽고 더욱 꽃이 좋아졌다는 그녀의 눈에 그냥 스쳐 지나가는 꽃은 아마도 이 세상에 없을 듯하다.

언어의 집짓기

이해인 수녀의 시에 동원되는 언어는 대부분 참으로 단순 소박하다. 시의 대부분이 하느님에 대한 절절한 사랑을 노래하고 있음에도 그 발상은 사뭇 인간적이다. 쉬운 언어와 투명한 표현으로, 보통 사람이 가진 간절한 정서를 맑고 청순하게 소박한 울림으로 보여준다. 그러기에 그녀의 시는 오늘을 살아가는 우리의 영혼을 감싸고 위로해주기에 딱 알맞고, 그래서 지금도 여전히 사랑받고 있는 게 아닐까.

■   행복하다고 말하는 동안은
　　　나도 정말 행복해서
　　　마음에 맑은 샘이 흐르고
　　　고맙다고 말하는 동안은
　　　고마운 마음 새로이 솟아올라

내 마음도 더욱 순해지고

아름답다고 말하는 동안은
나도 잠시 아름다운 사람이 되어
마음 한 자락이 환해지고

좋은 말이 나를 키우는 걸
나는 말하면서
다시 알지

– 「나를 키우는 말」 전문

    이해인 수녀가 쓴 시의 내용이 기도 생활에 그 중심을 두고 있는 것은 당연하다. 그러나 그녀의 시를 보면 의외로 수녀 시인이니까 처음부터 끝까지 예수님 이야기로 가득 차 있지 않을까 하는 편견과 선입견을 말끔히 씻을 수 있다. 그저 일상을 살아가는 인간이라면 누구나 가지게 되는 감사와 기쁨, 동심, 사랑과 우정에 대한 이야기가 경건하게, 때로는 풋풋하고 싱그러운 분위기로 우리를 이끈다.

    "삶이 지루하거든 앞치마를 입으세요"라는 자신의 시구처럼 그녀에게는 작고 사소한 것들이 모두 얼마나 귀중한 존재인지 모른다. 꽃은 물론이요, 편지와 엽서, 그리고 촛불, 몽당연필, 색연필, 앞치마, 신발 등 일상의 모든 소소한 물건들이 그녀에게는 자신과 만나는 사람들을 이어주는 중요한 고리들이다.

    이해인 수녀는 만나는 사람이 누구든지 간에 주머니 안에서 혹은 검은 가방 안에서 끊임없이 이런 소소한 물건들을 꺼내어 아낌없이 나누어준다. 가을 햇빛에 말려 잘 갈무리해둔 꽃으로 우려낸 꽃차를 대접하는 것은 물론이요, 직접 서명한 자신의 책을 비롯하여 광안리 바닷가에서 주워 온 조개껍데기와 산책길에서 주운 솔방울에 꽃을 그려 넣고 '사랑', '평화' 같은 단어를 써서 만나는 사람들에게 기쁘게 건네곤 한다. 마른 꽃잎을 붙여 만든 카드와 색연필, 그리고 갖가지 스티커와 책갈피, 열쇠고리, 기도의 시와 사진이 담긴 카드……

이해인 수녀는 받는 것보다 주는 것을 더 즐거워하는 사람이다. 자신의 산문집 『기쁨이 열리는 창』에서 "사랑은 표현을 원한다. 선물을 주는 것도 기쁘고, 받는 것도 기쁘다. 나는 날마다 새롭게 선물을 준비하는 선물의 집이 되고 싶다."라고 말한 것처럼 그녀는 늘 다른 사람들에게 무엇인가를 주고 또 준다.

■　제 하루의 작은 여정에서
제가 만나는 모든 이의 말과 행동을
건성으로 들어 치우거나
귀찮아하는 표정과 몸짓으로
가로막는 일이 없게 하소서

이웃을 잘 듣는 것이
곧 사랑하는 길임을
내가 성숙하는 길임을 알게 하소서

– 「듣게 하소서」 중에서

늘 책을 읽고, 글을 쓰고, 편지를 쓰는 삶, 그리고 타인을 위해 기도하고 베푸는 삶. 그것이 바로 이해인 수녀의 삶이자 일상이다. 이를 수도자의 세계에서는 '문서 선교'라고 한단다.

초등학교와 중학교 교과서에도 여러 편 실려, 더욱 친숙한 그녀의 글들은 앞으로도 수도원 담장을 넘어 사회의 아픔과 슬픔, 분노와 미움을 녹이고 위로하는 노릇

© 샘터사

을 하리라 믿는다. 힘들고 고된 사람들에게 위안이 되라는 뜻을 가진 그녀의 작업실 '작은 위로'에서 우리의 안식이 되어 줄 자양분이 계속 쏟아져나오기를 바라는 마음 간절하다.

죽음 앞에서도 '희망은 깨어 있네'

시인인 이해인 수녀와 영문학자이며 훌륭한 에세이스트인 장영희 교수, 그리고 개성 넘치는 화가 김점선은 삼총사처럼 절친했다고 한다. 셋이 찍은 사진에다 '같은 날 죽어서 손 잡고 하늘나라 가서 같은 반 되면 오죽 좋을까'라는 말을 써놓았다는 데, 그 말대로 그만 암 투병까지 셋이 함께 하며 고통을 나누게 되었다. 그러다가 몇

해 전 장영희와 김점선 두 벗이 먼저 길을 떠났다.

▦ 더 많은 사람들에게
희망을 주는 '명랑소녀'로
씩씩하게 살아가자고
함께 약속했던 영희

(중략)

이 세상에 영희를 닮은
희망의 사람들이 더 많아져서
아름다운 세상이 올 수 있도록
영희와 함께 기도할게요. 안녕!

－「장영희에게」 중에서

▦ 장영희, 김점선, 이해인
셋이 다 암에 걸린 건
어쩌면 축복이라 말했던 점선

하늘나라에서도
나란히 한 반 하자더니
이제는 둘 다 떠나고
나만 남았네요
(중략)

그 나라에서도
고운 말 쓰는 것
절대로 잊지 말고요
알았지요?

– 「김점선에게」 중에서

　　세상을 떠나는 그날까지 희망에 대해 말했던 장영희 교수, 암에 걸린 것을 벼슬인
양 자랑하며 웃었다던 호탕한 화가 김점선. 앞서 간 두 친구를 추모하는 수녀 시인
의 시 속에는 고인들에 대한 안타까움과 애정이 배어 있다. 그러면서도 그는 우리에
게 "살아 있는 것 자체가 희망"이라고 말한다.

　　살아 있는 것 자체가 희망이고
　　옆에 있는 사람들이
　　다 희망이라고
　　내게 다시 말해주는
　　나의 작은 희망인 당신
　　고맙습니다.

　　그래서
　　오늘도
　　나는 숨을 쉽니다.

– 「희망은 깨어 있네」 중에서

부산 성 베네딕도 수녀원,
이해인

불시에 찾아온 불편한 손님을 시인은 어떻게 소중한 인연으로, 온전한 식구로 받아들였을까. 그는 암이라는 질병을 무서운 병마로만 받아들이지 않고 새로운 삶이 시작되는 또 다른 인연으로 승화시키고 있다.

암 투병을 하다가 최근에 세상을 떠난 작가 박완서 선생은 암 진단을 받기 전, 이해인 수녀가 머물고 있는 부산 광안리 수도원으로 문병 차 왔다 가는 길에 이런 편지를 남겼다.

■　　사랑하는 이해인 수녀님

그리던 고향에 다녀가는 것처럼 마음의 평화를 얻어가지고 돌아갑니다. (중략) 당신은 고향의 당산나무입니다. 내 생전에 당산나무가 시드는 꼴을 보고 싶지 않습니다. 나는 꼭 당신의 배웅을 받으며 이 세상을 떠나고 싶습니다. 더도 말고 덜도 말고 나보다는 오래 살아주십시오. 주여, 제 욕심을 불쌍히 여기소서.

- 2010. 4. 16. 박완서

이 글귀처럼 선생은 먼저 세상을 떠났고, 이해인 수녀는 암 투병 중에 쓴 산문집 『꽃이 지고 나면 잎이 보이듯이』(샘터, 2011)의 서문을 선생의 이 편지로 대신하였다.

신은 모든 곳에 있을 수 없기에 어머니를 만들었다고 한다. 우리들 중에 이해인의 시나 산문 그 어느 한 자락에서라도 상처와 아픔을 위로받고 용기를 얻지 않은 사람이 있을까. 이해인은 평생토록 착하고 고운 글을 통하여 상처받은 마음이 쉴 수 있게 한 우리들의 영원한 어머니이다.

가끔은 아주 가끔은
내가 나를 위로할 필요가 있네.

큰일 아닌데도
세상이 끝난 것 같은
죽음을 맛볼 때

남에겐 채 드러나지 않은
나의 허물과 약점들이
나를 잠 못 들게 하고

누구에게도 얼굴을
보이고 싶지 않은 부끄러움에
문 닫고 숨고 싶을 때

괜찮아 괜찮아
힘을 내라구
이제부터 잘하면 되잖아.

조금은 계면쩍지만
내가 나를 위로하며
조용히
거울 앞에 설 때가 있네

내가 나에게 조금 더

부산 성 베네딕도 수녀원,
이해인

따뜻하고 너그러워지는
동그란 마음
활짝 웃어주는 마음

남에게 주기 전에
내가 나에게 먼저 주는
위로의 선물이라네

- 「나를 위로하는 날」 전문

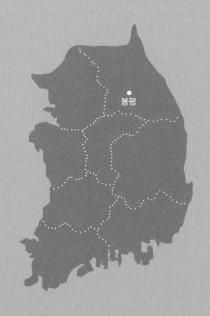

봉평

메밀꽃과
원두커피의
향기

이
효
석

즐거운 문학 기념관 순례

　유명 작가나 시인, 음악가, 학자 들의 생가를 둘러보는 이유는 단순히 특정 인물에 대한 애정이나 관심 때문만은 아니다. 작가의 고향이나 문학작품의 배경이 된 곳을 둘러보고 나면 작품에 대한 이해가 한층 새롭고 깊어지는 것을 느낄 수 있다. 뿐만 아니다. 작품 속 배경으로 들어가 여러 등장인물들과 함께 그들이 울고 웃었던 당대의 희로애락을 함께 느끼다 보면, 또 그곳에 실제로 남아 있는 작가의 육필 원고나 책상과 만년필, 안경, 지팡이 같은 유품들을 눈으로 직접 보고 나면 작품은 머릿속의 평면적 관념을 벗어나 생생한 삶의 현장이 된다. 그런 감동을 가슴속에 고스란히 담아올 수 있는 것이야말로 문학 기념관 순례에서 얻는 커다란 즐거움이다.

　그런데 우리 근대 문학사에서 빼놓을 수 없는 두 작가의 기념관을 강원도에서 나란히 개관했다는 소식이 들려와 반갑기 그지없다. 2002년 8월에 문을 연 강원도 춘천의 '김유정 문학촌'과 같은 해 9월에 개관한 강원도 봉평의 '이효석 문학관'이 바로 그것이다. 같은 시대, 같은 지역에 살았던 두 사람의 기념관이 같은 해에 동시에 만들어지다니 우연치고는 참 절묘하다.

봉평 창동마을,
이효석

봉평이 섬기는 메밀꽃 작가, 이효석

서울에서 영동고속도로를 이용하여 장평 나들목으로 빠져나가면 자동적으로 봉평과 이효석[1907~1942] 문학의 현장으로 이어진다. 봉평 입구에는 '메밀꽃 필 무렵'이라 쓴 커다란 바위가 이정표 역할을 하듯 먼저 눈에 띈다.

이처럼 봉평이 자랑하는 「메밀꽃 필 무렵」의 작가 이효석은 강원도 평창군 봉평면 출생으로, 경성제국대학 영문과를 졸업하고 1928년에 단편소설 「도시와 유령」으로 문단에 등단했다. 초기에는 유진오 등과 함께 카프KAPF 계열의 동반자 작가로 잠시 활동하기도 하였으나 점차 그의 진면목이라 할 자연과 인간 본능의 순수성을 서정적으로 표현한 순수문학의 세계로 옮겨갔다.

봉평중학교 앞에 있는 가산 공원에서 이효석의 동상과 문학비를 보고 물레방앗간으로 가다 보면 「메밀꽃 필 무렵」에서 허 생원이 멱을 감았을 것 같은 바로 그런 개울, 흥정천이 나타난다. 여름이 끝나고 하얀 메밀꽃이 피는 9월이 오면 해마다 이곳에서는 이효석 문화제가 열린다. 개울을 건너는 다릿목은 이맘때면 큰 장터로 변해 마치 작품 속 봉평 5일장으로 들어온 듯 풍성하다. 입구에서부터 이효석 생가까지 3킬로 남짓한 거리는 아예 주차장이요, 메밀꽃보다 더 많은 사람들은 거리 곳곳에 놓인 작품 속 장면들을 재현한 조형물 사이로 옥수수나 메밀전병을 하나씩 손에 든 채 먹고 떠들며 축제를 즐긴다.

다리를 건너 평창군 봉평면 창동리 높은 곳에 세워진 이효석 문학관은 계속 큰길을 따라가도 좋지만, 물레방아가 있는 오른쪽으로 난 나무 계단을 타고 숲길로 올라가도 좋다. 우리나라에서 이렇게 높은 곳에 위치한 문학관은 통영의 청마 문학관을 제외하고는 아마도 그리 흔치 않을 것이다.

원고지와 커다란 책이 교문처럼 세워진 기둥을 지나 문학관에 들어서면 전시된 내용물들은 여느 문학관과 크게 다르지 않으나, 서재 앞에 서면 이효석을 모르는 사람에게도 작가의 생전의 삶이 어떠하였는지를 짐작하게 하는 방 안 풍경에 눈길이

간다. 정면 뒷벽에는 'MERRY X-MAS!'라 쓴 글귀가 걸렸고, 그 아래는 크리스마스트리가, 오른쪽에는 피아노, 왼쪽에는 축음기가 놓여 있다. 책장 위에는 프랑스 여배우의 사진이 담긴 액자가 걸려있고 그 옆에 전시된 이효석의 상징, 중절모까지 보고 나면 요새 아이들 말로 '완전 스타일리스트'였던 부유한 멋쟁이 작가의 모습이 절로 그려진다.

아름다운 문학관 건물에서 나와 생가까지 이어진 길에는 초록 잔디의 야외행사장을 비롯하여 온갖 문학적 조형물이 아기자기하게 세워져 있다. 안내소와 식당, 대규모 펜션 등 시간이 지날수록 시설물들이 늘어나서 그 옛날 먼지가 풀풀 나는 비포장 길을 타박타박 걸어서 찾아간 허름한 생가를 기억하는 사람에게는 낯설기만 하다. 생가는 이미 없어지고, 생가 터의 건물은 개인 소유지로 부지 확보가 어려워 부득불 현재 자리에 생가를 복원하였다고 한다. 주위 어디를 둘러보아도 메밀밭이다. 그 모습이 마치 하얀 구름 꽃 같아 그 위에 드러누우면 푹신할 것도 같다. "산허리는 온통 메밀밭이어서 피기 시작한 꽃이 소금을 뿌린 듯이 흐뭇한 달빛에 숨이 막힐 지경이다."라고 표현한 소설 속 풍경을 꼭 그대로 재현해놓은 듯한 9월 초입의 봉평은 마치 이효석의 작품이 「메밀꽃 필 무렵」 하나밖에 없는 듯 착각하게 만든다.

대개의 작가들이 그렇듯이 이효석에게도 고향 봉평은 유년기를 보내며 성장하는 동안 그의 작품을 이루는 뼈대가 되었을 터이다. 「메밀꽃 필 무렵」은 이효석의 여러 작품 가운데에서도 유독 농촌 풍경을 그림처럼 낭만적으로 그렸고, 지역에서는 이를 크나큰 자랑으로 내세운다. 그러나 그의 실제 삶은 향토적인 것과는 사뭇 멀었다.

같은 곳, 같은 시대를 전혀 다르게 살다간 두 작가

이효석은 1907년에 강원도 봉평에서, 김유정은 1908년에 강원도 춘천에서 태어났으며, 두 사람 모두 1930년대에 주로 활동했다. 그러다가 이효석은 1942년에, 김

이효석 문학관

유정은 1937년에 젊은 나이로 사망했으니, 두 사람은 같은 강원도에서 태어나 같은 시대를 살면서 작품 활동을 했고 엇비슷한 시기에 죽은 셈이다. 그렇지만 그들의 삶과 작품 경향은 참으로 대조적이다.

이효석의 글에서 버터 냄새와 도시의 분위기가 풍긴다면, 김유정에게서는 흙냄새와 시골 분위기가 가득하다. 그리고 이효석의 작품 속 인물들이 대체로 유식하고 세련된 문화인들이라면, 김유정의 인물들은 주로 무지하고 가난한 농촌 사람들이 현실적으로 생생하게 그려지고 있다. 문체조차도 이효석의 것이 우회적이며 길고 화려하다면, 김유정의 문체는 직설적이고 간결하며 건조하다.

"세상에 불쌍한 사람이 많되 유정만큼 불쌍한 사람도 드물었다."라고 그의 친구가 탄식했던 말이 아니더라도, 안회남에게 남긴 마지막 편지에 "탐정소설 번역이라도 해서 돈 백 원이 마련되면 닭을 한 30마리 고아 먹고 구렁이라도 10여 마리 먹어야 살 것 같다."라는 절박한 내용이 담겨 있었을 만큼 당시 김유정의 생활은 참담한 지경이었다.

이에 비해 이효석의 생활은 마치 서양 동화 속에서 걸어 나온 왕자나 귀족과도 같아서 평생을 가난하고 불우한 삶을 살았던 김유정에 비해 그야말로 화려하고 호사스러웠다 하지 않을 수 없다.

■ 　그를 만나기 쉬운 곳은 다방이었고, 서양 고전음악의 판이 늘 돌아가고 있는 세르팡 다방이었다. (중략) 그는 옷도 서구적인 것을 좋아했고, 꽃도 나무도 서구적인 것을 사랑했고, 음식도 서구적인 것을 좋아해서 평양 사람이 즐겨 먹는 냉면도 맛이 없다고 했다. (중략) 그는 대동강 빙상 위에서 스케이트를 타지 않으면 스키를 갖고 산에 오르는 것이 겨울방학의 일과이다 싶었다.

　　　　　　　　　　　　　　　　　　　　　　　　　– 한흑구, 「효석과 석훈」 중에서

봉평 창동마을,
이효석

이효석의 작품 세계를 단순히 낭만적, 향토적인 것으로만 알고 있는 사람이 많을 것이다. 그것은 그의 작품 가운데 「메밀꽃 필 무렵」만 두드러지게 기억하고 있기 때문일 것이다.

사실 「메밀꽃 필 무렵」이 '한국 단편소설의 빼어난 봉우리'라는 평가를 받을만하다는 점에서는 이견이 없다. 그러나 「개살구」, 「산」, 「들」, 「산협」, 「화분」 등의 다른 작품들을 살펴보면 그의 작품들은 한국적인 냄새가 나기보다는 오히려 서구의 전원적이고 낭만적인 풍경에 더 가깝다. 즉 작품에서는 가난한 민중과 어두운 현실을 그렸음에도 생활은 다분히 귀족적이고 탐미적이었으며, 그의 문학을 지배하고 있는 것은 낭만성, 탐미성, 환상성이었다. 그의 작품에는 시대 현실과 연관된 구체적 일상이 거의 드러나지 않을 뿐만 아니라 집요하리만큼 식민지 현실과 거리감을 유지하고 있다.

나만 잘 살면 무슨 재민겨

낙엽 타는 냄새같이 좋은 것이 있을까. 갓 볶아낸 커피의 냄새가 난다. 잘 익은 개암냄새가 난다. 갈퀴를 손에 들고는 어느 때까지든지 연기 속에 우뚝 서서, 타서 흩어지는 낙엽의 산더미를 바라보며, 향기로운 냄새를 맡고 있노라면 별안간 맹렬한 생활의 의욕을 느끼게 된다. 연기는 몸에 배서 어느 결엔지 옷자락과 손등에서도 냄새가 나게 된다. (중략) 백화점 아래층에서 커피의 날을 찧어가지고는 그대로 가방 속에 넣어 가지고 전차 속에서 진한 향기를 맡으면서 집으로 돌아온다. 그러는 그 내 모양을 어린애답다고 생각하면서 그 생각을 또 즐기면서 이것이 생활이라고 느끼는 것이다. 싸늘한 넓은 방에서 차를 마시면서 그제까지 생각하는 것이 생활의 생각이다. 벌써 쓸모 적어진 침대에는 더운 물통을 여러 개 넣을 궁리를 하고 방 구석에는 올 겨울에도 또 크리스마스트리를 세우고 색

전등도 장식할 것을 생각하고, 눈이 오면 스키를 시작해 볼까 하고 계획도 해보
곤 한다.

– 「낙엽을 태우면서」 중에서

좋은 수필로 오랫동안 고등학교 국어 교과서에 실려 소개된 이 산문은 이효석의
삶이 얼마나 호사스러웠는지를 단적으로 보여준다. 80년대 들어 '삶을 위한 문학 교
육'에 대한 성찰이 교육의 민주화를 주장하는 중등 교사들을 중심으로 들불처럼 일
어났을 때 이 수필은 사납게 비판당하였다.

■   눈부신 경제발전을 이루었다는 오늘날의 시점에서 보아도 한가하게 차를 마
시면서 첫눈이 내리면 스키를 타러 갈 생각을 할 정도로 높은 생활수준을 유지
하는 사람들이 우리 사회에 얼마나 될까 의문인데 (중략) 대륙침략을 시작한 일
제의 가혹한 수탈 아래에서 우리 민족 성원의 대부분이 처참한 지경에 놓였던
1930년대이고 보면 당혹감을 느끼지 않을 수 없다. (중략) 1930년대에 그러한
삶을 살 수 있었던 사람은 아마도 총독부의 고급 관리나 총독부와 결탁하여 거
액의 돈을 모은 친일파들뿐이었을 것이다.

– 김진경, 『스스로를 비둘기라고 믿는 까치에게』(푸른나무, 2000) 중에서

1930년대 중반 이후 식민지 민중의 삶이 얼마나 참담하였는지를 기억하는 사람
에게는 낙엽을 태우면서 '갓 볶아낸 커피의 냄새'를 맡고, 그 냄새 앞에서 '맹렬한
생활의 의욕'을 느끼고, '백화점'에서 '원두커피'를 찧어 가지고 돌아오며, '침대'와
'크리스마스트리'와 '색 전등', '스키'를 말하는 것에 적대감을 가지고 강한 비판을
하는 것은 정당하고 자연스러운 일이었다.

봉평 창동마을,
이효석

이효석의 서재를 재현해 놓은 방과 생전에 좋아했다는 꽃 플록스, 즐겨 쓰던 중절모

　일상생활에서도 그랬지만, 그의 작품 속에는 온천, 호텔, 양식, 우유, 빵, 버터, 커피, 피아노, 서양음악, 귀화식물, 유럽 영화, 카페, 등산, 여행, 크리스마스트리, 스키 등 그 당시 보통 사람들의 생활과는 거리가 먼 이야기들이 빈번하게 등장하여 이국적인 향취와 귀족적인 냄새로 달콤하기 짝이 없다. 물론 성과 사랑도 빠지지 않는다.

　이효석은 1930년대 초 학교 졸업 후 마땅한 일자리를 찾지 못했을 때 일본인 은사의 추천으로 조선총독부 경무국 검열과에서 근무한 적이 있었다. 이때 일제의 비위에 맞추어 동료 문인들의 글을 검열한 일이 빌미가 되어 주변 사람들로부터 '변절자'라는 비난을 받게 되자 결국 사퇴를 하기는 하였으나, 70여 년이 흐른 뒤 역사는 이 일에 대해 명예롭지 않은 평가를 내렸다.

　2008년 민족문제연구소가 "을사조약 전후부터 해방에 이르기까지 일본 제국주의의 국권 침탈과 식민 통치, 그리고 침략 전쟁에 적극 협력해 우리 민족과 다른 민족에게 피해를 끼친 자"라는 기준에 따라 선정한 친일 인물 4,776명을 공개하고, 2009년 11월 18일에는 『친일인명사전』을 출간하였다.

　이때 이효석이 명단에서 제외된 데 대하여 "이효석은 조선총독부에 근무했고 친일 성향이 농후한 글도 있지만, 글의 반복성이라는 기준에 미흡했다. 어찌 보면 경계선에서 왔다 갔다 했던 인물이다. 논란은 많았지만 심의 결과, 포함시키지 않기로 했다."라고 조세열 사무총장은 발표하였다.

　작가와 문학, 혹은 문학과 당대의 삶을 따로 떼어 생각하는 게 옳은지 그른지에 관해서는 지금도 이견이 많다. 그러나 분명한 것은 미래는 과거를 바탕으로 하며, 현재 없이는 존재하지 않기에 문학은 당대의 삶과 무관한 예술이 될 수는 없다는 것이다. 그런 의미에서 시대의 아픔과 민중의 고통과는 무관하게 1930년대 세계정세나 일제 말기의 어두웠던 시대에 서구적 삶과 문화를 동경하며 이국적인 취미 생활을 누린 작가 이효석을 떠올리는 일이 편안할 수만은 없다. 일찍이 봉화 골짜기에서 고집쟁이 농사꾼으로 산 전우익 선생의 사람 사는 이야기 『혼자만 잘 살면 무슨 재민겨』라는 책 제목이 자꾸만 겹쳐오기 때문이다.

아름다운 문체의 잔치

이효석의 작품은 흔히 장편보다는 단편에서 빛을 발휘한다는 평가를 부정할 수는 없다. 아름다운 문체와 세련된 언어로 조탁된 그의 단편은 아마 외국어로 번역하기 가장 어려운 작품 중 하나가 아닐까 싶다.

그런 그가 남긴 마지막 작품 「풀잎」은 여러 모로 자전적 요소가 많은 작품이다. 이렇게 판단하는 까닭은 남자 주인공의 상황, 그러니까 전문학교의 어학 교수에 작가이며, 아내를 잃은 몸으로 음악을 하는 여성과 사랑을 나누는 인물인 준보의 상황이 소설을 집필할 당시의 이효석과 동일하기 때문이다. 우리는 여기서 준보가 상대 여성과 나누는 대화를 통하여 그가 언어에 대해 가진 심미안을 엿볼 수 있다.

■　　　편지 잘 쓰는 건 잘 쓰는 거지 실력에두 에누리가 있을까. 이름만 전문학교 선생이랍시구 사실 편지 한 장 옳게 못 쓰는 위인이 얼마나 많게. 웬일인지 난 그런 떳떳치 못한 조그만 사회적 사실에 대해서두 노여워지면서 항의하구 싶은 생각이 솟군 해요. 편지의 실력뿐이 아니라 당신이 일상 쓰는 말에 대해서두 그 아름다운 용어와 발음을 효과 있게 살리려구 비상한 주의와 노력을 하는 것을 나는

무엇보다두 높게 평가하려구 해요. 내가 간혹 이상스런 형용사를 쓸 때 그것을 곧 되물어 가지구 기억하려구 하는 기특한 생각―세상 사람이 소홀히 여기구 주의할 줄 모르는 그런 조그만 각오에서부터 나날이 아름다운 생활은 창조되어 나간다구 생각해요.

　특히 시적인 정서로 산문 세계의 예술성을 승화시켰다는 점에서 '소설을 배반한 소설가'라는 표현은 또한 다음 작품들을 보아도 거짓이나 과장이 아닐 듯하다.

　　나무하던 손을 쉬고 중실은 발밑의 깨금나무 포기를 들췄다. 지천으로 떨어지는 깨금알이 손안에 오르르 들었다. 익을 대로 익은 제철의 열매가 어금니 사이에서 오도독 두 쪽으로 갈라졌다.
　　돌을 집어던지면 깨금알같이 오도독 깨어질 듯한 맑은 하늘, 물고기 등같이 푸르다. 높게 뜬 조각구름떼가 해변에 뿌려진 조개껍질같이 유난스럽게도 한편에 옹졸봉졸 몰려들었다.
　　산속의 아침나절은 졸고 있는 짐승같이 막막은 하나 숨결이 은근하다. 휘엿한 산등은 누워 있는 황소의 등어리요, 바람결도 없는데, 쉴 새 없이 파르르 나부끼는 사시나무 잎새는 산의 숨소리다. 첫눈에 띄는 하아얗게 분장한 자작나무는 산속의 일색. 아무리 단장한 대야 사람의 살결이 그렇게 흴 수 있을까. 수북 들어선 나무는 마을의 인총보다도 많고 사람의 성보다도 종자가 흔하다.

－「산」 중에서

　　초록은 흙빛보다 찬란하고 눈빛보다 복잡하다. 눈이 보얗게 깔렸을 때에는 흰 빛과 능금나무의 자줏빛과 그림자의 옥색 빛밖에는 없어, 단순하기 옷 벗은 여인의 나체와 같던 것이―봄은 옷 입고 치장한 여인이다.

흙빛에서 초록으로 ─ 이 기막힌 신비에 다시 한 번 놀라볼 필요가 없을까. 땅은 어디서 어느 때 그렇게 많은 물감을 먹었길래 봄이 되면 한꺼번에 그것을 이렇게 지천으로 뱉어 놓을까. 바닷물을 고래같이 들이켰던가. 하늘의 푸른 정기를 모르는 결에 함빡 마셔 두었다가, 그것을 빗물에 풀어 시절이 되면 땅 위로 솟쳐 보내는 것일까.

─「들」 중에서

그의 작품에 수필이나 감상문적인 요소가 부여된 것은 그의 안정된 생활의 영향이 클 것이라는 것은 쉽게 짐작할 수 있다. 그런데 그런 그가 만년에 이르러서는「은은한 빛」과「소복과 청자」처럼 우리 고유의 것에 대한 애정과 애착을 보여주는 작품을 발표하기도 했으니, '버터 문학'이라고 불릴 정도로 이국정조를 사랑했던 작가 이효석이 얼마간 의식의 변화를 겪고 있었음을 짐작할 수 있다.

가슴에 감겨오는 세련되고도 풍부한 우리말 어휘, 특히 자연에 대한 빼어난 묘사는 그 누구보다 탁월하며, 소설의 예술성을 높였다는 점에서 그는 한국 문단에서 오래도록 영롱한 별로 살아 있을 것이라 믿는다.

이효석이 마을 전체를 부양하고 있는 듯한 봉평에서 고속도로를 피해 일부러 원주 방향의 42번 국도로 타고 장평을 지나니 금세 대화가 나온다. 소설「메밀꽃 필 무렵」에서 봉평 장터와 대화 장터를 오가며 장사를 하던 장돌뱅이 허 생원과 조 선달, 그리고 동이가 걸었던 80리 길을, 80년도 더 지난 뒤에 매끈한 아스팔트 길로 내달리니 그야말로 순식간이다. 가히 한국문학사에 길이 남을, 이보다 더 아름다울 수는 없을 봉평에서 대화까지의 80리 밤길을 그는「메밀꽃 필 무렵」에서 이렇게 묘사하고 있다.

메밀꽃

이지러는 졌으나 보름을 갓 지난 달은 부드러운 빛을 흐뭇이 흘리고 있다. 대화까지는 팔십 리의 밤길, 고개를 둘이나 넘고 개울을 하나 건너고 벌판과 산길을 걸어야 된다.

길은 지금 긴 산허리에 걸려 있다. 밤중을 지난 무렵인지 죽은 듯이 고요한 속에서 짐승 같은 달의 숨소리가 손에 잡힐 듯이 들리며, 콩 포기와 옥수수 잎새가 한층 달에 푸르게 젖었다.

산허리는 온통 메밀밭이어서 피기 시작한 꽃이 소금을 뿌린 듯이 흐뭇한 달빛에 숨이 막힐 지경이다. 붉은 대궁이 향기같이 애잔하고 나귀들의 걸음도 시원하다.

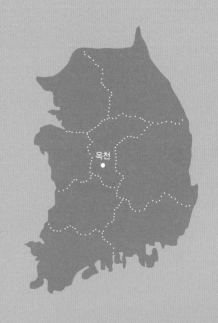

옥천

사철 발 벗은 아내가 이삭 줍던 곳

정지용

「향수」에서 만나는
여인들의 고단한 삶

때로 말이나 가락이 예쁘고 아름다워서 그 안에 담긴 내용이나 분위기는 자칫 놓치는 경우가 더러 있다. 중학교 3학년 국정 국어 교과서에 실렸고, 성악가 박인수와 가수 이동원이 이중창으로 불러 국민 가곡으로도 널리 알려진 정지용1902~1950의 시 「향수」를 볼 때마다 그 아름다운 시어 뒤에 가려진 한없이 고달프고 팍팍했던 우리 부모님 세대의 삶이 떠올라 가슴이 쓰리다. 직접 겪지 않았다 하여 모르고 못 느끼겠는가. 특히 어린 누이와 아내를 노래한 3연을 읽다 보면 같은 여자로서 마음이 아리고 아파온다.

■ 넓은 벌 동쪽 끝으로
   옛이야기 지줄대는 실개천이 휘돌아나가고
   얼룩백이 황소가
   해설피 금빛 게으른 울음을 우는 곳,

   ― 그곳이 차마 꿈엔들 잊힐리야.

옥천 향수길,
정지용

질화로에 재가 식어지면
빈 밭에 밤바람 소리 말을 달리고,
엷은 졸음에 겨운 늙으신 아버지가
짚베개를 돋아 고이시는 곳,

— 그곳이 차마 꿈엔들 잊힐리야.

(중략)

전설 바다에 춤추는 밤물결 같은
검은 귀밑머리 날리는 어린 누이와
아무렇지도 않고 예쁠 것도 없는
사철 발벗은 아내가
따가운 햇살을 등에 지고 이삭 줍던 곳,

— 그곳이 차마 꿈엔들 잊힐리야.

하늘에는 석근 별
알 수도 없는 모래성으로 발을 옮기고
서리 까마귀 우지짖고 지나가는 초라한 지붕,
흐릿한 불빛에 돌아앉아 도란도란 거리는 곳,

— 그곳이 차마 꿈엔들 잊힐리야.

-「향수」중에서

사철 발 벗은 아내가
이삭 줍던 곳

　정지용은 12살에 결혼한 뒤 17살에 서울로 유학, 「향수」를 발표한 22살에는 다시 일본으로 유학을 떠났으니 그의 아내는 사뭇 농촌에서 홀로 시부모를 모시고 농사일을 하였겠다. '아무렇지도 않고 예쁠 것도 없는' 그저 그렇게 생긴 아내, 사시사철 맨발로 엎드려서 따가운 햇살을 등에 지고 이삭을 주우며 허리가 부러지도록 일하는, 굵은 손마디, 군살 박힌 발뒤꿈치의 아내. 당시 대부분의 아내와 누이와 어머니들이 그러하였겠지만 너무나 가난하고 너무나 고단한 삶의 풍경이 시 「향수」 속에는 녹아 있다.

　시 쓰는 남편한테야 그 모든 것이 하나의 풍경이요 그리움이기에 저리도 아름답게 그려내지 않았겠는가. 이 시를 두고 누군가는 밀레의 「이삭 줍는 여인」과 「만종」을 닮았다며 낭만적인 한 폭의 그림과도 같이 아름다운 시라고 한다. 하지만 사철 발 벗은 아내와 어린 누이의 입장에서 보면 땡볕에서 이삭을 줍는 삶이 결코 아름다울 수만은 없었을 것이다.

　「향수」는 정지용이 일본에서 유학하던 1923년 3월에 쓴 초기의 대표작으로, 당시 시인은 다른 지식인들처럼 신여성과의 흔한 연애 기록도 남기지 않았고, 1929년 28세에 귀국하여 휘문고보 영어 교사로 부임하면서 부인과 장남을 데려와 서울에 자리 잡았다고 한다. 어쩌면 그는 생각보다 더 가정적인 사람이었을지도 모르겠다.

옥천 향수길,
정지용

서정시에 말 한 개 밉게 놓이는 것은 용서할 수 없다

시인 정지용은 충청북도 옥천읍 죽향리 하계마을에서 외아들로 태어났다. 그곳에서 흔히들 '구읍'이라고 하는 죽향리는 지금도 드문드문 일본식 건물과 낡은 집들이 눈에 띄는 한적한 시골 마을이다. 마을 들머리의 옥천공립보통학교^{현 죽향초등학교}를 졸업하고 서울 휘문고보로 진학하였다. 당시 정지용은 학업 성적이 뛰어나고, 시적 재능도 탁월하여 학교의 지원을 받아 일본 동지사대학교로 유학하여 영문학을 전공하였다.

'우리 시는 우리말로 씌어져야 한다.'는 그의 엄격한 시적 철학에 걸맞게 정지용의 시에는 말 한 개 밉게 놓인 것이 없다. 어찌 그토록 상황에 맞는 표현인지, 섬세하고 감각적인 시어의 구사가 놀랍기만 하다. 시인은 평소 "옥에 티나 미인의 이마에 사마귀 하나야 버리기 아까운 점도 있겠으나, 서정시에 말 한 개 밉게 놓이는 것은 용서할 수 없다."라고 문인들에게 말했다고 한다.

> 유리에 차고 슬픈 것이 어린거린다.
> 열없이 붙어서서 입김을 흐리우니
> 길들은 양 언 날개를 파다거린다.
> 지우고 보고 지우고 보아도
> 새까만 밤이 밀려나가고 밀려와 부딪히고,
> 물 먹은 별이, 반짝, 보석처럼 백힌다.
> 밤에 홀로 유리를 닦는 것은
> 외로운 황홀한 심사이어니,
> 고운 폐혈관이 찢어진 채로
> 아아, 늬는 산ㅅ새처럼 날아갔구나!

– 「유리창 1」 전문

이 시는 많은 사람들이 사랑하며 읊조리는 정지용의 시 중 하나이다. 화자가 한밤중에 홀로 깨어 유리창 앞에서 입김을 불었다 지우기를 되풀이하는 이유는, 인내심을 가지고 마지막까지 읽어보면 알 수 있다. 바로 '너'가 어딘가로 가버렸기 때문에 폐혈관이 찢어지듯이 괴로워하고 있는 것이다. 한용운이 말한 '님만이 님이 아니라 기룬 것은 다 님이다'처럼 조국이든, 민족이든, 연인이든, 자식이든 아무튼 깊이 사랑하는 대상인가 보다. 단지 "어린거린다", "열없이", "파다거린다", "물 먹은 별", "백힌다"라는 언어 표현과 쉼표가 주는 효과가 예사롭지 않다. '언어의 연금술사'로도 표현되는 정지용은 이토록 우리말에 대한 사랑과 관심을 그의 시를 통해 쏟아내었다. 그의 시 곳곳에는 적절하게 살려 쓴 사투리나 고어, 그리고 그가 만든 단어가 빛나고 있다.

특히 사투리는 우리 고유어의 원형을 비교적 잘 보존하고 있기 때문에, 우리 문학뿐만 아니라 우리말을 기름지게 하는 데 없어서는 안 될 자산이다. 박경리의 『토지』나 최명희의 『혼불』, 조정래의 『태백산맥』에 나오는 사투리들은 그 작품을 살리는데 크게 이바지하였다. 또 김영랑 역시 "오매 단풍 들겠네."라며 남도의 사투리로 정감 있게 노래한 것으로 유명하다. 그러나 그 가운데에서도 정지용의 「향수」는 아름다운 우리말의 서정을 가득 담고 있을 뿐만 아니라 그리운 고향을 아름다운 토속어로 생생하게 그려내고 있어 가히 우리말로 지은 시의 최고봉이라 할만하다.

'향수'로 뒤덮인 시인의 고향

서울을 떠난 경부선 열차가 대전을 지나 추풍령 고개를 넘기 전에 잠시 쉬어가는 충청북도 옥천. 옥천역은 대합실이 카페처럼 우아하게 꾸며져 있어 여행자들의 마음을 설레게 만드는 곳이다. 차로 이동할 경우, 경부고속도로 옥천 나들목에서 나와 보은 방면으로 37번 국도를 따라가면 바로 '지용로'가 나오고, 한적한 구읍 삼거리에서 왼쪽으로 실개천이 보이는 길목에 '정지용 생가'와 '정지용 문학관' 위치를 알리는 푯말이 보인다. 개천을 따라 몇 걸음만 더 걸어가면 바로 우리나라 현대 시의 아버지, 정지용 시인이 태어난 생가와 문학관이 나타난다.

시인 정지용의 고향 옥천은 그의 생가는 물론이고 길에서도, 역에서도, 공원에서도 「향수」가 물결치고 있었다. 옥천에 도착하는 그 순간부터 곳곳에서 시도 때도 없이 "그곳이 차마 꿈엔들 잊힐리야"를 적어놓은 대형 입간판이나 펼침막을 볼 수 있기에 옥천을 떠날 때까지 내내 정지용과 함께 있는 듯하였다. 이처럼 옥천은 정지용의 문학 정신을 기리기 위해 그를 소개하는 펼침막과 신문 기사, 사진 등 관련 자료들을 곳곳에 전시해놓고 있다.

시인 정지용의 체취를 간직한 생가는 오래전에 무너지고 다른 건물로 바뀌어 있던 것을 1996년 옥천군에서 본채와 행랑채, 우물과 돌담, 사립문을 갖춘 지금의 초가집으로 복원해놓았다고 한다. 그러나 정지용이 시 「향수」에서 그린 "옛이야기 지줄대는 실개천"의 묘미는 맛보기 힘들 듯하다. 생가 옆의 실개천이 콘크리트로 반듯하게 포장되어 있어 둑길을 걷기라도 할라치면 작품에서 느낀 감회는 이미 저만치 달아나버리기 십상이다.

그러나 개천 옆으로 때마침 가을 햇볕에 알곡을 말리려고 나온 아낙이 둑길에다 커다란 멍석을 깔고는 맨발로 이리저리 헤치며 잡것을 골라내는 모습이 보였다.

아, 저 풍경! "아무렇지도 않고 예쁠 것도 없는 사철 발 벗은 아내가 따가운 햇살을 등에 지고 이삭 줍던" 그 모습 그대로가 아닌가. 머릿수건을 둘러쓴 아낙의 얼굴은 안 보였으나 햇빛 아래에서 뭐 그리 예쁠 것 같지 않으니 '이삭' 대신에 '잡것'만 넣으면 「향수」의 한 장면 그대로인 것이 마냥 신기하다. 또한 개천 맞은편으로는 예스러운 '향수 다방'이 자리 잡고 있어 눈앞의 풍경과 함께 1900년대 초기를 상상해보는 것이 그리 불가능하지는 않았다.

동네를 거닐다 보면 이 작은 동네의 수많은 간판들이 다들 그 가게에 어울리는 정지용의 시로 예쁘게 꾸며져 있는 것을 발견할 수 있다. 정육점 간판에는 "얼룩백이

황소가 게으른 울음을 우는 곳"(「향수」), 정미소에는 "곡식알이 거꾸로 떨어져도 싹은 반듯이 우로!"(「나무」), 미용실에는 "앵두나무 밑에서 우리는 늘 셋 동무"(「딸레」) 같은 식으로 되어 있어 한 발짝 한 발짝씩 걸음을 옮길 때마다 재미있게 읽어나갈 수 있다. 그런데 '구읍 우편 취급국'이라는 빨간 우체국 간판에 생전 처음 보는 시 한 구절이 있어, '어, 정지용에게 저런 시도 있었던가?' 싶다.

■ 모초롬만에 날러온 소식에 반가운 마음이 울렁거리어
    가여운 글자마다 먼 황해가 남설거리나니.

– 「오월소식」 중에서

아, 참으로 우편국과 잘 어울리는 시다. 어찌 보면 얼기설기 마음 가는 대로 쓴 것 같기도 하고, 또는 정성들여 한 획 한 획 그은 것 같기도 한 글씨들이 묘한 정겨움과 색다른 분위기를 풍긴다.

옥천 향수길,
정지용

오감을 통해 시 세계로 빠져들게 하는 문학체험관

이처럼 생가에서 시작하여 장계관광지까지 이르는 30리 길을 '시문학 간판 거리'로 만들어 그 이름도 '향수 30리 – 멋진 신세계'이다. 대청호가 보이는 곳 버스 정류장에는 시인의 책상을 만들고, 상상공방인 모던moden 광장에, 온갖 놀이와 화려한 체험들……. 조형물 따라, 강 따라 산책을 즐기며 시를 즐기는 추억의 공간이자 정지용의 공간이다. 이곳에는 정지용의 유품은 하나도 없음에도 어마어마한 예산을 들여 지역이 배출한 시인을 자녀들에게 알리고, 자랑하며 빛내고 있으니 참으로 지역 사람들의 시인에 대한 사랑이 극진하다.

십여 년 전까지만 해도 정지용 생가는 많은 방문객들로 훼손을 걱정하여 문을 굳게 잠가놓아서 따로 연락을 해야만 집 안을 둘러볼 수 있었다. 그런데 다시 찾은 이곳은 집 전체가 공개되어 있을 뿐만 아니라 생가 주변은 부지런한 머슴이 빗자루 자국도 선명하게 잘 쓸어놓은 부잣집 마당처럼 말끔하다.

생가 마당에 있던 「향수」 시비도 담장 밖으로 내놓아 그 앞을 지나가는 사람은 누구든 감상할 수 있다. 또 생가 바로 옆에는 등신대 크기의 정지용 동상이, 그 뒤로는

사철 발 벗은 아내가
이삭 줍던 곳

정지용 문학관이 들어서 있다. 두루마기를 입고 한 손에는 책을 들고 다른 한 손은 앞으로 내민 채, 사람 크기만 하게 세워져 있는 모양새가 춘천에 있는 김유정 동상과 사뭇 비슷하다. 하긴 문학관도 사실 내용이야 다 엇비슷하다. 작가의 삶과 문학을 이해하고, 대표적인 작품을 다양한 방법으로 감상하며 체험할 수 있도록 구성되어 있으니 말이다.

전시실에서는 지용 연보, 지용의 삶과 문학, 지용문학지도, 시·산문집 초간본 전시 등 벽의 삼면을 가득 채운 문학 전시 공간으로 이루어져 있다. 한국 현대 시의 흐름 속에서 정지용 시인이 차지하는 비중과 위상을 입체적으로 확인할 수 있는 것들 중에서도 특히 관람객이 즉석에서 다양한 멀티미디어 기법을 활용하여 문학을 체험 할 수 있는 공간이 흥미롭다.

양 손바닥을 내밀면 자신의 손은 스크린이 되어 손 위에 흐르는 시어를 읽어보며 느끼는 '손으로 느끼는 시', 음악과 영상을 배경으로 성우의 시 낭송을 들으며 시를 이해할 수 있는 '영상시화', 배경음악과 음악과 함께 자막으로 흐르는 정지용 시인의 시를 관람객이 직접 낭송해보고 녹음된 테이프를 가져갈 수 있는 '시낭송 체험실' 등은 오감을 통하여 재미있게 시인의 시 세계를 느낄 수 있는 정지용 문학관의 중요한 공간이다.

1910년부터 1914년까지 다녔던 시인의 모교 죽향초등학교 운동장에 들어서면 오른쪽에 정지용이 공부하던 교실이 있다. 그 건물 화단에는 역시 이 학교를 졸업한 육영수 여사의 휘호탑이 서 있다. 그 옆으로 정지용의 이력이 새겨진 돌과 "해바라기 씨를 심자"로 시작하는 동심으로 가득한 시 「해바라기 씨」가 새겨진 동그란 동판이 나란히 세워져 있다.

운동장에 서니 중학교 1학년 국어 교과서에 실린, "얼굴 하나야 손바닥 둘로 폭 가리지만, 보고픈 마음 호수만 하니 눈 감을밖에"라는 지용의 짧은 시 「호수」가 떠오른다. "왜 눈을 감아요? 눈을 감으면 더 보고 싶어지지 않나요? 시인은 사랑을 안 해 본 모양이에요."라고 국어 시간에 묻던 아이들이 문득 보고 싶어진다.

매년 '지용제'가 개최되는 장소인 관성회관을 조금 지나 왼쪽 언덕으로 걸어 올라가니 「향수 1」이 새겨진 정지용 시비가 있고, 그곳에서 두어 발자국만 더 가면 안경 낀 정지용의 잘생긴 흉상이 옥천 시내를 내려다보고 있어 과연 옥천은 정지용의 고장이라는 생각이 든다.

시어처럼 아름답지는 못했던 정지용의 삶

광복과 함께 이화여전^{현 이화여자대학교} 교수로 부임한 정지용은 6·25 전쟁의 혼란기에 비극의 소용돌이에 휘말리게 된다. 그는 좌익 단체인 '문학가 동맹'에 이름을 올리고 있었지만 적극적으로 활동하지는 않았다고 한다. 그러나 1950년 7월, 집으로 찾아온 청년 몇 명과 함께 나간 뒤 행방불명이 되었다. 지금도 그의 큰아들은 그 당시 아버지가 "문안에 잠깐 다녀오마." 하고 나간 뒤 영원히 돌아오지 않았다고 회고한다.

이때의 행방불명에 대하여 납북되어 평양의 어느 감옥에 갇혔다는 이야기, 인민군과 함께 북쪽으로 가다가 미군 폭격기의 공격으로 죽었다는 이야기, 미군에 의하여 처형되었다는 이야기 등 주장은 엇갈리고 소문은 무성하게 떠돌았다. 어떻든 그때부터 민주화가 이루어지고 상당수의 금지 문인 작품이 해금된 1988년까지 정지용에게는 '월북' 꼬리표가 붙어 교과서에 실렸던 시는 문학사에서 삭제되었으며, 그의 모든 작품의 출판과 접근이 금지되었다.

확인 불명의 실종과 그리고 확실한 근

거가 없는 사상적 오해로 그의 시는 길고도 혹독한 시련을 겪었다. 이후 2000년 남북이산가족 2차 상봉 때 북녘에 있는 정지용의 셋째 아들 정구인이 서울에 와서 큰형 정구관과 여동생 정구원을 만났다고 한다.

이제 시인을 되찾은 정지용의 고향 사람들은 자부심도 되찾아 '지용제'가 벌어지는 동안 몇 날 며칠이고 축제를 벌인다. 이렇게 드러내어 잔치를 벌이는 세월이 왔으니 "금강산 찾아가자 일만 이천 봉~" 노래만 불러도 눈을 흘기던 군사독재 정권들이 그를 공산주의자로 간주하여 꽁꽁 묶어두었던 시절에 비하면 감회가 새로울 것이다.

고향	망향	그리워
정지용 시, 채동선 곡	박화목 시, 채동선 곡	이은상 시, 채동선 곡
고향에 고향에 돌아와도 그리던 고향은 아니러뇨 산꿩이 알을 품고 뻐꾸기 제철에 울건만 마음은 제 고향 지니지 않고 먼 하늘로 떠도는 구름 오늘도 뫼끝에 홀로 오르니 흰점꽃이 인정스레 웃고 어린 시절에 불던 풀피리 소리 아니 나고 메마른 입술이 쓰디쓰다 고향에 고향에 돌아와도 그리던 하늘만이 높푸르구나	꽃 피는 봄 사월 돌아오면 이 마음은 푸른 산 저 넘어 그 어느 산모퉁길에 어여쁜 님 날 기다리는 듯 철따라 핀 진달래 산을 덮고 먼 부엉이 울음 끊이잖는 나의 옛 고향은 그 어디런가 나의 사랑은 그 어디멘가 날 사랑한다고 말해 주렴아 그대여 내 맘 속에 사는 이 그대여 그대가 있길래 봄도 있고 아득한 고향도 정들 것일레라	그리워 그리워 찾아와도 그리운 옛 님은 아니뵈네 들국화 애처롭고 갈꽃만 바람에 날리고 마음은 어디고 붙일 곳 없어 먼 하늘만 바라본다네 눈물도 웃음도 흘러간 세월 부질없이 헤아리지 말자 그대 가슴엔 내가 내 가슴에는 그대 있어 그것만 지니고 가자꾸나 그리워 그리워 찾아와서 진종일 언덕길을 헤메다 가네

슬프고 아름다운 긴 선율에 마음을 빼앗겨 세 노래의 가사가 다르다는 것을 한 번도 인식하지 못했으나 『채동선 가곡집』에 수록된 이 세 가곡의 선율은 모두 같다. 전부 채동선이 곡을 지었기 때문이다. 맨 처음 정지용의 시 「고향」에 곡을 붙인 이 노래는 1933년 당시 동경 유학생이던 채동선의 동생 채선엽이 불러 많은 조선 유

학생들의 심금을 울렸다고 한다. 망국의 설움을 안고 끓는 피를 삭이며 낯선 땅에서 살아야 했던 젊은이들이 왜 아니 그랬겠는가. 들을수록 애간장이 녹는 선율이다.

그런데 정지용이 '월북 문인'이라는 낙인이 찍히면서 금지곡이 되자 훗날 박화목의 「망향」으로 개사되어 불리고, 이에 채동선의 유족들이 이은상 시인에게 가사를 의뢰하면서 이은상의 「그리워」가 탄생했다고 전해지는 이들 세 노래는 운율도, 내용도, 분위기도 놀랍도록 비슷하다. 노래 하나에도 이렇듯 우리 민족의 고난의 역사가 담겨 있다는 사실에 새삼 가슴이 아프다. 일부 음악인들 사이에는 정지용 시인에게 묶여 있던 족쇄가 풀린 지도 오래 되었으니 "곡의 원주인에게 돌려주는 게 옳다. 정지용의 「고향」으로 돌아가는 게 맞다."라는 말들이 오가는 모양이다. 그 또한 일리가 있다는 생각이 들어 「망향」과 「그리워」 대신에 「고향」을 흥얼거려본다.

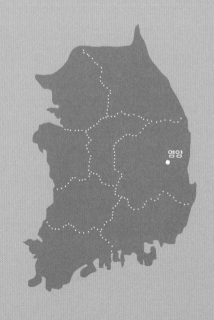

영양

맑은 시혼과
드높은 지조를
지닌 선비

조
지
훈

문향으로
가득한 고장,
영양

예로부터 경상북도에서 3대 오지를 꼽으라면 봉화, 영양, 청송이라 할 정도로 이 지역은 그야말로 오지 중에서도 깡촌에 속한다. 그러나 그건 어디까지나 옛말이고, 지금은 세 곳 모두 오지라고 하기엔 어울리지 않을 만큼 길이 매끈하게 잘 뻗어 있다.

그중에서도 영양은 몇 사람의 굵직한 문인을 낳았는데 영양읍 감천리의 시인 오일도, 석보면 원리의 소설가 이문열, 또 일월면 주곡리의 시인 조지훈1920~1968이 대표적이다. 그러니 영양을 '문향文鄕'으로 부르는 데 누구도 이의를 달지는 못 할 것이다.

조지훈의 고향인 영양 주실마을은 아무래도 이육사의 고향인 안동에서부터 출발하는 것이 도중에 볼거리가 심심찮게 있어서 흥미롭다. 안동댐과 임하댐을 지나 영덕 방향으로 달리다가 진보 삼거리에서 31번 국도로 빠지면 곧장 영양읍으로 이어진다. 영양으로 들어가기 직전에 살짝 우회전하여 석보면으로 들어가면 「우리들의 일그러진 영웅」, 『젊은 날의 초상』, 『사람의 아들』 등을 쓴 소설가 이문열의 고향, 원리가 나온다. 가파른 언덕 위에 자리 잡아 개울과 밭을 아래로 내려다본다 하여 두들마을로 불리는 이곳은, 영양군에서 막대한 예산을 들여 지금은 마치 드라마 세트

영양 주실마을,
조지훈

장 같은 동네로 탈바꿈되었다. 마을 곳곳에는 이문열의 소년기부터 성장기, 장년기에 이르기까지 그의 생애와 문학작품 하나하나를 일목요연하게 정리한 돌비석이 세워져 있다.

그곳에서 나와 다시 온 길을 되돌아 영양 방향으로 계속 나가다 4킬로미터쯤 되는 오른쪽 길가에 이르면 시인 오일도의 시비가 있는 자그마한 공원을 만나게 된다. 오일도 시인은 조지훈과 같은 시대에 활동한 시인으로, 일제 하의 암울한 시대적 상황에서도 민족적 양심을 저버리지 않은 지사이자 항일 시인이다. 본명은 오희병으로, 24세에 등단하여 1934년에는 사재를 털어 순수 시문학지 〈시원〉을 창간하기도 했다. 한적한 공원에 들어서서 저녁놀을 바라보며 시비에 새겨진 시 「저녁놀」을 읽어보는 것도 나름 멋스러울 것이다.

■   이 우주에
　　저보담 더 아름다운 것이 또 무엇이랴!
　　저녁놀 타고
　　나는 간다.

　　붉은 꽃밭 속으로
　　붉은 꿈나라로.

- 오일도, 「저녁놀」 중에서

공원에서 길을 건너면 맞은편 동네가 오일도 시인이 태어난 영양군 영양읍 감천리이다. 낙안 오씨들의 집성촌인 이 마을도 좀 전에 지나온 이문열의 두들마을처럼 모든 집과 길, 담 등이 잘 정비되어 있다. 조지훈을 비롯하여 지역이 낳은 걸출한 세 문인들에게 영양군에서 얼마나 큰 사랑과 지원을 보내는지를 짐작할 수 있었다.

조지훈 시비 공원

마을 중앙에 터를 잡은 시인의 생가는 44칸짜리 커다란 고택으로, 경북 문화재 자료 제248호로 지정되어 있다고 한다. 유난히 감나무가 많은 동네를 천천히 걸어 오일도의 시비 동산에서 시인의 흔적과 함께 아름다운 저녁놀을 다시 바라보며 이제는 주실마을로 가보자.

시인의 마을, 주실

감천마을에서 되나와 영양 읍내를 지나면 이곳 사람들이 '주실'이라 부르는 작은 동네 주곡리가 나온다. 이 마을은 한양 조씨의 동족 마을로서, 한양 조씨는 조선 중기, 그러니까 지금으로부터 350년 전쯤에 조광조 친족의 후손이 사화를 피해 들어와 정착하게 되면서 주실 조씨라는 별칭으로도 불리게 되었다 한다. 이곳 조씨 가문은 예전부터 내로라하는 인물들을, 그것도 한 문중에서 참 많이도 배출해냈는데, '동'자 항렬만 따져보아도 지훈 조동탁을 시작으로 국문학도의 필독서인 『한국문학통사』를 쓴 서울대의 조동일, '독립운동사' 연구에 빛나는 국민대의 조동걸, 성균관대의 조동원, 대구대의 조동욱, 경북대의 조동택, 인하대의 조동성 등 대학 강단에 선 교수만도 그 수를 헤아리기 힘들 지경이다. 사정이 그러한즉, 주실에 와서 인물 자랑 하지 말라는 말은 과히 틀리지 않은 듯하다.

마을 어귀에 이르면 250여 년 된 느티나무가 파수꾼처럼 서 있고, 고요하고 한가로운 길가에는 늦가을의 나무와 숲과 맑은 하늘이 그림처럼 펼쳐져 있다. 그야말로 시인의 마을다운 정취를 그대로 느낄 수 있다. 느티나무 안쪽으로 시비가 서 있는 숲길이 보이는데, 그 길이가 겨우 50미터 남짓지만 어찌나 아름답고 그윽한지 굳이 문학을 즐기는 사람이 아니더라

주실마을

도 단박에 반할 정도로 감미로운 숲길이다.

정강이까지 수북이 쌓인 낙엽을 밟으며 한 걸음씩 걸어 들어가다 보면 사랑하는 사람과 다시 찾아와 걷고 싶다는 생각이 절로 들게 만드는 그런 길이다. 동행이 싫다면 김밥 한두 줄과 물 한 병, 책 한 권 들고 아무 데나 자리를 잡고 앉아 오래도록 혼자만의 시간을 가져도 좋겠지, 하는 생각으로 무심하게 걷다 보면 어느새 세월이 묻어있는 조지훈의 시비와 만나게 된다. 시비에는 가느다란 펜으로 그어놓은 듯 희미한 서체로 「빛을 찾아가는 길」이 새겨져 있다.

■　사슴이랑 이리 함께 산길을 가며
　　바위틈에 어리우는 물을 마시면

　　살아 있는 즐거움의 저 언덕에서
　　아련히 풀피리도 들려오누나.

　　해바라기 닮아가는 내 눈동자는
　　자운紫雲 피어나는 청동의 향로

　　동해 동녘 바다에 해 떠오는 아침에
　　북받치는 설움을 하소하리라.

　　돌뿌리 가시밭에 다친 발길이
　　아물어 꽃잎에 스치는 날은

　　푸나무에 열리는 과일을 따며
　　춤과 노래도 가꾸어 보자

영양 주실마을,
조지훈

빛을 찾아 가는 길의 나의 노래는

슬픈 구름 걷어가는 바람이 되라.

–「빛을 찾아가는 길」 전문

조지훈의 시비라면 으레 그의 대표작인 「승무」가 새겨져 있겠거니 했는데, 뜻밖이었다. 시비를 둘러선 숲 저 너머로 주실마을이 어슴푸레하게 눈에 들어온다. 길 건너 숲에는 젊은 나이에 세상을 떠난 조지훈의 형, 조동진의 시비 「국화」가 세워져 있다. 조지훈이 시인이 된 것은 어려서부터 신동으로 소문이 자자했던 형의 영향이라고도 한다. 평소 "형이 살았더라면 나까지 시를 쓸 필요는 없었는데……."라며 안타까워했다니 한번 찾아가서 시비에 적힌 시를 읽으며 그 말을 직접 확인해보는 것도 나쁘지 않으리라.

드높은 자존심 '삼불차'

숲 옆으로 난 오솔길을 따라 마을로 들어가는 어귀에서 나무 냄새가 코끝을 스치는 전통 한옥으로 커다랗게 지은 '조지훈 문학관'을 만난다. 그동안 일반인에게 문학은 쉽게 다가갈 수 없었다. 그러나 점차 국민 소득과 지적 수준이 높아지면서 지역마다 제 고장 출신 작가들의 문학관이나 기념관을 지어 널리 자랑하게 되었다. 심지어는 제 고장 출신이 아니더라도 특정 문학인의 작품에 제 지역이 등장하기만 하면 이를 기념하는 터라 문화 황무지를 겪은 자로서 일단 즐겁지 않을 수 없다.

지방자치 시대에 앞을 다투어 '문학관'이나 '기념관'을 급조하여 상품화하는 모양을 두고 눈살 찌푸리는 이도 적지 않지만, 이것은 달리 생각해볼 여지가 있다. 시간이 흘러 후손들로부터 조상의 빛나는 과업을 담아내는 기념관이나 문학관, 동상, 시

비 하나 없이 뭐했느냐는 비난을 피하는 길이 이 길 외에 무엇이 또 있으랴! 사람의 정신에 힘 있고 아름다운 문장 하나 심어주는 것이 정신을 살리고 인생을 바로 잡아주는 길이 아니던가.

문학관이란 것이 기본적으로 작가의 성장기와 활동 상황, 직접 쓴 원고 등이 전시되어 비슷비슷해보인다. 하지만 특별히 그 지역이나 집안의 역사를 비중 있게 다룸으로써 작가와 작품을 좀 더 잘 이해할 수 있기에 그 차별성이 있음을 놓쳐서는 안 될 것이다. 특히 조지훈 선생의 문학관에는 선생의 성장기와 청록파 시절 등의 활동, 그리고 육필 원고 외에도 가계와 연보, 그리고 주실마을에 자리 잡은 한양 조씨 선조들의 빛나는 역사와 정신을 알 수 있는 자료가 왜 그렇게 많은지를 이해할 수 있다.

주실마을에 들어서면 마을의 역사와 유서를 대신하듯 오래된 기와집들이 가지런히 늘어서 있다. 집성촌답게 아직도 절반 이상의 주민들이 한양 조씨들인데, 실학자들과의 교류를 통해 일찍이 개화를 받아들인 고장답게 개방적이며 진취적이다. 박정희 정권 때의 '복잡한 의례 절차를 간소화하고 국민 생활을 합리화하자'는 가정의례 준칙이 바로 이 마을에서 시작되었다는 것이나, 객지에 나간 자식들이 다 모일 수 있다는 이유로 그 시대에 드물게 양력설을 쇤 것도 결국 명분보다는 실리를 선택했다는 점에서 합리적이고 진취적인 사고가 아니겠는가.

그런가 하면 예부터 '인물'과 '재물'과 '문장'을 빌리지 않는다는 '삼불차三不借'를 지킨 정신, 그중에서도 특히 다른 가문의 '인물'을 빌리지 않는다는 말은 곧 양자를

영양 주실마을,
조지훈

들이지 않는다, 대가 끊어지는 것을 받아들이겠다라는 뜻일 터. 그 드높은 긍지와 자존심에 혀를 내두르지 않을 수 없다.

고전적이며 강직한 가풍을 이어받은 조지훈

조지훈 생가 옆에는 '호은정'이라는 현판이 붙은 별채가 있다. 이곳은 한때 이 지방의 정신적, 학문적 산실이었다 한다. 조지훈은 어린 시절 신식 보통학교에 들어가지 않고 가문에서 세운 월록서당에서 서당식 교육을 받으며 성장했다고 한다. 한학자인 그의 할아버지가 일본식 현대 교육을 받는 것을 반대하였기 때문이다. 조지훈의 증조할아버지는 대한제국 말엽 의병대장으로, 독립운동을 하다 을사조약 소식을 듣고 자결했다. 그의 아버지도 광복이 되기까지 호은정에서 청소년을 모아 신학문과 민족정신을 가르쳐 일제로부터 고초를 당했던 인물이다. 당연히 조지훈도 이런 가풍의 영향을 받았을 것이다.

조지훈은 1920년 12월 3일에 태어났으며, 본명은 동탁이다. 그는 열여덟 살 때 서울로 올라가, 같은 영양 출신의 시인 오일도 선생이 경영하던 출판사인 시원사에 머무르며 시를 쓰기 시작했다. 그는 혜화전문학교에서 처음으로 정규교육을 받았고, 이때 불교적인 정신세계와 만났다.

그러나 그 당시 많은 문학도들이 그러했던 것처럼 조지훈도 서구의 문학작품들을 접하면서 서구에 기반을 둔 문학적 체험과 어릴 적부터 몸에 밴 유교적 전통 사이에서 많은 갈등을 겪었다. 그러던 무렵, 정지용이 '서구 취향의 시보다 한국적 풍토와 전통적인 서정시'를 쓸 것을 권고하며 조지훈을 〈문장〉지에 추천하자, 비로소 창작의 방향을 가다듬어 1939년에 등단했다. 그 뒤 조지훈은 우리 민족의 정신적 뿌리와 민족적 전통을 계승하여 「고풍의상」, 「봉황수」, 「무고」, 「승무」, 「가야금」 등의 작품을 쏟아내기 시작한다. 고등학교 교과서에 오랫동안 수록되었던 그의 대표작 「승무」는 그가 열아홉 살 때, 현 경기도 화성시 용주사에서 승무를 본 뒤 그 감상을 바탕으로 쓴 것이라고 한다.

■   얇은 사 하이얀 고깔은
고이 접어서 나빌레라

파르라니 깎은 머리
박사 고깔에 감추오고,

두 볼에 흐르는 빛이
정작으로 고와서 서러워라

(중략)

복사꽃 고운 뺨에 아롱질듯 두 방울이야
세사에 시달려도 번뇌는 별빛이라

휘어져 감기우고 다시 접어 뻗는 손이
깊은 마음 속 거룩한 합장인양 하고

이밤사 귀또리도 지새우는 삼경인데
얇은 사 하이얀 고깔은 고이 접어서 나빌레라

– 「승무」 중에서

영양 주실마을,
조지훈

1943년 가을, 조지훈은 일제의 탄압이 가장 극악했던 시절에 고향으로 돌아온 뒤 친일 단체의 입회를 강요받았다. 그러나 그 당시 그는 차라리 붓을 꺾는 쪽을 택했고, 나중에 「지조론」이라는 글을 쓸 만큼 변절에 대해서 완고한 입장을 가졌다. 『친일문학론』의 저자 임종국도 일제에 협력하지 않은 대표 문인 가운데 한 사람으로 조지훈을 손꼽는다.

　　그 뒤 광복과 6·25 전쟁을 거쳐 4·19 혁명을 겪으며 조지훈의 시 세계는 고전적인 정서에서 점차 역사와 현실의 세계로 확대되어갔다. 그 뒤로도 세상이 어지러울 때면 그는 주저 없이 바른 소리를 함으로써 지사志士로서의 본분을 다하다가 1968년 48세의 나이로 운명하였으니, 그의 삶과 문학은 일치했다.

　　조지훈은 고려대학교 교수로 20여 년간 재직하면서 문학 외적인 저술 또한 많이 남겨놓았다. 그러나 그는 전통적 서정성을 현대 시에 접목시켜 이를 계승 발전시킨 대표적 시인이며, 박두진, 박목월과 함께 청록파를 이룬 3인 가운데 하나로 널리 알려져 있다.

■　　　『청록집』이 우리 세 사람 공동의 첫 시집이라는 것과 그리고 거기 수록된 작품들이 모두가 해방 직전—주로 발표의 길이 막혔던 암흑기에 쓰여진 것들임은 이미 주지하는 사실이다.

　　　　우리 세 사람은 같은 시기에 시를 쓰기 시작했고, 또 같은 무렵에 〈문장〉이라는 같은 문예지의 추천 시인으로 시단에 등장한 사람들이다. 발표할 수 없던 시를 발표하게 된 해방의 감격, 혼란한 정치 조류 속에서 시의 바른 길을 제시하려는 의욕, 우리 시의 새로운 전개를 위한 교량으로서의 전통의 집성, 이런 것이 어울려서 『청록집』을 엮게 한 객관적인 기연奇緣이 되었지만, 이러한 의욕이 어째서 하필이면 우리 세 사람을 한데 엮음으로써 시도된 것일까.

　　– 조지훈, 「내 시의 고향」, 『조지훈 : 청소년이 읽는 우리 수필 3』(돌베개, 2003) 중에서

자네는 나의 정다운 벗, 「병에게」

　그다지 넓지 않은 마을에는 골목골목마다 친절하게 팻말을 세워두어 길손을 흐뭇하게 한다. 단지 마을 가운데 산 아래로 '주실교회'라는 생뚱맞은 신식 건물이 눈에 거슬리지만 옥의 티라 생각하며 몇 걸음 걷다 보면 금세 '지훈 시공원'과 만날 수 있다.

　작은 계곡 옆 산자락을 따라 오르게 되어 있는 시 공원에는 조지훈의 동상과 그의 대표 시 「파초우」, 「승무」, 「낙화」, 「고풍의상」 등을 형상화한 조각상들과 함께 20편이 넘는 시를 돌에 새긴 시비가 줄지어 서 있다. 시를 읊어가며 한 걸음씩 공원으로 걸어 들어가다 보면 시와 무관한 사람들까지도 시의 세계로 빠져들게 한다. 게다가 누가 썼는지 돌에 새긴 글씨가 우아하고 아름다울 뿐만 아니라 보는 이를 편안하게 한다. 시를 좇느라 드문드문 걸음을 옮기던 중 문득 걸음을 멈추게 하는 시비가 있

조지훈 시 공원

영양 주실마을,
조지훈

다. 유난히 병약하여 적지 않은 세월을 병상에서 보냈다는 시인의 삶을 엿보게 하는 시 「병에게」이다.

어딜 가서 까맣게 소식을 끊고 지내다가도
내가 오래 시달리던 일손을 떼고 마악 안도의 숨을 돌리려고 할 때면
그때 자네는 어김없이 나를 찾아오네.

자네는 언제나 우울한 방문객

어두운 음계를 밟으며 불길한 그림자를 이끌고 오지만
자네는 나의 오랜 친구이기에 나는 자네를
잊어버리고 있었던 그 동안을 뉘우치게 되네

– 「병에게」 중에서

병을 의인화하여 '자네'라 부르며 정다운 친구인 양 대하고 있는 이 시에서 시인은 병을 무서워하거나 두려워해서는 안 된다고 말하는 듯하다. 그가 병을 '우울한 방문객'이라고 하다가 곧 '오랜 친구'라 인정하며, 병을 잊고 지낸 시간을 '뉘우치게' 된 까닭은 무엇일까?

어려서부터 몸이 약했던 데다 기관지 확장증이라는 지병까지 있었던 조지훈에게 어쩌면 병은 물리친다고 되는 것이 아니라 오래도록 품고 가야 할 친구 같은 대상이었을 것이다. '우울한 방문객'이지만 다른 한편으로는 삶에 대한 외경을 가르치는 고마운 친구. 그 친구를 잊고 정신없이 바쁘게 달려온 자신을 뉘우치는 모습에서 얼핏 고전 산문 「축병문」이 떠오른다.

조선 후기 숙종 조의 문신이었던 오도일이 쓴 이 산문은 자신을 괴롭히는 병과 대

화를 나누는 독특한 형식의 글로, 건강에 대해 말하고 있는 듯하지만 실상은 생활을 해나감에 있어 늘 스스로를 경계하고 절제해야 한다는 성찰이 담긴 글이다. 병을 통해 자신을 돌아본다는 점에서 두 글은 닮아 있다. 그러나 「축병문」이 스스로를 경계하고 바른 삶의 자세를 가질 때 병은 저절로 물러날 것이라 이야기하고 있는 데 비해 조지훈 시인의 「병에게」는 여기에서 한 걸음 더 나아가 자신을 괴롭히는 지병을 오랜 친구라 부르며 언제든 찾아오라고 담담하게 말한다. 그야말로 대단한 긍정이 아닐 수 없다. 삶에 대한 성찰까지는 아니더라도 한 번쯤 학생들에게 이 시를 읽어주며 '자네'가 누구인지 생각해보게 함으로써 병을 대하는 자세를 가르쳐줄 만하다.

'자네'를 한 음절로 답해보라 했을 때 어린 학생들이 눈망울을 반짝이며 듣다가 마침내 '병'임을 알아내기라도 하면 대견하기 그지없다. 혹 마지막 연에 나오는 "내가 가슴을 헤치고 자네에게 경도하면/ 그때사 자네는 나를 뿌리치고 떠나가네."라는 표현에서 병을 직면하면 물리칠 수 있을 것까지 알고 있을지 궁금하다.

꽤 오랜 시간 동안의 시공원 산책을 마치고 나면 마치 시집 한 권을 다 읽은 것처럼 감성이 풍부해지는 느낌이다. 호젓한 고샅길을 걸어나오며, 이 시인의 마을에서 앞으로 더 많은 사람들이 조지훈의 문학 세계를 이해하고 주실마을과 숲의 아름다움을 경험하기를 바라는 마음이다.

주실마을 들머리

맑은 시혼과 드높은 지조를
지닌 선비

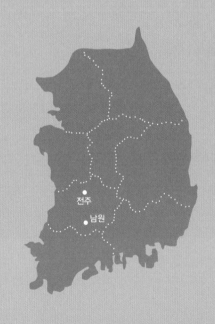

살아 숨 쉬는
모국어의
바다

최명희

『혼불』을 쓰기 위해
태어난 사람

　작가 최명희^{1947~1998}를 '한국의 마가렛 미첼'이라고 불러도 무방하지 않을까. 미국의 여성 작가 마가렛 미첼이 평생 『바람과 함께 사라지다』 한 작품을 남긴 것처럼, 최명희도 단편소설 「쓰러지는 빛」으로 등단한 뒤 죽는 날까지 오직 『혼불』 집필에만 매달렸으니 말이다.

　최명희는 전주 풍남동에서 태어났다. 그의 아버지와 조상들은 남원시 사매면 노봉마을에서 대대로 살았으나 최명희는 전주에서 태어나 그곳에서 초, 중, 고등학교를 거친 뒤, 2년간의 공백기를 가진 다음 영생대학^{현 전주대학교} 야간부 국어국문학과에 입학한다. 그곳에서 2학년까지 수료하고 모교인 기전여고에서 잠깐 서무직에 종사하다가, 1970년 다시 전북대학교 국어국문학과 3학년에 편입, 졸업과 동시에 모교인 기전여고에 국어 교사로 부임한다.

　그 후 1980년 〈중앙일보〉에 단편 「쓰러지는 빛」으로 등단한 후, 곧 『혼불』 집필에 들어가 1981년 〈동아일보〉 장편소설 모집에 제1부가 당선된 뒤로는 오직 17년간 『혼불』 쓰는 일에만 전념한 끝에 1997년 10권을 완간하였다. 모교인 전북대학교에서 명예박사 학위를 수여한 외에 수많은 상을 수상했으나 1998년 12월 11일 난소

전주 한옥마을 외,
최명희

암으로 사망, 모교인 전북대학교 부지인 건지산 중턱에 안장되었다.

'혼불'이란 사람의 혼을 이루는 바탕으로, 몸 안에 있다가 죽을 때가 되면 빠져나가는 푸른빛을 띤 영혼의 불을 일컫는 말이다. 작가가 아주 어렸을 때 동네 어른이 툇마루에 앉아 있다가도 "오메 아무개네 혼불 나가네. 저 집 상 나겠다." 하면 영락없이 사흘 안에 초상이 나곤 했단다. 결국 혼불은 사람이 사람답게 살도록 하는 생명의 불, 정신의 불로 대하소설 『혼불』이 출간된 후에야 비로소 국어사전에 '혼불'이란 단어가 등재되었다.

한 땀 한 땀 손바느질 하듯 그려낸 대하소설

소설 『혼불』은 우리 민족의 '혼불'이 나간 일제강점기, 구체적으로는 1930년대 말부터 해방 직전까지를 시대적 배경으로 하고 있다. 전라북도 남원의 양반촌인 매안마을을 공간적 배경으로 몰락해가는 한 양반가를 지키려는 종갓집 며느리 3대(청암부인-율촌댁-효원)의 서러운 삶을 중심으로 펼쳐나간 이야기다.

그리고 거기에 감당하기 버거운 가문의 무게를 벗어나 만주로 향한 강모, 강태 같은 당시 젊은 지식인들의 삶과 거멍굴 천민 춘복, 무당 백단이 부부, 그리고 옹구네 같은 천하고 남루한 밑바닥 민중들의 눈물과 아픔이 더해져 흥미진진하게 전개된다.

그러나 작가는 이 작품에서 사건의 흐름보다는 당대의 습속과 풍물을 재현하는 데 더 많은 정성을 기울인 듯하다. 세시 풍속이나 관혼상제, 음식, 노래, 무속 신앙 등 민속학적, 인류학적 기록들을 철저한 고증을 통해 아름다운 우리말로 생생하게 복원해냈기 때문이다.

특히 양반가의 혼례를 이야기하면서 신랑 신부의 차림과 예식의 순서를 꼼꼼히 묘사하는 대목이나, 새해 연날리기 놀이 장면에서 연의 종류와 만드는 법을 설명하는 대목, 여인의 한복 저고리 동정에서 사찰 입구에 있는 사천왕의 유래를 설명하는 대목 등이 길게 이어진다. 그러다 보니 하나의 사물이나 현상에 대한 묘사가 중편이나 장편소설 정도의 분량은 족히 되는데다, 때로 질릴 만큼 길고 어려워서 웬만한 인내심과 의지가 없는 사람이라면 중도에 포기하고 만다.

작가의 육필 원고

하지만 『혼불』을 텍스트로 하여 조선의 복식을 연구한 박사 논문이 나올 정도로 작가 최명희는 고증에 철두철미했다. 그리고 방대한 자료와 그 깊이 면에서 문학 평론가들은 『혼불』을 우리 민족혼의 원형이라 극찬하며, 『혼불』을 다 읽는다면 국어사전을 다 읽는 것과 같다고도 말한다. 그래서인지 최명희의 사후, 모교인 전북대학교에서는 학교 뒷산에 묘지를 짓고 문학공원을 만드는 등 그 예우가 사뭇 극진하다.

전주시 덕진공원 뒷길을 따라 어린이회관 방향으로 조금 걸어가면 전북대학교 뒤 건지산 중턱에 최명희의 묘소가 있다. 울창한 숲이 보이는 공원 입구 왼쪽에는 책 모양의 돌비에 최명희 선생을 소개한 글이 적혀 있고, 오른쪽에는 '혼불문학공원'이라고 새긴 커다란 표지석이 있다.

입구의 안내문에는 이곳이 '전북대 학술림'이며 '최명희 문학공원'이라 하였다. 모교를 빛내주었다고 이렇게 큰 자리를 마련해주었던가. 계절 따라 공원의 모양과 흥취가 다르지만, 특히 겨울이 오는 길목에 방문했을 때 이 숲은 황홀하리만큼 아름답다. 숲에는 다양한 나무들이 있지만 이때만큼은 온통 붉은 단풍잎이 바닥에 카펫처럼 푹신하게 쌓여 있어 오직 단풍나무로만 이루어진 숲에 온 듯한 느낌이다.

휴지 한 조각 없는 청정하고도 수려한 단풍나무 길은 "푸른 산빛을 깨치고 단풍나무 숲을 향하야 난 적은 길을 걸어서 참어 떨치고 갔습니다."라는 한용운의 시 구절이 저절로 입 안을 맴돌 만큼 보기 드물게 아름다운 숲길이다.

겨울 찬 비 속에 찾아간 그이의 무덤에는 조금 전 누군가가 다녀간 듯 아직 생생

최명희 묘비

한 꽃다발이 놓여 있었다. 자기 대학 출신의 작가를 이렇게 예우할 줄 아는 전북대학교 측에, 그리고 아름답고 고즈넉한 이곳을 최명희의 안식처로 제공하자는 발상을 처음 한 사람에게 깊이 감사드린다.

무덤 앞에는 '소설가 최명희의 묘'라고 새긴 단정한 비석 말고도, 젊은 시절 작가의 단발머리 얼굴 조각상이 하늘을 보고 있다. 정녕 『혼불』을 쓰기 위해 태어난 사람이 아닌가. 묘소 아래로는 울창한 숲 속에 앉아 쉴 수 있는 나무의자와 돌로 새긴 비가 있고, 비석에는 『혼불』에 있는 명문장과 생전에 작가가 한 말들을 새겨놓아 그를 아껴 예까지 찾아온 독자들을 감동에 젖게 한다.

아아, 강실아, 둥글고 이쁜 사람아. 네가 없다면…… 네가 없다면…… 나의 심정이 연두로 물들은들 어디에 쓰겠느냐…….

– 『혼불 1』(매안, 2009), 「심정이 연두로 물들은들」 중에서

"제가 정말 보고 싶었던 것을 딱 한 가지만 얘기하라 하면 어둠이 결코 빛보다
어둡지 않다는 것입니다."

– 제11회 '단재상' 수상 소감 중에서

전주 한옥마을의 '최명희 길'과 '최명희 문학관'

　전주시는 최명희의 출생지인 풍남동 한옥마을에 '최명희 문학관'을 소담하게 지
어놓았다. 우리나라에서 여성의 이름으로 세워진 문학관은 최명희 문학관이 유일하
다. 통영에 박경리 기념관, 박경리 문학공원이 있고, 원주에는 '박경리 문학의 집'이
있지만 박경리 문학관은 아니다. 박경리 선생의 유족이 문학관이라는 이름을 허락
하지 않는다는 후문을 들은 바는 있으나 자세한 까닭은 알 수가 없다.

　최명희의 작품 곳곳에 등장하는 고풍 어린 전동성당과 경기전, 오목대와 이목대
가 있는 이 한옥마을 일대는 내국인은 물론이요 외국인들도 즐겨 찾는, 볼거리가 아
주 많은 곳이다. 그래서 편한 신발을 신고 물과 간식을 가방에 넣고 하루 종일 어슬
렁거리기에 적합한 곳이다. 그중에서도 경기전 돌담을 따라 5분 정도 걷다가 오른
쪽 골목으로 돌아들면 보이는 아담한 한옥의 최명희 문학관에서는 한나절 정도 머
물 작정으로 들어가면 좋겠다.

　　　　　지금은 애석하게도 그 동네가 없어졌지만, 내가 태어난 곳은 전라북도 전주시
　　　　의 화원동이다. 아마 동문사거리 근처 어디쯤이었을 이 집에서 나는 대여섯 살
　　　　때까지 살았는데, 거기서부터 내 이승의 생이 비로소 시작되었다. (중략) 아득하

고 화사했던 풍남동 은행나무 골목의 유년시절과 잠깐 살다 옮긴 전동집에서의 짧은 기억, 그리고 오래 오래 사무쳐 지금도 꿈속에 선연히 나타나는 완산동 냇물가 벽오동 나무 무성한 잎사귀 푸르게 일렁이며 나부끼던 집……

- 「기억은 저마다 한 채씩의 집을 짓는다」 중에서

남원에 있는 '혼불 문학관'이 오직 작품 『혼불』을 위한 문학관이라면, 이곳은 오로지 작가 최명희를 중심으로 만들었다. 이곳에서는 '내 마음의 전주에 그 옛날의 고향 하나를 오밀조밀 정답게 복원해보고 싶다'던 작가의 세세한 삶의 흔적과 치열했던 문학 혼을 엿볼 수 있으며, 고향에 대한 애정까지 확인할 수 있다. 문학관이란 게 세상을 떠난 작가가 이 세상에 다시 살러 온 집이라면 이곳이야말로 최명희 한 사람을 만나기에 마침맞은 곳이 아닐까 싶다.

작고 아늑한 '작가의 방'으로 들어서면 고인이 생전에 사용했던 문방오우만년필, 칼, 철끈, 자, 가위와 지인들과 주고받은 편지, 엽서, 원고, 그리고 그의 생애를 담은 여러 흔적들이 빼곡하게 전시되어 있다. 아름답고 단정한 작가의 필체, 따라 쓰다 보면 닮을 수 있을까. 생전의 인터뷰와 문학 강연 등에서 추려낸 말들로 이뤄진 동영상과 각종 다큐멘터리를 보고 있노라면 가슴이 벅차오른다. 최명희의 작품에서 보여주는 말의 잔치를 이런 식으로 다시 누리다 보니 한 사람의 삶이 얼마나 많은 사람들에게 큰 감동을 줄 수 있는지 새삼 깨닫게 된다.

전시물 중 가장 눈길을 끌고 발길을 머물게 하는 것은 육필 원고로 가득 도배해놓은 두 벽면이다. 꼼꼼하게 수정한 자국이 그대로 드러난 원고를 보는 동안에도 귀로는 계속 동영상에서 흘러나오는 그녀의 육성을 쫓게 된다.

■ "쓰지 않고 사는 사람은 얼마나 좋을까. 그러나 『혼불』은 나도 어쩌지 못할 불길로 나를 사로잡고 말았었다. 나는 원고를 쓸 때면 손가락으로 바위를 뚫어 글

전주시 풍남동에 있는 최명희 문학관 내부.
"문학관이란 게 세상을 떠난 작가가 이 세상에
다시 살러 온 집이라면 이곳이야말로 최명희
한 사람을 만나기에 마침맞은 곳이다."

씨를 새기는 것만 같았다. 날렵한 끌이나 기능 좋은 쇠붙이를 가지지 못한 나는 그저 온 마음을 사무치게 갈아서 생애를 기울여 한 마디 한 마디 파나가는 것이다. 세월이 가고 시대가 바뀌어도 풍화 마모되지 않는 모국어 몇 모금을 그 자리에 고이게 할 수 있다면……."

아, 최명희는 17년 동안 이런 마음으로 『혼불』을 썼구나. 중학교 1학년 때 가족을 열두 띠 동물에 비유하여 가족 간의 화목을 그려낸 소설 「완산동물원」부터, 기전여고 3학년 때 전국문예콩쿨에서 장원으로 뽑힌 수필 「우체부」, 그리고 대학 시절과 교사 시절에 쓴 백여 편의 수필들까지……. 그것들은 어쩌면 대하소설 『혼불』을 위한 여정이 아니었을까. 그가 쓴 모든 산문은 『혼불』이라는 큰 바다로 합류될 뿐만 아니라, 『혼불』을 이루어낸 문학적 영감과 상상의 물줄기가 되었음에 분명하다. 아, 그녀는 글을 쓰기 위해 이 세상에 태어났구나.

대하소설 『혼불』에는 훗날 『혼불 사전』이 등장할 정도로 국어사전에도 나오지 않는 어휘가 많다. 마음에 드는 말과 문장을 고르는 데에 들인 작가의 노력은 거의 구도자적인 자세에 가깝다. 국어사전을 시집처럼 읽었다는 일화며, 동짓날 저녁 저무는 하늘을 그리면서 해가 진 뒤 컴컴하기 전까지의 시간적인 느낌을 소설 안으로 끌어들이기 위해 사흘 내내 저녁의 공기를 응시한 일이며, 겨울에서 이른 봄으로 접어드는 계절의 살얼음이 녹는 강물 소리를 표현하기 위해 한밤중 강변에서 몇 시간을 웅크리고 앉아 '소살소살'이란 말을 건져 올린 일 등이 그렇다.

작가는 『혼불』에 나온 등장인물들을 이름순으로, 또 신분별로 정리하여 사주와 궁합까지 정리해두고는 일일이 거기에 맞게 운명을 엮어갈 정도로 치밀했다고 한다. 또 『혼불』 5권의 주요 무대이자 1940년대 조선 사람들의 거주지였던 '서탑 거리'를 64일 동안 중국 연변에서 심양 거리를 다니며 완벽하게 재현해냈다. 그것뿐만 아니라 소설 속에 나오는 노비들의 이름을 사실적으로 짓기 위해 전국을 뒤져 어렵게 노비 문서를 구하기도 했다. 그 문서를 읽던 밤, 노비들의 이름을 하나하나 쓸어보며 홀로 눈물을 흘렸다는 일화에서 그가 세상을 향해 열어놓은 더없이 따뜻한 시선을 느낀다.

크지 않은 문학관 안에서 그 모든 기록들을 하나하나 읽어가며 모국어에 대한 사랑과 고통 속에서 건져 올린 글귀들을 만나는 일은 자못 감동적이다. 그 느낌이 사라지기 전에 문학관 한 귀퉁이에 마련된 엽서 한 장을 집어, 그가 마지막에 산소 호흡기를 쓴 채 유언으로 남겼다는 "『혼불』이면 됩니다. 아름다운 세상입니다. 참으로 잘 살고 갑니다."란 구절을 쓴 뒤 그곳에 비치된 무료 우체통에 넣었다. 그리고 며칠 후 교무실에 낯익은 필체의 엽서 한 통이 도착했다.

'아름다운 세상…… 잘 살고 갑니다.'

문학관 뒷문을 나와 골목을 건너 미로와도 같은 골목을 어슬렁거리다 보면 어느새 눈앞에 그가 태어난 생가가 나타난다. 생가 터는 지금 없어지고 그 자리에 '최명희 생가 터'라는 팻말만 큼직하게 세워져 있지만, 옆에는 그가 생전에 좋아했던 배롱나무 한 그루가, 또 그 옆에는 나무벤치가 여기 잠시 앉았다 가라는 듯이 오가는 길손의 눈길을 정겹게 끌어당긴다.

남원 '혼불마을' 가는 길

한옥마을의 '최명희 길'을 벗어나 남원으로 가는 17번 국도를 따라 30여 분을 가면 남원시 사매면에서 '최명희의 혼불마을'이라고 쓴 안내판을 만나게 된다. 이곳이 바로 『혼불』 속 주요 무대인 매안마을의 실제 배경, 서도리 노봉마을이다. 최명희는 전주에서 태어났지만 노봉마을은 그의 아버지와 조상들이 대를 이어 살던 곳이다. 남원시는 이 마을 전체를 '혼불마을'로 조성하여 다른 용도로는 그 어떤 개발도 허용하지 않고 있다고 한다.

『혼불』 속 여러 등장인물들이 만나고 이별하는 장소인 서도역에서 노봉마을 최씨

종갓집까지는 작가의 표현대로 "치마 폭을 펼쳐놓은 것 같은 논을 가르며 구불구불 난 길을 따라 점잖은 밥 한 상 천천히 다 먹을만한 동안 걸으면 닿을 거리"이다. 서도역은 혼불마을의 시작점에 있으며 작품에서도 중요한 문학적 공간이다. '효원'이 혼인하여 처음 매안에 올 때 내렸던 역이고, 청암 부인이 손자 강모의 하숙을 정하기 위해 처음 전주로 나들이할 때 기차를 탔던 역이며, 강모가 전주로 학교 다니면서 이용하던 장소이다. 강모가 처가인 대실로 장가갔다 올 때 처가에서 보내온 각종 음식과 따라온 노복들이 종가까지 걸어가는 기나긴 행렬은 가히 동네 사람들의 입을 떡 벌어지게 하였는데, 그 당시를 작품 속 인물들은 이렇게 회고한다.

> "아앗따아…… 겁나데에, 참말로오. 그날 대실서 온 음석들 보고 안 놀랜 사람이 있었이까아? 지체 있는 집안은 달르데잉."
>
> (중략)
>
> "대실은 곡성서도 더 한챔이나 내리가는 전라남도 어디라등만, 어뜨케 갖고 왔간디 이렇게 식도 안했이까아?"
>
> "긍게 말이여, 아직도 음석이 따숩그만그리여."
>
> "아앗따아 그러고, 무신 음석이 그렇게 한 줄로 줄줄이, 정그정서부텀 원뜸 꼭대기까지 허옇게 서서 들고 가겄게 많당가이."
>
> ─ 『혼불 1』, 「사월령」 중에서

이 서도역은 새 역사를 지으면서 자칫 헐릴 위기를 겪기도 했으나 논의 끝에 1930년대 모양 그대로 보존하기로 했다니 반갑기 그지없는 소식이다. 역이 있는 마을 진입로에는 작가가『혼불』10권을 17년 동안 집필한 것을 기념하는 글과 조형물이 모두 17개 설치되어 있다. 도로변 담장에는 작품과 최명희를 기리는 다양한 벽화를, 서도역 앞의 창고 벽면에는 작가의『혼불』육필 원고를 그려넣어 마을 전체가 말 그대로 '혼불마을'이다.

『혼불』의 현장 '노봉마을'

작품 속 종가의 무대는 이 노봉마을뿐만 아니라, 근처 이씨 집성촌인 매안리(대신리) 등 여러 곳에 걸쳐 있다. 이곳의 여러 배경과 사연들이 얽히고설켜 작품 속 '매안 이씨 종갓집 이야기'가 탄생한 것이다. 소설 속에서 밑바닥 삶의 공간으로 묘사된 거멍굴(무산마을)과 고리배미(인화마을) 마을도 역시 노봉마을 가까이에 있다.

『혼불』에 등장하는 수많은 인물들은 크게는 청암 부인을 필두로 율촌댁, 효원, 이

기철, 이기표, 강모, 강실이, 강태 같은 종가의 인물 군과 춘복이를 필두로 옹구네, 백단이, 쇠여울네 같은 거멍굴의 인물 군으로 나눌 수 있다. 이들 중 누가 주동인물인지 부동인물인지 모를 정도로 모두가 자기 역할을 충실히 한다. 즉 양반들의 세도 속에서 살아가는 거멍굴과 고리배미 천민들의 숨은 한까지 풀어주고자 한 것은 결국 인간에 대한 그녀의 큰 사랑이요, 모든 인간 군상을 보여주되 궁극적으로는 인간 존중 사상과 휴머니즘을 말하고 싶었던 것이 아니겠는가. 박경리 선생이 『토지』에서 그러했듯이 최명희 작가 또한 모든 인간 만물들에게 각각의 의미와 역할을 부여하고 충실하게 형상화해냈다.

왼쪽으로 거멍굴과 고리배미 마을임을 알리는 이정표를 보며 마을 길을 직진해 가노라면 비로소 노적봉을 병풍처럼 뒤로 하고 자리 잡은 혼불마을이 보인다. 아담하고 평화로운 전형적인 산골 마을이다. 노봉마을 입구에는 '꽃 심을 지닌 땅', '아소 님하'를 새긴 한 쌍의 장승과 최명희 문학비가 선명한 글씨로 방문객을 맞이한다. 마을 입구에 해당하는 '아랫몰'과, 마을의 중심 공간인 '중뜸'을 지나면 마침내 마을을 굽어보는 자리인 '윗뜸'에 청암 부인, 율촌댁, 효원, 강모가 살았던 솟을대문이 우뚝 선 종가가 자리 잡고 있다. 이 집에는 청암 부인의 손부 효원의 실제 모델 박증순 할머니가 살고 있었으나, 얼마 전 화재로 집이 불타고 할머니도 돌아가셨다는 안타까운 소식이다.

『혼불』의 애독자라면 당연히 가야 할 곳이 바로 마을 입구인 아랫몰에서 왼쪽으로 난 작은 길을 따라간 끝 지점, 물레방아가 맞이하는 혼불 문학관이다. 단 하나의 작품으로 세워진 우리나라 최초의 문학관이다. 널따란 뜰로 올라서면 정면에 문학관이, 오른쪽에 교육관과 누각이 보인다. 문학관 입구에 들어서면 작가가 자필로 쓴 '최명희의 혼불'과 그의 웃는 얼굴이 단박에 눈에 들어온다.

작가가 태어나고 자란 전주에 세워진 최명희 문학관이 작가 중심이라면, 작품 무대인 남원 사매면 서도리에 세워진 혼불 문학관은 작품 중심이라 할 수 있다. 따라서 이곳 문학관에서는 소설 『혼불』에만 집중하도록 양쪽으로는 최첨단 디오라마

diorama가 이어진다. 강모와 강실이가 복사꽃 아래서 소꿉놀이하는 장면, 강모와 효원의 혼례식, 액막이 연 날리는 모습, 춘복이의 달맞이 장면, 청호 저수지가 말라 바닥을 드러내는 모습, 그리고 "능소능대할 줄 아는 궁량을 지닌 여인이고, 기울어지는 가운을 일으켜 세울 궁량을 가진 여인으로, 아랫사람들에게는 너그럽고 후하게 베풀 줄도 아는 여인"인 청암 부인의 장례 장면을 끝으로 소설 속 장면들을 인형과 모형들로 꾸며놓았다. 작품 속 그 해당 장면들을 소리로도 들을 수 있어 작품의 여운을 계속 음미하기에 썩 좋다.

언어는 정신의 지문, 모국어는 모국의 혼

『혼불』은 작가가 어렸을 적에 할머니에게서 들은 집안과 마을 이야기가 뼈대를 이루고 있다. 남원 사매면의 온 마을과 전주, 심지어 중국의 만주 봉천^{현 심양}까지 누비며 집요하리만큼 자료를 조사하고 수집하는 데 열을 올렸던 그의 끈기와 문학에 대한 열정은 상상을 초월한다. 작품을 위해 결혼도 미루고 암 진단을 받고도 편하게 자리에 눕지 않았다고 하니, 『혼불』을 작가의 생명과 맞바꾼 작품이라고 하여도 지나친 말은 아닐 듯하다.

1996년 12월에 전체 5부, 10권으로 출간된 『혼불』은 처음 작품 구상 단계에서는 일제강점기를 벗어나 해방을 거쳐 6·25 전쟁, 4·19 혁명까지 예정되어 있었다고 한다. 그러나 작가는 미완의 작품을 남기고 51세인 1998년 12월에 세상을 떠났다.

본격적인 답사와 자료 찾기에만 7년을 투자했고, 17년 동안 "『혼불』을 차가운 기계에 의존해서 쓴다는 것은 상상할 수도 없는 일, 그렇게 '많이' 쓰고 '빨리' 써서 무엇을 남길 것인가 사뭇 의아해진다."라며 그 많은 원고를 직접 손으로 다 썼다고 한다. '언어는 정신의 지문이고, 모국어는 모국의 혼'이라 말한 작가는 다음과 같은 생각으로 『혼불』에 진정한 말의 씨를 심고 싶어 하였다.

전주 한옥마을 외,
최명희

청암부인의 손부인 효원의 실제 모델이 살았던 집

■　　　나는 인간과 자연과 우주와 사물의 본질에 숨어있는 넋의 비밀들이 늘 그리웠
다. 그리고 이 비밀들이 서로 필연적인 관계로 작용하며 어우러지는 현상을 언어
의 현미경과 망원경을 통하여 보고 싶었다. 이 중에서도 나는 무엇보다 '느낌'을
복원해 보고 싶었다. 느낌이야말로 우리 혼의 가장 미묘한 부분을 아름답고 그윽
하게, 혹은 절실하고 강렬하게 수놓는 무늬라고 나는 생각한다.

　　　　　　　　　　　　　　　　　　　　　　- '최명희 문학관' 전시 자료 중에서

　작가의 말대로 『혼불』의 감동은 등장인물들이 빚어내는 갈등과 사건보다는 감각
적인 묘사와 치밀한 문체에 있음을 확인할 수 있다. 대나무 숲에 이는 바람 소리를

"그저 저희끼리 손을 비비며 놀고 있는 자잘하고 맑은 소리, 강 건너 강골 이씨네가 살고 있는 마을에서 이쪽 대실로 마실 나온 바람이 잠시 머무는 소리…… 성이 나서 잎사귀 낱낱의 푸른 날을 번뜩이며 몸을 솟구치는 소리, 달도 없는 깊은 밤 제 몸 속의 적막을 통소 삼아 불어 내는 한숨 소리, 그 소리에 섞여 별의 무리가 우수수 대밭에 떨어지는 소리"로 묘사할 적에는 얼마나 초인적인 집중력이 필요하였겠는가.

작가 최명희처럼 '모국어'를 사랑하고 섬기는 사람이 또 있을까. 그이는 1998년 8회 호암문학상 수상 소감에서 "언어는 정신의 지문일 뿐만 아니라, 한 나라의 모국애 정신은 그 나라의 모국어이다. 모국애 정신을 잘 담아놓고 모국어를 제대로 잘 쓰고 모국어를 제대로 발전시키는 나라야말로 그 정신이 살아 있는 나라이다."라고 하며, 『혼불』이 그러한 모국어로 읽히기를 바란다고 하였다. '모국어로 읽히기를 바란다…….' 듣도 보도 못한, 그러나 지극히 그녀다운 표현 방식에 오싹 전율이 인다. 이 말을 듣기 이전으로 다시는 돌아갈 수가 없을 것 같다. 모국어로 생각하고, 모국어로 말하고, 모국어로 듣고, 모국어로 쓰고, 모국어로 읽는다는 것이 무엇을 의미하는지 두고두고 되새기게 하는 말이다.

※ 남원시 사매면의 이웃 동네 오수면에 살던 사람 중에 『혼불』을 읽으면서 "오매, 이것이 다 우리 동네 이야기랑께. 거그가 거근갑네." 하며 작품 속 무대를 찾아 사매면을 중심으로 곳곳을 톱아 다닌 여인이 있다. 『혼불』을 찾아온 사람들을 전라도 사투리로 '겁나게' 안내하는 문화해설사이자 거무스레한 얼굴과 거친 손의 정직한 농사꾼 황영순이라는 '혼불 지킴이'다. 새로운 기차 역사가 생기면서 서도역이 철거될 위기에 처했을 때 신문사로 시청으로 찾아다니며 역사를 근내 유물로 보존할 것을 손실기게 정원한 끝에 서도역을 1930년대의 모습 그대로 보존할 수 있게 한 주인공이다. 작품 속 질펀하게 살아 있는 전라도 향토어로 『혼불』이야기를 듣고 싶을 때는 '내 말이 곧 자산'이라고 말하는 문화해설사 황영순 씨를 찾아갈 일이다.

전주 한옥마을 외,
최명희

혼불 문학공원

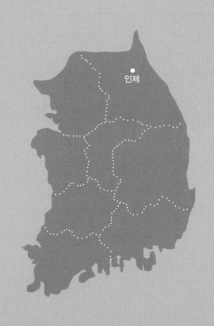

인제

'님'만 님이 아니라
기룬 것은
모두 님이어라

한용운

민족정신으로 응결된
삼위일체의 삶

　만해 한용운[1879~1944]의 일생과 업적은 일반인에게도 고루 잘 알려져 있고, 그의
유적에 대한 기림과 대우 또한 고향 홍성은 물론이요, 전 국가적으로 가장 융숭하다
고 하여도 지나치지 않을 것이다.

　호적에 전하는 이름은 '정옥'이고 아명은 '유천'으로, 일찍이 고향인 홍성에서 한
학을 공부하며 다복한 어린 시절을 보냈다. 그런 그가 열일곱 살에 동학운동에 참
가하면서 아버지, 백형 등과 함께 의병을 일으키기도 하였으나 모두 실패로 끝나고,
19살의 나이에 첫 출가를 하여 중이 된다. 그 후 그는 백담사와 오세암 등지에서 불
목하니 노릇을 하기도 하고, 시베리아 등지를 떠돌기도 하다가 귀향하여 1905년에
불교에 정식 입문하게 된다. 이후 그는 마흔아홉 살 때 신간회 결성에 주도적으로
참여하였고, 예순에는 손수 지도해오던 불교 계통의 민족 투쟁 비밀 결사단체인 '만
당卍黨' 사건으로 후배들이 검거되고 자신도 고초를 겪었다.

　만해가 불교계를 대표하여 3·1 독립선언에 참가한 것은 마흔한 살 때 일로, 이
만세 사건의 주동자로 3년 동안 서대문형무소에서 복역했다. 그가 자신이 감옥에
들어가서도 3대 행동 원칙, 즉 변호사를 대지 말 것, 사식을 넣지 말 것, 보석을 요구

하지 말 것 등을 제시한 이야기는 유명하다.

독립투사인 동시에 불교 사상가였던 한용운은 불교 개혁의 필요성을 논리 정연하게 정리한 「조선 불교 유신론」을 저술하기도 했다. 또한 잡지 〈불교〉를 운영하는 한편 청년 불교 단체의 설립을 도우면서 불교의 혁신과 대중화에도 힘썼다.

만해 한용운은 우리 근대사를 이야기할 때 빼놓을 수 없는 중요 인물이지만 여기서는 지면상 그를 『님의 침묵』이라는 시집을 펴낸 시인으로만 한정해 살펴보고자 한다. 이 시집은 그가 3·1 만세 운동과 관련하여 옥살이를 한 뒤인 1925년, 설악산 백담사에 딸린 오세암에서 탈고하여 다음 해인 1926년에 책으로 묶어낸 것이다. 『님의 침묵』은 3·1 운동의 역사적 정신과 힘을 온전히 간직하고 있으면서도 문학적 아름다움으로 가득 차 있다.

'님의 침묵'을 찾아가는 길

옛날부터 내포에서는 이곳에서 난세의 위인이 나온다는 소문이 있었다고 한다. 내포는 아산만과 천수만 사이, 그러니까 예산, 서산, 당진, 홍성, 전 지역과 아산, 보령의 일부 지역을 말한다. 김정희, 윤봉길, 이순신, 이상재, 심훈이 모두 이곳 내포 출신이니, 이 고장의 내력을 넉넉히 짐작할 수 있을 듯하다. 내포에서도 중심은 단연코 홍성이다. 조국을 잃은 청년 한용운이 독립운동가의 길로 들어서고 불교에서 자기 고민의 출발점을 찾은 것은 혹시 고향 땅 홍성이 품고 있는 뜨겁고 올곧은 지사의 정신을 그가 내력처럼 이어받았기 때문은 아닐까.

홍성읍 남장리 큰길 옆 만해 동산에는 두루마기 자락을 휘날리며 서 있는 만해 선사의 상이 높다랗게 서 있다. 결코 불의와 타협하지 않았던 생전의 모습을 그대로 옮겨놓은 듯 강직한 기상이 넘친다.

홍주성 남산 공원의 「알 수 없어요」 시비, 남장리 언덕의 만해 동상, 홍성 남산의 흉상 등이 있어 이곳이 만해의 고향임을 새삼 느끼게 한다. 우국충절의 고장답게 홍성읍에서 대천 방향으로 무궁화나무가 길게 늘어선 국도를 요리조리 이정표를 따라 한참 가다 보면 만해로가 나오고, 그 길로 접어들면 얕은 산등성이 아래로 초가집 두 채와 기념관 건물이 눈에 들어온다.

　이곳이 바로 홍성군 결성면 성곡리 491번지, 깨끗하게 정비된 만해 한용운 선생의 생가지生家地이다. '님의 침묵'에 휩싸인 만해 생가 옆으로는 민족시비공원이 널따랗게 자리하고 있다. "자유는 만유의 생명이요, 평화는 인생의 행복이라"는 어록비가 있는 산등성이를 타고 이어지는 오솔길 좌우로 돌 조각품에 새겨넣은 시 구절을 하나씩 읊으며 다시 생가 옆으로 걸어가노라면 선생의 초상이 안치된 사당, 만해사가 있다. 이곳은 해마다 선생을 추모하고, 만해 사상을 연구하는 학술모임이 전개되는 곳이다.

한용운 생가

백담사 오세암 가는 길

한용운의 육체적 고향이 홍성이라면, 그의 정신적 고향은 강원도 백담사일 것이다. 백담사로 가는 용대리 주차장은 거의 언제나 관광객들로 북새통을 이룬다. 만만찮은 입장료를 내고 셔틀버스를 탄다. 내설악의 백담계곡을 끼고 오르는 길은 좁고 아슬아슬하여 위험천만이다. 좁은 길을 얼마나 빨리 달리는지 금방이라도 저 낭떠러지 아래로 떨어질 것 같은 공포심에 손잡이를 부여잡거나 앞뒤 사람을 끌어안아도 간담이 서늘하다. 그런데도 버스 기사는 관광객을 한 명이라도 더 실어나르려면 이렇게 바삐 달려야 한다는 듯 꼬불탕거리는 좁은 길을 사정없이 내달린다.

오래 전 젊은 시절, 머리에 안개를 이고 있는 산 아래로 물을 흘려보내는 계곡을 바라보며 백담사를 향해 걷던 오솔길은 더없이 환상적이었다. 물 색깔이 진할수록 깊이는 가늠할 수조차 없고, 바람이 살랑 스치면 잔물결들이 마치 젤리처럼 탱글탱글 수면 위에서 놀곤 했었다.

포장길을 내지 않고 이 길을 계속 걸어서 올라가게 했더라면 좋았을걸. 혼자서라도 걸어가면 될 일이지만 빠르고 쉬운 길을 버리고 부러 멀고 힘든 길을 선택하는 것은 적지 않은 용기가 필요하다. 예전처럼 없었으면 모르되, 편히 갈 수 있는 길을 바라보면서 팍팍한 오르막길을 하염없이 걷는 일은 몇 배로 힘들 테니 포기할 밖에.

독재자 전두환이 백담사에 머물다 간 이후, 그것도 기념이 되는지 그 뒤로 수많은 사람들이 찾아오는 바람에 작은 오솔길은 차가 드나들도록 콘크리트로 포장하였고, 백담사 입구에는 개울을 가로지르는 수심교까지 만들었다고 하니 인파에 시달려 번뇌가 하나 더 늘 것만 같다.

백담사 일주문 마당에는 만해의 시 「나룻배와 행인」을 새긴 시비와 그의 흉상이 섰고, 우측으로 난 기역(ㄱ)형 전통 한옥인 만해 기념관에는 선생이 백담사에서 불교 개혁의 기치를 들었던 자료와 3·1 독립운동 시, 만해의 옥중 투쟁을 보여주는 자료 들이 정리되어 있다.

백담사에서 오세암으로 난 6킬로미터 남짓한 길은 때로는 숲길이었다가, 때로는 나무다리이다가, 흔들다리이다가, 가파른 계단이기도 하다가, 계곡을 따라 물을 건너기도 하는 길이다. 3·1 독립 운동이 실패로 끝나고 민족 전체가 절망의 늪으로 빠져들었던 시기에 한용운이 사색과 명상으로 마음을 다스렸다는 유서 깊은 길과는 달라도 많이 달라졌을 터이다.

오세암 또한 불자들 말고도 관광객과 지나가는 등산객들로 인해 조용한 기도처로 찾기엔 이제 너무 커지고 복잡해졌다. 대부분 수능 시험을 앞둔 수험생 자녀들의 합격을 기원하러 봉정암으로 가기 위하여 하룻밤 숙박을 청하는 학부모들이다.

1915년 백담사가 화재로 불탄 이후, 만해가 이곳에서 정진을 하면서 불멸의 시집 『님의 침묵』을 탈고하였다는 오세암은 몰려든 인파로 너무 붐벼 다시는 찾고 싶지 않을 정도로 넌더리가 난다.

저잣거리 같은 오세암을 내려와 다시 백담사를 거쳐 조금 더 내려가니 만해의 사상과 민족혼을 기리기 위해 백담사 초입 용대리에 조성해놓은 '만해 마을'이 나타난다. 이곳은 만해문학박물관, 만해사, 만해학교, 문인의 집, 심우장 등 5개 동의 현대식 건물과 만해광장, 만해 평화지종鍾, 만해상 등이 들어서서 갖가지 행사로 선생을 기리고 있다.

중생이 석가의 '님'이듯 기룬 것은 모두 '님'이다

"님은 갔습니다. 아아 사랑하는 나의 님은 갔습니다."로 시작하는 표제시를 비롯하여, 『님의 침묵』에 수록된 88편의 시 전편에는 '님'이라는 절대적 존재가 등장한다. 여기에 대하여 한용운은 『님의 침묵』의 머리말에 해당되는 '군말'에서 다음과 같이 '님'을 밝히고 있다.

■　　'님'만 님이 아니라 기룬* 것은 다 님이다. 중생이 석
가의 님이라면 철학은 칸트의 님이다. 장미화薔薇花의
님이 봄비라면, 마치니의 님은 이태리이다. 님은 내가
사랑할 뿐 아니라 나를 사랑하느니라.

＊기루다 : '그리워하다, 그립다, 바라보다, 의지하다, 좋아하다'의 뜻.

　　만약 한용운을 모르는 외국의 독자가 아무 선입견 없이 「님의 침묵」을 읽는다면
어떤 생각이 들까? 틀림없이 아름다운 연애시라고 생각할 것이다. 그것도 남성이
아니라, 임을 향한 한 여인의 절절한 사랑을 노래한 사랑의 서정시라고 믿을 것이
다. 그러나 만해 한용운이 승려이며, 기미 독립 운동을 일으킨 애국지사라는 사실을
잘 알고 있는 우리들은 「님의 침묵」을 사랑의 시로만 보지 않는다. 겉으로는 연애
시 같지만 실제로는 임금과 나라에 대한 충성심을 노래했던, 우리 옛 노래의 전통을
잘 알고 있는 사람들이라면 더욱 그럴 것이다.

　　한용운은 마음속으로 '기룬 것'이면 모두 다 '님'이라고 불렀다. 그러니까 '님'은
한정된 어떤 대상이 아니다. 내가 좋아하고, 의지하고, 그리워하며, 나를 존재하게
하는 대상은 모두 '님'이 될 수 있다는 것이다. '님'과 동격을 이루는 그 '기리움'은
사랑, 그리움, 찬미, 존경, 연민, 아쉬움 등 가지각색의 감정과 복합적 의미를 담고
있다.

　　이처럼 한용운의 시는 대부분 연애시의 형식을 빌려서 사랑하는 임과 이별한 상
태를 노래하였다.

■　　나는 나룻배
　　당신은 행인

백담사 경내에 있는 만해선사 흉상과 「나룻배와 행인」 시비

당신은 흙발로 나를 짓밟습니다
나는 당신을 안고 물을 건너갑니다
나는 당신을 안으면 깊으나 얕으나 급한 여울이나 건너갑니다

만일 당신이 아니 오시면 나는 바람을 쐬고 눈비를 맞으며 밤에서 낮까지 당신
을 기다리고 있습니다
당신은 물만 건너면 나를 돌아보지도 않고 가십니다그려

그러나 당신이 언제든지 오실 줄만은 알아요
나는 당신을 기다리면서 날마다 낡아갑니다

백담사 만해마을 외,
한용운

나는 나룻배

당신은 행인

- 「나룻배와 행인」 전문

　사랑하는 임에 대한 변함없는 애정을 보이며 반드시 만날 날이 있으리라는 확고한 민음과 의지에 찬 한용운의 시들은 이별을 낙관적이고 긍정적으로 바꾸어낸다. 그리고 이런 감정은 "우리는 만날 때에 떠날 것을 염려하는 것과 같이 떠날 때에 다시 만날 것을 믿습니다./ 아아, 님은 갔지마는 나는 님을 보내지 아니하였습니다."와 같은 역설을 통해 더 강하게 표현된다.

　만해 한용운은 한국 고유의 '님'이라는 말을 통해, 독립운동가로서의 목소리, 불교계 지도자로서의 목소리를 들려준다. 그리고 최종적으로는 사랑을 노래한 시인으로서의 목소리를 들려준 위대한 인물이다.

'심우장'에서 마지막 숨을 거두다

　서울 한강을 건너 호국 정신의 성지인 남한산성 안으로 들어서면, 그곳에는 평생을 만해 한용운 연구에 몰두한 전보삼 교수가 꾸며놓은 만해 기념관이 있다. 개인 소유의 기념관으로서 이 정도 규모와 내용을 갖추기란 쉽지 않을 것이다.

　경기도 광주시 중부면 산성리에 위치한 이 만해 기념관에는 우리 국문학사의 희귀본인 『님의 침묵』 초간본, 100여 종의 판본, 세계 각국의 언어로 번역된 시집 『님의 침묵』과 각종 저술, 그리고 3·1 운동으로 잡혀들어간 후 옥중에서 맹렬한 독립론을 전개한 기록을 보여주는 각종 신문 자료, 만해 관련 연구, 학술 논문 600여 편 등이 전시되고 있다.

백담사 경내에 있는 만해 기념관보다 결코 적지 않은 자료들에 어안이 벙벙한 채 밖으로 나오면 잘 조성된 뜰이 마치 저택의 정원과도 같다. 한쪽에 백담사의 것과 똑같은 모양의 「나룻배와 행인」의 시비가 눈에 들어오고, 건물에서 살짝 비켜간 곳에서는 동자승이 두 팔을 활짝 벌린 채 천진난만한 표정으로 방문객의 마음을 사로잡는다.

조선 팔도 어디인들 만해 사상의 흔적이 없겠는가만, 만해가 임종을 맞은 곳은 '심우장尋牛莊'이다. 혜화동 로터리에서 경신고교 언덕을 넘어가거나, 4호선 전철 한성대입구역을 나와서 성북동을 향해 걷다 보면 오른쪽으로 월북 작가 이태준의 고택, 수연산방을 만난다. 거기서 좌측 길 골목으로 30여 미터 언덕으로 오르면 초라한 푯말 하나가 서 있는 심우장을 만나게 된다.

만해는 1944년 5월 9일 서울 성북동의 이 심우장에서 중풍으로 세상을 떠났다. 그를 위해 동지들이 지어준 심우장은 '소를 찾는 곳'이라는 뜻이다. 이때 '소'는 본성을 빗댄 것으로 '잃어버린 본성을 찾는다'는 뜻이니, 심우장이란 결국 불교의 '무상대도無上大道이보다 더 높을 수 없는 큰 도를 깨치기 위해 공부하는 집'이란 뜻이다.

김광섭의 시 「성북동 비둘기」로 알려진 성북동 좁은 산비탈에 있는 이 집은 여름에는 덥고 겨울에는 추운 북향이다. 그것은 '남향으로 하면 돌집조선 총독부을 바라보게 될 터'라며 남향을 거부한 만해의 뜻을 따른 까닭이다.

만해는 동지들에 의하여 미아리 화장장에서 다비식을 치른 뒤 망우리 공동묘지에 묻혔다. 육신의 고향인 홍성과 정신의 고향인 백담사가 하나로 합쳐서 서울 심우장에서 한 줌의 재로 돌아간 것이다. 만해 한용운이 67세로 입적하기까지 군불도 때지 않은 채 여생을 보낸 곳, 그 심우장은 현재 서울시 지정 107호의 문화유적지로 지정되어 있다.

충남 홍성읍, 한용운 동상

서울 성북동, 심우장

전인적 인간, 만해

만해 한용운은 삶의 현장 곳곳에서 투철한 역사의식을 가지고, 그 깨달은 바 진리를 한 치의 흐트러짐도 없이 실천한 지조의 인간이다. 3·1 운동의 주동자로 체포된 뒤 법정에서 일본인 검사나 취조관들의 간담을 서늘하게 한 최후 진술은 제쳐두더라도 그가 진리의 불덩어리요, 정의의 화신임을 말해주는 일화들은 수없이 많다.

청렴, 강직, 그리고 철저한 지조와 배일排日로 이어지는 숱한 일화 중 "나는 조선 사람이다. 왜놈이 통치하는 호적에 내 이름을 올릴 수 없다."라고 하며 평생을 호적 없이 살았다는 일화가 내게는 가장 인상적이었다. 시 「당신을 보았습니다」에 나오는 "나는 민적이 없습니다"란 말은 시적 표현이 아니라 선생의 실제 삶이었던 것이다. 선생은 또 "일본 놈의 백성이 되기는 죽어도 싫다. 왜놈의 학교에도 절대 보내지 않겠다."라고 하며 손수 어린 외동딸의 공부를 집에서 가르쳤다고 한다.

만해는 한때는 가까이 지낸 동지였으나 역사의 흐름에 대한 오판으로 일제의 품에 안기고 만, 그래서 창씨개명을 하거나 학병 권유 등 친일 변절 행위를 일삼았던 주변 인사들에 대해서는 더욱 추상같이 호령하였다. 3·1 운동 당시 동지였던 최린이나 당대 최고의 소설가인 이광수가 찾아왔을 때에도, "가서 없다고 그러오. 꼬락서니조차 보기 싫으니…….", "네 이놈, 보기 싫다! 다시는 내 눈앞에 나타나지 마라!"라며 내쫓기 일쑤였는데, 3·1 운동 때 독립선언서를 지었으나 변절한 뒤 중추원참의라는 관직을 맡은 육당 최남선을 길에서 만났을 때는 이보다 더했다.

"만해 선생, 오래간만입니다."
그러자 만해는 이렇게 물었다.
"당신, 누구시오?"
"나, 육당 아닙니까?"
만해는 또 한 번 물었다.

백담사 만해마을 외,
한용운

"육당이 누구시오?"

"최남선입니다. 잊으셨습니까?"

그러자 만해는 외면하면서,

"내가 아는 최남선은 벌써 죽어서 장송葬送했소."

-김관호, 「심우장 견문기」 중에서

이렇게 말하고는 뒤도 돌아보지 않고 가버렸다니 최남선의 얼굴이 아무리 두꺼웠다한들 홧홧 달아오르지 않았을까 싶다.

또 한 번은 당시 총독부의 어용단체였던 31본산 주지 회의에서 강연을 요청했을 때의 일이다. 가지 않겠다고 했으나 그들이 계속 초청을 하자 마지못해 그 자리에 간 만해는 단상에 올라 이렇게 말했다고 한다.

■　　"세상에서 제일 더러운 것이 무엇인지 아십니까?"

하였으나 청중은 아무런 대답을 하지 않는다. 만해는,

"그러면 내가 자문자답을 할 수밖에 없군. 제일 더러운 것을 똥이라고 하겠지요. 그런데 똥보다 더 더러운 것은 무엇일까요?"

하고 말하였으나 역시 아무런 대답이 없다.

"그러면 내가 또 말하지요. 나의 경험으로는 송장 썩는 것이 똥보다 더 더럽더군요. 왜 그러냐 하면 똥 옆에서는 음식을 먹을 수가 있어도 송장 썩는 옆에서는 역하여 차마 먹을 수가 없기 때문입니다."

그러고는 다시 청중을 훑어보고,

"송장보다도 더 더러운 것이 있으니 그것이 무엇인지 아십니까?"

하고 한 번 더 물었다. 그러면서 만해의 표정은 돌변하였다. 뇌성벽력같이 소리를 치며,

"그건 삼십일본산 주지 네놈들이다!"

하고 말하고는 뒤도 돌아보지 않고 그곳을 박차고 나와버렸다.

-김관호, 「심우장 견문기」 중에서

　모르긴 몰라도 그곳에 모인 31본산 주지들의 간담이 서늘해지지 않았을까 싶다. 이처럼 만해는 절개가 곧고 굳은 데다 불의에 있어서는 아무리 사소한 잘못도 용납하지 않는 준엄한 성품이었기에 주위 사람들은 선생을 따르는 한편 두려워했다고 한다. 그러나 그의 시가 지닌 아름다움을 통해서 짐작할 수 있듯 만해의 성품이 마냥 엄격하기만 했던 것은 아니었다. 심우장에 있을 당시 그의 제자들은 밤늦도록 선생의 이야기를 청해 듣다가 방 한 구석에서 잠이 들 때가 많았다고 한다. 그러면 만해는 잠든 제자들을 따뜻한 구들목에 옮겨 눕히고 이불을 덮어준 뒤 자신은 냉랭한 윗목에서 참선을 하고 있을 때가 많아 새벽에 깨어난 제자들을 종종 몸 둘 바 모르게 했다니 말이다.

　누군가는 이렇게 말했다. "인도에는 간디가 있고, 조선에는 만해가 있다."라고. 지칠 줄 모르고 타올랐던 그의 삶과 행동이 오늘을 사는 우리에게 던지는 질문들은 무엇이며, 우리가 이어받아야 할 정신의 자세는 어떤 것인가를 되살펴볼라치면 그저 선생 앞에서 부끄럽고 죄스러울 뿐이다. 그럼에도 방향을 잃고 허둥대는 이 시대 한국인에게, 그리고 '가갸글'을 가르치는 국어 교사에게 만해 한용운은 아직도 빛나는 삶의 지표가 되고 있음을 밝히는 바이다.

'님'만 님이 아니라
기룬 것은 모두 님이어라

소록도

파랑새가 되고
싶었던 천형의
시인

한
하
운

문둥병, 나병, 한센병

어린 시절 문둥이한테 잡아먹힐까 봐 그 동네로는 무서워서 다니지도 못하던 시절이 내게도 있었다. 1970년대, 여학생 시절에 즐겨보던 잡지 〈여학생〉에 실린 연재 소설 「사슴의 마을」의 주인공 소녀는 주말만 되면 나병 환자인 엄마를 보러 소록도에 갔다. 하룻밤을 자고나서 슬퍼하는 엄마의 배웅을 뒤로 한 채 배를 타고 학교로 돌아오는 그 아이의 이야기를 읽으며, 나병이 어린애를 잡아먹는 무서운 병은 아니라도 함께 있으면 안 되는 몹쓸 병이라고 믿었다.

세월이 많이 흐른 다음, 서정주 시인의 「문둥이」라는 시에서 "해와 하늘빛이 문둥이는 서러워/ 보리밭에 달 뜨면 애기 하나 먹고…"라는 구절을 보며 나병 환자를 괴물처럼 대하며 꺼려한 건 나만이 아니었다고 안도감에 젖기도 하였다.

나균에 의해 감염되는 나병은 예나 지금이나 흔한 질병은 아니지만, 일단 병에 걸리면 얼굴과 손, 발 등 외부로 노출된 거의 모든 부분이 썩어들어간다. 지금은 초기에 발견하고 치료하면 완치가 되지만, 옛날엔 천형병天刑病이라고 부를 정도로 무서운 불치병이었다. 병인지 무엇인지도 모른 채 얼굴과 손발이 썩어 문드러진 그 사람들을 우리는 그저 두려운 대상으로밖에 보지 않았던 것이다. 처음에는 '문둥병'으로, 나중에는 나균이 원인이 되어 생기는 만성 질환이라는 데서 '나병'으로, 지금은 나병의 병원균을 최초로 발견하고, 이 병이 유전이 아니라 접촉에 의한 병임을 밝혀 낸, 그리고 약을 개발한 노르웨이의 의학자 한센의 이름을 따서 '한센병'이라 부르 고 있다. 나병은 전염병도 아니고 유전도 되지 않는다. 나병 환자들이 어린 아이를 잡아먹지 않는다는 것은 두말할 필요도 없다.

슬픈 운명의 한태영

나병에 대한 이런 잘못된 속설들과 힘겹게 싸우며 불운한 세월을 한숨으로 보내 다가 쓸쓸히 죽어간 시인이 있다. 한하운$^{1919~1975}$으로 알려진 그의 본디 이름은 한 태영. 그는 함경남도 함주군 동천면 쌍봉리 부잣집에서 태어나 부족할 것 없는 어린 시절을 보냈다. 그의 자서전이라 할 「나의 슬픈 반생기」에 따르면 한하운은 2남 3녀 중 장남으로 태어났고, 그의 집은 함흥 지방에서는 떵떵거리며 살던 권세 좋은 부잣 집이었다. 시련은 그가 이리농림학교 5학년 졸업반이던 1936년 봄에 찾아왔다.

오학년 때 봄이었다. 팔 다리에 심한 신경통이 생겨 밤잠을 잘 수가 없고 이 고통 이 지난 뒤에는 몸 전체의 말초부 양역에 콩알 같은 결절이 생겼다. (중략) 그리하 여 성대(현 서울대) 부속병원의 진찰을 받았다. 기다무라 박사는 신경을 만지고 바 늘로 피부를 찌르곤 하였다. 진찰이 끝난 뒤 조용한 방에 나를 불러놓고 마치 재판 장이 죄수에게 말하듯이 문둥병이니 소록도小鹿島로 가서 치료를 하면 낫는다고 하면서 걱정할 것 없다고 하였다. 나는 뇌성벽력 같은 이 선고에 앞이 캄캄하였다.

이리농림학교를 졸업할 무렵에 그의 병은 다소 낫는 듯하다가 또다시 병세가 악 화되기를 거듭했다. 그러다가 당시로선 쉽지 않은 중국 북경대학에 유학까지 다녀와 함경남도 도청 축산과에 근무하던 중 1945년에 다시 나병이 찾아왔다.

　　　　나는 내 몸에 이상이 오는 것을 느꼈다. 결절이 콩알같이 스물스물 몸의 양역
　　에 울뚝불뚝 나타나는 것이었다. 검은 눈썹은 자고 나면 자꾸만 없어진다. 코가
　　막혀서 숨을 제대로 쉬지 못하고 말은 코 먹은 소리다. 거울을 보니 사람의 얼굴
　　이 아니라 바로 문둥이 그 화상이었다. (중략) 하루는 상사가 부른다. "문둥병이
　　아닌가?"라고 한다. 빨리 치료를 하라는 것이었다. 이제는 그만이다. 세상아! 잘
　　있거라 하면서 나는 창황히 집으로 돌아왔다.

　그는 집 근처에 도착해서도 주위사람들의 눈을 피하느라 쉽사리 가지 못하고 있
다가 캄캄해진 다음에야 겨우 집으로 들어갈 수 있었다. 그리고 그때부터 두문불출
하며 때 아닌 징역살이를 해야 했다. 당시 나병에 대한 사회적 인식을 생각하면 그
와 그의 가족이 받았을 고통은 상상을 초월했으리라.

　　　　나의 이름과 이름이 소유하던 영혼과 육체가 지옥으로 갔으리라고 생각할 때
　　목이 메어 울음보다도 늦은 봄 계절에 우는 꿩같이 목이 찢어지는 것이었다. 나
　　는 나의 이름과 그 이름을 소유하던 시절을 회상하여 본다. 정말로 행복하였다는
　　마음이 사무친다. 나는 고요히 한태영아, 잘 가거라 하고 한 마디 마지막으로 외
　　어보는 것이었다. 나는 어머니보고 이제는 본 이름을 아예 부르지 말라고 하였
　　다. 그리고 하운이라고 불러달라고 하였다.

　그 무렵부터 1948년 그가 월남할 때까지의 4년간이 가장 처절한 투병 기간이었
다. 그는 죽음을 통해서 자유를 구가하려고 했다. 이름마저 '태영'이라는 본명을 버
리고 '하운何雲'이라고 고친 뒤 1948년, 공산당의 지배를 피해 남쪽으로 내려와 한
동안 걸인으로 유랑생활을 했다. 1949년에 시 「전라도 길」이 처음 〈신천지〉에 발표

소록도 나환자촌,
한하운

된 사실로 보아 이 시는 그가 유랑생활을 하던 무렵에 쓴 것으로 보인다. 이후 그는 인천시 부평에서 성혜원, 신명보육원을 설립하여 운영하는 한편, 1953년 대한 한센 연맹위원회 회장으로 있으면서 죽을 때까지 나병 환자들을 위해 많은 일을 하였다고 전한다.

1949년에 첫 시집 『한하운 시초』를 발표한 이후 1955년에 두 번째 시집 『보리피리』를, 1956년에 세 번째 시집 『한하운 시 전집』을 펴내면서 그는 자신과 환우들을 대신하여 나병으로 인한 고통과 슬픔을 노래하며 문단의 주목을 받았다. 온전한 인간이 되기를 바라는 나병 환자들의 간절한 염원을 작품 속에 실었던 것이다.

서러운 길, 전라도 길, 소록도 가는 길

간밤에 얼어서
손가락이 한 마디
머리를 긁다가 땅 위에 떨어진다.

이 뼈 한 마디 살 한 점
옷깃을 찢어서 아깝게 싼다
하얀 붕대로 덧싸서 주머니에 넣어둔다.

날이 따스해지면
남산 어느 양지 터를 가려서
깊이 깊이 땅 파고 묻어야겠다.

– 「손가락 한 마디」 전문

한번 나병에 걸리고 나면 몸의 일부분이 자꾸만 이렇게 소멸해간다고 한다. 추운 겨울밤을 보내는 사이 얼어붙은 손가락이 머리를 긁다가 떨어져나가다니, 상상만으로도 기가 막히는 정황이 아닐 수 없다. 세상 살다 보면 갖가지 불행을 만나기도 하지만 자기 몸이 썩어들어가는 것을 제 눈으로 목격해야 하는 일보다 더 큰 불행이 또 있을까?

　그의 시에서 아름답다거나 영롱한 시어들을 발견할 수는 없지만 담담하게 읊어나가는 글귀의 마디마디가 읽는 이의 가슴을 저리게 하는 시적 표현과 만나게 된다.

■　가도 가도 붉은 황톳길
　숨 막히는 더위뿐이더라.

　낯선 친구 만나면

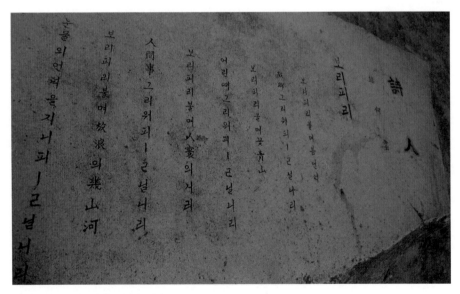

고흥군 소록도 중앙공원, 「보리피리」 시비

우리들 문둥이끼리 반갑다.
천안 삼거리를 지나도
쑤세미 같은 해는 서산에 남는데.

가도 가도 붉은 황톳길
숨막히는 더위 속으로 쩔름거리며
가는 길…….

신을 벗으면
버드나무 밑에서 지까다비를 벗으면
발가락이 또 한 개 없다.

앞으로 남은 두 개의 발가락이 잘릴 때까지
가도 가도 천리 먼 전라도 길

- 「전라도 길」 전문

시인은 이 시의 부제를 '소록도 가는 길에'라 했다. 일제강점기만 하여도 한번 이 곳으로 쫓겨가면 아무리 발버둥을 쳐도 나올 수 없는 감옥소나 다름이 없었지만, 해 방 후에는 나환자들이 스스로 찾아가는 인간 세상 아닌 인간 세상이 소록도였다. 슬 프다거나 울고 싶다는 말 한 마디 없지만 이 시를 읽어나가노라면 절로 가슴 미어지 고 아픔이 전해져온다.

■   나는
      나는

죽어서
파랑새 되어

푸른 하늘
푸른 들
날아다니며

푸른 노래
푸른 울음
울어 예으리

나는
나는
죽어서
파랑새 되리

- 「파랑새」 전문

　「보리피리」와 함께 중학교 국정 교과서에 오래도록 실렸던 「파랑새」는 구조와 내용이 단순하고 초점도 명확하여 학생들이 쉽게 이해하고 공감하는 시이다. 아마도 이 시는 한하운이 나환자 수용소에 있을 때의 경험을 바탕으로 한 것인 듯하다. 그렇기에 '파랑새'가 되어 '푸른 노래 푸른 울음'을 울고 싶어 하지 않았겠는가. 보통 사람들보다 우울한 사람들이 더 푸른빛을 좋아한다는 어떤 심리학자의 말을 빌리지 않더라도 푸른빛은 어딘가 슬픔이 깃든 빛깔이다.

소록도, 당신들의 천국

　남해고속도로에서 승주나 순천 나들목으로 나가면, 마치 밥통처럼 생긴 고흥반도로 빠지는 길을 만나게 된다. 낭만을 좋아하는 사람이라면 부산에서 경상도와 전라도를 잇는 경전선을 타고 하염없이 가다가 벌교역에서 내려도 좋다. 하지만 돌아서 가는 것이 싫다면 남해고속도로에서 순천 나들목으로 나와 산업도로를 타고 고흥을 경유하면 소록도와 연결된 소록대교까지 일사천리로 갈 수 있다.

　다리가 놓이기 전에는 벌교 근처의 녹동 항구에서 배를 타야 아기 사슴을 닮았다는 섬 소록도에 갈 수 있었다. 나환자촌이 전국에 여럿 있었지만 이 소록도가 대표적인 데는 이 섬의 역사와 관련이 깊다.

　일제강점기였던 1917년 5월, 조선총독부령 제7호에 의해 '소록도 자혜의원'이 맨 처음 설립되었다. 이 소록도 자혜의원은 나중에 '소록도 갱생원'으로, 다시 '국립나병원'을 거쳐 지금은 '국립 소록도병원'으로 바뀌었다. 지금은 주민이라고 해봐야 의사와 간호사 가족, 그리고 환자들이 대부분이고, 환자들 또한 지금은 거의 치료가 되어 재활 치료를 받는 정도이다.

그러나 일제강점기였던 1935년에는 전국의 부랑 나환자들을 강제로 이곳에 수용하여 그 수가 최고 6만 5천여 명이나 되었다고 한다. 당시 병원장에게는 '조선총독부 나요양소 환자 징계검속규정'에 따라 막강한 권력이 주어져서 지시에 따르지 않거나 문제를 일으킨 환자들은 강제로 가두고 굶기기까지 했다고 한다. 그 증거가 되는 감금실과 검시실이 오늘날까지 남아 있어 이 건물들은 현재 일반인에게 공개되고 있다. 검시실은 시체를 해부하고, 후손을 볼 수 없게 하기 위하여 정관(단종)수술을 하던 장소였다고 한다.

치료약이 개발되기 전까지 한센병은 신에게 버림받은 불치의 병이라고 믿었다. 그래서 '몰라 3년, 알아 3년, 썩어 3년'이라 했다고 한다. 이 말은 '병인 줄 모르고 3년, 알고도 손쓸 방법이 없어 우물거리다 3년, 병이 커져 상처 부위가 감염되어 부패하고, 눈멀고 팔다리가 잘린 채 살다 죽는 3년'이라는 한센인들 사이의 자조적 표현이다.

자료관과 역사관의 전시실에서 이들의 3중, 4중의 고통을 둘러보는 마음이 편할 리 없다. 역사관 안 전시실에는 손가락이 없는 환자들이 직접 옷을 지어 입기 위해 생각해낸 '단추 끼우는 기구' 외에도 그들만의 특별한 기구들이 전시되어 있다. 이곳의 전시물들을 보면서 그동안 그들이 세상을 만나기 위해 애타게 기다리고 있었구나 하는 것을 짐작할 수 있다.

낙원은 우리가 만들 때 낙원이다

1980년대 초 처음 소록도에 갔을 때는 외부 사람들을 철저히 통제하는 바람에 간신히 현직 교사임을 증명하고서야 안내인을 따라 들어간 적이 있다. 소록도의 빼어난 자연 풍광은 말로 다할 수 없을 정도로 아름다웠다. 일제강점기에 일본인 원장이 '너희들의 천국을 만들어주겠다'는 명분 아래 6천여 명의 환자를 동원하여 살인적인

공사 끝에 지었다는 중앙공원에는 남국의 상록수들이 예술 작품처럼 빼곡히 늘어서 있고, 짙은 초록 잔디가 깔려 있어 그 이국적인 풍경에 입이 떡 벌어질 정도이다.

공원 건너편에는 넓은 축구장이 있고, 공원 중앙에는 누구나 볼 수 있도록 '나병은 낫는다'라고 쓴 '구라탑救癩塔'이 미카엘이라는 하얀색 천사 상을 받치고 서 있다. 공원 왼쪽 둔덕에는 너럭바위처럼 생긴 커다란 돌에 한하운의 시「보리피리」가 새겨져 있다. 나중에야 알았지만 이 돌은 중앙공원을 조성하는 과정에 인근 섬에서 한센인들이 목숨을 잃어가며 옮겨온 돌인데, 해방 후 그 당시 이곳에 있던 한센인들이 한하운 시인의 시를 새겼다고 한다.

소록도는 가히 천국과도 같이 보였다. 그러나 그곳이 '우리들의 천국'이 아닌 '당신들의 천국'이었다는 사실은 이청준의 소설『당신들의 천국』(문학과지성사, 1996)을 보면 잘 드러나 있다. 이청준은 1954년 처음 소록도에 갔을 때, 아름답게 가꾸어진 쪽은 단지 직원 지대일 뿐, 철조망으로 가로막힌 섬의 다른 한쪽, 소위 병사 지대 혹은 환자 지대의 시설이나 풍광과는 너무도 다른 느낌에서 오는 의문 때문에 이 소설을 쓰게 되었다고 한다. 이 작품은 한센병 환자가 있는 소록도 병원에서 일어나는 원장과 환자 간의 갈등을 다룬 것이다. 일제강점기에 실제로 있었던 '소록도 반란'과 '일본인 원장이 칼 맞고 죽은 사건'을 소재로 하여 쓴 것이다.

1916년 초대 일본인 원장이 부임한 이래로 이 '천국 만들기' 대사업은 원장이 바뀔 때마다 더해져, 4대 수호 원장은 소록도를 세계 최고의 '나환자 요양 시설'로 만들겠다는 명분으로 원생들을 노예처럼 부리고, 자신의 동상을 세워 참배까지 하게 하였다. 당시 강제 노역으로 이리 죽고 저리 죽은 환자들이 상당수였다고 한다. 결국 1942년 6월 자신의 동상 앞에서 사열을 받던 중 한 환자가 원장의 가슴에 칼을 꽂았다. 피살된 수호 원장은 소설『당신들의 천국』에서 '주정수'라는 인물로 재구성된다.

■　　　주정수에게는 더할 수 없는 동기와 훌륭한 명분이 있었다. 문제는 오히려 그

소록도 공원 중앙에 위치한 구라탑.
미카엘 대천사장이 나병을 무찌르는 모습을 하고 있다.

명분의 지나친 완벽성, 명분이 너무도 훌륭했기 때문에 아무도 그 명분에는 입을 열어 말을 할 수 없었던 명분의 독점성이었다. 게다가 명분이라는 것은 언제나 힘 있는 자의 차지였다. (중략) 주정수의 명분은 물론 낙원이었다. (물론) 문제는 명분이 아니라 그것을 갖게 되는 과정이었다. 명분이 과정을 속이지 말아야 한다. 명분이 제물을 요구하지 않아야 한다. (중략) 게다가 큰 명분의 뒤에는 알게 모르게 늘 누군가의 동상이 그림자를 드리우게 마련이었다.

『당신들의 천국』은 분명 소록도의 역사를 배경으로 하고 있다. 하지만 작가는 이 작품을 통해 소록도만의 문제가 아니라 이 시대와 역사와 현실을 향하여 외치고 싶었던 것이 아닐까? 그 말은 아마도 작품 속에서 소록도를 지상낙원으로 가꾸려 했던 주원장에게 한 말과 다르지 않을 것이다.

낙원은 우리가 만들어야 하는 것, 누군가 자신의 명예와 영달을 위하여 만들어 준 것은 낙원이 아니다. 그것은 오직 당신들의 낙원일 뿐이지 우리에게는 지옥이다.

즉 지금까지 많은 정치적 지도자들이 새로운 바람을 일으키며 등장했지만, 결국 그것은 '당신들의 개혁'이지 '우리들의 개혁'이 아니라는 말을 하고 싶었던 것은 아닐는지.

절망적이고 외로울 때면 한하운의 시를 읽자

사는 게 팍팍하고 힘에 겨울 때, 우울한 마음이 감기처럼 덮쳐와 삶에 대한 면역력이 떨어졌을 때 우리에게 삶에 대한 희망을 주는 것은 역설적이게도 나보다 더 힘에 겨운 사람들, 출구가 보이지 않을 것 같은 절망 속에서도 해맑고 씩씩하게 살고 있는 사람들을 만날 때이다.

어느 해 여름, 소록도 공원을 뒤로 하고 배에 오르니 반바지에 줄무늬 셔츠를 입은 열두어 살짜리 건강한 소년 옆에 눈이 빨갛고 입과 팔이 일그러진 아버지가 앉아 있었다.

방학이 되어 부모와 함께 있으려고 찾아온 어린 아들이 아빠의 목을 꼭 껴안고 있는 모습을, 아버지가 나병 환자라는 것을 전혀 부끄러워하지 않는 듯 천진하고 명랑한 소년의 모습을 한참 지켜보았다. 뱃삯을 받으러 사공이 앞으로 오자 소년의 아버지가 왼쪽 가슴에 붙은 호주머니에서 돈을 꺼내려고 하는데 손가락이 없으니 동전이 잘 꺼내지지 않아 몇 번이나 헛손질을 한다. 내가 '도와줘야 하나, 어쩌나' 망설이고 있는데 아빠의 목을 안고 있던 아들이, "아빠, 내가!" 하고는 왼팔로는 여전히 아빠의 목을 꼭 안은 채 아빠의 셔츠 주머니 속으로 오른 손을 쏙 넣어 동전을 꺼내더니 사공에게 주는 게 아닌가. 지극히 간단한 동작, 아무것도 망설이거나 부끄러울 게 없는 어린아이다운 자연스러운 모습에 순간 가슴이 뭉클해졌다.

녹동 항구에서 고흥으로 가기 위해 돌아서면서, "아드님이 아주 똘똘하게 생겼네요. 공부도 잘하겠어요."라고 하자 아들을 칭찬해주어서 고맙다는 뜻인가, 아이의 아버지는 몇 번이고 안녕히 가시라고 허리를 굽혔다. 어버이의 마음은 한결같아라.

"선생님, 안녕!"

수줍은 듯 인사하는 열세 살짜리 소년의 모습이 "아빠, 내가!" 하며 아빠 목에 팔을 꼭 두르고 있던 모습과 함께 오래도록 따뜻하게 가슴에 남아, 돌아오는 길은 괜스레 이 세상 모든 인류에 대한 사랑으로 마냥 가슴이 부풀어오르는 듯하였다.

지금 소록도는 일반인의 출입을 허용하고 있다. 육지에서 섬을 잇는 소록대교를 개통한 뒤로 더 이상 천형의 땅이 아닌 정겹고 아름다운 섬으로 바뀌어가고 있는 중이다. 시인이 절망과 싸우면서 찾아갔던 그 길, 소록도와 녹동 항구를 잇는 한센인들의 한 서린 뱃길도 사라졌으니, 저 소록도 다리가 진정 인권 회복의 다리가 되기

소록도 나환자촌,
한하운

소록도와 고흥반도를 연결하는 소록대교. 소록도는 이제 더 이상 고립된 섬이 아니다.

를 기대해도 좋지 않을는지.

살아가면서 아주 가끔씩은 생각해보자. 세상 사람들과 유리된 채 절망적인 유랑생활을 해야 했던, 그 유랑생활의 고독 속에서 고향과 어린 시절, 그리고 세상이 그리워 보리피리를 불던 시인 한하운을 말이다. 그러면 나 혼자만 고통을 겪고 있다는 억울함이나 외로움에서 잠깐이나마 벗어날 수 있지 않을까.

삶이 고단하고 빛이 보이지 않을 때, 그리움도 희망도 사라지고 오직 좌절과 절망만이 나를 휩쌀 때, 그럴 때 평생 문둥이라는 멍에를 안고 손가락질을 받던 시인 한하운의 시를 한 편 읊조려본다면 분명 새로운 희망이 보이리라 믿는다.

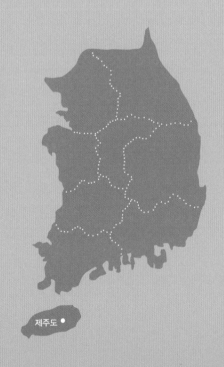

제주도

제주도

4·3보다 더
무서운 것은
4·3을 잊는 것

현
기
영

유채 꽃 뒤에 숨겨진
제주의 비극

　작가 현기영[1943~]은 제주시에서 태어나 오현고등학교를 거쳐 서울대학교 영어과를 졸업하였다. 1975년 단편 「아버지」로 등단하여, 제주도 4·3 사건을 최초로 고발한 단편소설 「순이 삼촌」을 필두로 왜곡된 역사 구조, 정치권력과 이념에 희생된 제주 민중들의 이야기를 잇달아 발표했다.

　현기영을 이야기하자면 '제주 4·3'을 빼고는 아무것도 말할 수 없다. 이 사람만큼 작가 생활 30년 동안 한눈 한번 파는 법 없이 제주 4·3 사건이라는 주제 하나를 일관되고 집요하게 파헤쳐온 사람도 드물 것이다. 그의 이런 뚝심과 고지식함은 일종의 소명 의식에서 비롯된 것이다.

　그는 '4·3'이라는 역사적인 아픔을 안고 있는 제주도가 이국적인 정취를 풍기는 관광지로 굳어져가고, 온 섬을 노랗게 물들이는 유채 꽃밭과 오름에서 희희낙락하는 선남선녀들에게 제주의 비극이 점점 잊혀간다는 것이 마음 아프다. 아프기 때문에 더욱 '알려야 한다'는 소명감을 그는 '문학'이라는 이름으로 실천하려 하였고, 이것은 작가로서뿐만 아니라 제주 사람으로서 그가 스스로에게 준 의무이자 숙명이기도 하다.

제주 너븐숭이마을,
현기영

옴팡밭과 제주 바다

　'제주 4·3 사건 진상규명 및 희생자 명예회복에 관한 특별법'에 따르면, '제주 4·3 사건'은 1947년 3월 1일을 기점으로 하여 1948년 4월 3일 발생한 소요 사태 및 1954년 9월 21일까지 제주도에서 발생한 무력 충돌과 진압 과정에서 주민들이 희생당한 사건을 말한다. 즉 광복 이후 제주도 '5·10 총선거'에서 남한만의 단독정부 수립에 반대한 남로당 제주도위원회의 무장봉기와 미 군정의 강압이 계기가 되어 일어난 민중 항쟁이다.

　1978년에 발표된 현기영의 단편 「순이 삼촌」은 1948년 4·3 사태 당시 북제주군 조천읍 북촌리 너븐숭이 마을 479명의 주민이 군경과 서북청년단 등 토벌대에 의해 희생당한 사실을 토대로 쓴 1인칭 소설이다. '북촌리 대학살'을 문학으로 형상화한 이 작품은 그 끔찍한 학살의 현장에서 구사일생으로 살아남은 '순이 삼촌'이 그날의 아픈 기억에서 벗어나지 못한 채 불행한 삶을 이어가다가 끝내 두 자식이 묻힌 그 살육의 현장 옴팡밭에서 스스로 목숨을 끊는다는 비극적인 이야기다.

　이 이야기는 4·3 사건이 한 사람의 영혼을 어떻게 파괴했는지, 그리고 그때의 그 학살을 둘러싼 사람들의 기억이 수십 년 동안 어떤 갈등 관계를 이루고 있는지를 잘 보여준다. 이 작품이 국가 폭력 상황이나 총체적인 사건의 전모를 담아내는 데는 다소 아쉬움이 있다든가, 엄청난 양민이 죽은 사건을 '떼죽음'으로 압축한 것은 단편이 지니는 한계일지도 모른다.

　그러나 금기의 역사였던 4·3 사건을 30년 만에 세상 밖으로 불러내는 데는 죽음을 각오한 용기가 없고서는 불가능했음을 알아야 할 것이다. 이 소설로 인해 보안사에 끌려가 모진 고문을 당하는 등 많은 고초를 겪었으나, 지금도 '시대의 아픔이 내 성장의 자양분'이라고 말하는 작가의 이 작품은 문학사적으로도 역사적으로도 그 의의가 크고도 무겁다.

시대의 아픔이 내 성장의 자양분

『지상에 숟가락 하나』는 1999년 출간과 동시에 언론과 문단의 뜨거운 찬사를 받은 작품이다. 출간한 지 어느새 10년이란 세월이 훌쩍 지났음에도 여전히 우리 문학사에 한 획을 그은 중요한 작품으로 평가받고 있지만 청소년들이 한 호흡으로 단번에 읽어나가기는 녹록치 않다.

이 작품은 한국 현대사의 심장부를 흐르는 서사적인 사건과 남도의 대자연 위에 펼쳐지는 서정적인 흐름이 조화롭게 어울려 있어 아름답고 신비스럽기까지 하다. 그러나 작가가 유년시절 겪어야 했던 제주도 4·3 사건과 6·25 전쟁에 대한 체험이 소설의 큰 얼개를 담당하고 있기 때문에 이런 역사적인 사건에 대한 배경지식 없이는 이해하기 힘들기 때문이다.

현기영의 다른 작품도 마찬가지다. 제주 4·3 사건의 희생자를 다룬 「순이 삼촌」을 비롯하여 해녀들의 항일 투쟁을 다룬 『바람 타는 섬』, 그리고 새로운 세상을 꿈꾸었던 노비 출신 혁명가 이재수의 항거를 다룬 『변방에 우짖는 새』, 한 노인의 실수로 무참하게 살육된 어느 일가족을 그린 「마지막 테우리」 등 모두가 제주의 역사적인 배경을 알아야만 이해할 수 있는 작품들이다.

자전적 성격이 강한 『지상에 숟가락 하나』에서 작가는 시간을 거슬러 올라가, 태어나서부터 자아가 형성되는 고등학교 이전 까지를 작품의 무대로 삼고 있다. '나'를 키워낸 자연과 마을 공

제주 너븐숭이마을,
현기영

동체가 모두 작품의 주인공인 이 작품은 막막한 제주의 바다에 갇혀서 외로움을 삭이던 섬 소년이 어엿한 문학청년으로 커가는 과정과 역사의 무게, 그리고 그에 따른 비극적인 가족사를 마치 한 편의 파노라마처럼 펼쳐낸다. 흉흉한 세월 속에서도 한 사람의 성장기가 이토록 풍요롭고 아름다울 수 있을까. 이것은 현기영 문학의 힘이라고 볼 수밖에 없다.

■　　　이 소설을 쓰고 있는 동안 나는 무척 설레었고 행복했습니다. 잊혀진 내 유년의 기억을 좇아 찾아가는 그 시간 여행에서 나는 지난 내 인생을 다시 한 번 살아 보는 느낌이었습니다. 나를 키운 것은 부모님만이 아닙니다. 제주의 자연, 유년의 친구들, 중학 시절의 독서, 이런 것들이 나를 성장시키는 데 큰 몫을 했고, 내 문학을 결정지은 토양이 되었습니다.

－『지상에 숟가락 하나』(실천문학사, 1999),「작가의 말」중에서

지상에 숟가락 하나

『지상에 숟가락 하나』는 아버지의 죽음에서 시작하여 시간을 거슬러 올라 유년기와 소년기를 회상하는 형태로, 순전히 작가의 기억에 의존하여 이루어져 있다. 아, 어린 시절을 어찌 이다지도 속속들이 잘 기억하고 있는지! 읽는 내내 혀를 내두르지 않을 수 없다.

주인공의 나이 일곱 살 때, 고향인 제주시 변두리 중산간 지역 노형리를 송두리째 태워버렸던 4·3의 불길과 어둡고 우울했던 어린 시절, 아버지의 빈자리, 그리고 가난하기만 했던 가정환경에는 한국 현대사의 어두운 그림자가 밑그림으로 자리한다. 고단한 주변 환경과 삶의 무게에도 불구하고 어린 개구쟁이가 사춘기 소년으로 자

라날 때까지의 과정이 뜻밖에도 우습고 재미있게, 그리고 때론 슬프게 펼쳐진다.

　4·3 사건에서 살아남기 위해서 국방 경비대에 입대한 아버지는 처음부터 없는 사람이었기에 집안에서 어머니는 크나큰 의미를 지닌다. 죽음의 공포와 가난이 주는 고통, 운명과 맞서 싸우면서 가족을 지키는 전사이다. 어머니는 체념과 눈물이라는 전통적 여성상 대신 용감무쌍하게 4·3의 폐허 위에서 생활의 성城을 생동감 넘치게 쌓아간다.

■　　"난 그런 밥 안 먹어! 그게 무슨 밥이라? 감저(고구마) 꽁댕이지. 맨날 그런 것만 멕이구……."

　　내 말에 나 스스로 놀라 눈이 휘둥그레졌는데, 아닌 게 아니라 그 말이 어머니의 아픈 데를 정통으로 찌른 모양이었다. 보통 성난 것이 아니어서 눈에 불이 철철 넘치는 듯했다.

　　"요 새끼, 말하는 것 좀 보라! 감저 꽁댕이? 아이고 요것이 먹는 음식을 나무래는구나. 고생허는 에미 불쌍토 안 해서 날 나무래여?"

　　그렇게 해서, 나는 기둥을 꽉 껴안은 채 징징 울면서 네댓 대 매를 견뎌낸 다음, 밥상머리로 끌려갔는데, 한판 난리굿을 피운 뒤라 밥맛이 각별히 좋았다. 물론 밥이 아니라, 고구마 세 자루에 김치 세 가닥이었지만, 역시 목구멍은 포도청이었나 보다. 아직도 울음이 남아 연방 꿀쩍거리면서 고구마를 씹는 나를 넌지시 바라보던 어머니는, 숟갈이 필요 없는 식사인데도 자못 엄숙하게 예의 숟갈론을 들먹였다.

　　"그것 보라. 눈물은 내려가고 숟가락은 올라가지 않앰시냐. 그러니까 먹는 것이 제일로 중한 거다."

　어머니는 숟가락은 곧 밥이요, 밥은 곧 삶이니 '인생살이는 먹고 살아가는 일'이라는 지극히 당연한 진리를 알고 있었던 것이다. 그래서 '눈물은 내려가고 숟가락은

제주 너븐숭이마을,
현기영

올라간다'는 말로, 생활 속에서 절로 터득한 지혜를 아들에게 가르친 것이다. 그런 어머니를 작가는 '돌만 남은 4·3의 폐허에서 삶을 일구는 신석기시대의 농경인'이라고 표현한 바 있다.

2008년 국방부가 발표한 금서 목록에 이 『지상에 숟가락 하나』가 올라가 있는 것을 본 작가는 다음과 같이 격노하였다.

왜 시계를 거꾸로 돌리려고 하는가? 60년 전의 그 사건과 무관한 지금의 군대가 왜 이승만정권이 저지른 과오를 감싸 안으려 하는가. 과거의 과오를 직시하고 비판함으로써 제주4.3과 같은 참사의 재발 방지를 위해 노력하는 것이 군대가 할 일이 아닌가.

병영을 일반 사회와는 다른 특수 사회로 보는 것도 독재시대에 통용되었던 구태적 발상이다. 병영은 그 특수성을 인정하더라도 병영 밖의 사회와 전혀 다른 별개의 사회가 아니다. 사회와 절연된 수용소가 아니다. 병영은 민주사회의 연장으로서 존재하기 때문에 사회에서 통용되는 정당한 가치관들이 그 안에서 부정되어서는 안 될 것이다. 사회에서 옳다고 믿었던 것들이 병영에서 부정당할 때 병사들이 겪는 가치관의 혼란을 심각하게 생각해 보아야 한다.

– 「군대는 일반사회와는 동떨어진 별천지인가?」, 〈프레시안〉(2008. 8. 1) 중에서

4·3보다 더 무서운 것은 4·3을 잊는 것

현기영과 함께 4·3의 흔적과 작품의 무대를 찾아가는 길은 그가 태어난 곳 제주시 노형동 외곽의 함박이굴이라는 자연부락에서 시작된다. 그 마을은 1948년 토벌군의 초토화 작전에 의해 잿더미로 변했던 300여 부락 가운데 하나이지만, 지금은

영영 폐촌이 되어 지상에 남아 있지 않다. 작가는 유년기 때 참혹한 학살들을 본 뒤부터 심한 실어증에 걸려 중학교 1학년 때 이미 말보다는 글을 택하기로 작심했었다고 하니, 어쩌면 이때부터 그의 소설 인생이 시작되었는지도 모른다.

「순이 삼촌」의 무대는 관광객들의 발길이 뜸하고, 4·3 당시 가장 많은 희생자를 낸 북제주군 조천읍 북촌리 일대에 걸쳐 있다. 너븐숭이 마을에는 「순이 삼촌」 문학비가 세워져 있다. 이 문학비는 작가가 극구 자신의 이름을 새기지 말라고 하여 그저 「순이 삼촌」으로만 서 있다. 아래에 무수히 깔린 돌에는 「순이 삼촌」 속 구절이 새겨져 있고, 희생자들의 죽어 널브러진 모습을 상징하듯이 돌은 전부 비스듬히 누워 있다. 중간 중간 글자가 없는 빗돌^{비스듬히 누운 돌}은 드러나지 않은 수많은 비극적 사연들과 역사의 올바른 정리를 기다린다는 의미에서 아무것도 기록하지 않았다고 한다. 그 광경은 참담하고도 장엄하였다. 역사와 문학의 현장을 이처럼 생생하고 상징적으로 보여주는 데가 또 있을까. 이런 문학비는 어디에서도 본 적이 없다.

조천읍 북촌리 바닷가 너븐숭이 4·3 기념관에는 북촌리 집단 학살 사건의 진상

「순이삼촌」 문학비

조사서와 그림, 사진, 영상물과 함께 취재 당시 사용했던 녹음기도 전시되어 있다. 2000년 김대중 대통령 당시 '제주 4·3 특별법'이 제정 공포되고, 2006년 4월에는 노무현 대통령이 공식 사과함으로써 4·3의 역사가 제 물줄기를 찾아가나 했는데, 2008년 이명박 정부 이후 상황은 거꾸로 돌아가고 있으니 한스러운 역사가 아닐 수 없다.

문학비 옆의 애기무덤 앞에서 작가는 1948년 11월, 12월 두 차례에 걸쳐 450여 명이 숨지고 마을 가옥은 전소되었다는 사실을 들려주었다. 죽다 남은 마을의 남정네들이 토벌대를 피하여 입산하게 되자 마을에는 여자들만 남게 되어 한동안 무남촌無男村으로 불리기도 하였다고. 이후 매년 이 날은 마을 전체가 어떤 명절보다도 더 큰 제사를 지내는 날이 되었다고 한다.

당시 집결지로 사용된 비극의 장소, 북촌초등학교는 60년이 지난 지금은 깔끔하게 단장되어 그 옛날 피비린내의 흔적은 자취를 찾아볼 수 없다. 운동장에는 그네를 타고 노는 아이들의 한가로운 소리로 가득 차 있을 뿐이다. 죽음의 낌새도 눈치채지 못한 사람들이 영문도 모른 채 모여들어 웅성웅성 서 있었을 저 운동장에서 그토록 끔찍한 살상이 이루어졌다니, 공포는 얼마나 극에 달했을까. 누가 처음 만들어 불렀는지는 모르나 제주에는 민요처럼 불리어오는 노래가 있다.

> 너븐숭이 옹달샘 누가 와서 먹나요
> 맑고 맑은 옹달샘 누가 와서 먹나요
> 돌무더기 아이들 눈물 닦고 일어나
> 세수하러 왔다가 연꽃이 되었지요.

발걸음을 돌려 제주시의 동남쪽, 오름이 밀집해 있어 '오름 왕국'이라 부르는 곳으로 갔다. 그곳에 소설 「마지막 테우리」의 무대가 된 동검은오름이 있기 때문이다. 머잖아 분화구 한쪽에 골프장이 들어설 참인 한라산 목장 지대의 넓은 초원은 시들어가는 생명을 마지막으로 눈부시게 발산하고 있었다.

단편소설 「마지막 테우리」는 초원의 나른한 오후를 잔잔하게 묘사하다가 마을 공동 목장의 테우리 고순만 노인이 본격적으로 옛 시절을 추억하기 시작하면서 차츰 슬픈 색채를 띤다. 폭도로 몰려 무참하게 살육된 양민들, 순식간에 잿더미로 변해버린 무수한 마을과 산야, 초원 여기저기에 나뒹굴던 마소의 시체들, 그 한복판에서 노인은 자신의 실수로 죽어간 어느 일가족의 최후를 뼈아프게 돌아본다.

제주에서 만난 70세 노령의 현기영 선생은 세찬 바람이 부는 높은 오름을 가볍게 올라간다. 그 뒷모습이 건강해서 놀랍다. 겸손해서 아름답다. 순수해서 눈물겹다. 헤밍웨이를 닮은 그의 얼굴은 양순하고 어질다. 눈이 지나치게 맑아서 눈물을 머금고 있는 것처럼도 보인다. 제주 주민들의 모습은 모두 저러할까. '행동하는 지식인'이란 말이 떠오른다. 내가 작가입네 하는 예술가의 자존심도, 독자를 얕보는 오만함도 그에게선 볼 수 없다. 4·3 평화공원에서 영상물을 보며 눈물짓고, 굵고 힘 있는 목소리에 묻어나는 슬픔은 끝내 보는 이의 눈시울을 적시게 하였다.

고통 속에서도 빛나는 아름다움

현기영의 소설들은 밑바닥에는 한국 현대사의 참담한 비극을 담고 있으면서도 대자연 위에 펼쳐지는 눈부신 이미지와 섬세한 묘사가 숨 막히도록 아름답다. 이는 서사와 서정의 절묘한 조화이다.

특히 『지상에 숟가락 하나』에서 제주도의 독특한 풍속들을 지역 풍광에 대한 섬세한 묘사와 함께 풀어내는 대목들은 참으로 맛깔스러운 재미를 준다. '아기업개^{아기를 업어 돌보는 일을 하는 사람}', '넛할머니^{할아버지 형제의 아내}', '샛이모^{가운데 이모}', '씨앗망태^{불알}' 같은 제주 토속어라든가, '똥깅이', '누렁코', '웬깅이' 같은 재미있는 말들이 많이 나온다. 그러나 무엇보다 우리를 사로잡는 힘은 힘들고 거친 삶 속에서도 눈부시게 빛나는

제주 너븐숭이마을,
현기영

북촌초등학교 운동장. 소설 속에서는 비극의 장소였지만 지금은 아이들의 해맑은 웃음소리로 가득하다.

작가의 정신과 감성이 아니겠는가.

위대한 아침, 시련을 이겨낸 장하고 거룩한 신생의 빛, 아마도 나는 그러한 아침으로부터 진정한 기쁨이 무엇인지 어렴풋이 깨달았을 것이다. 진정한 기쁨은 시련에서 온다는 것을. 신생의 찬란한 햇빛 속에서 종횡무진 환희에 찬 군무를 벌이던 제비떼, 그 눈부신 생명의 약동! 실의에 빠지기 쉬운, 변덕스러운 성격의 내가 신통찮은 삶일망정 그런대로 꾸려올 수 있었던 것은 바로 그러한 아침의 기억들 덕분이 아니었을까? 삶이란 궁극적으로 그러한 아침에 의해 격려받고, 그러한 아침을 기다리며 살아가는 것이리라.

　　　　　　　　　　　　　　　　　－『지상에 숟가락 하나』중에서

「순이삼촌」 무대를 설명하는 작가 현기영

평범한 사람들의 삶과 희망을 이처럼 간명하면서도 아름답게 표현한 말이 또 있을까 싶다. '삶이란 궁극적으로 그러한 아침에 의해 격려받고, 그러한 아침을 기다리며 살아가는 것이리라.'는 표현이야말로 현기영 문학의 힘과 지향을 가장 함축적으로 보여주는 말이 아닌가 한다.

이 외에도 현기영은 자연현상이나 세월의 변모 등을 짧은 글에 축약하여 서술하는 데 가히 독보적인 능력을 보여준다. 제주의 자연을 표현한 유려한 문장은 묘사 자체의 아름다움은 물론이거니와 문장에 담긴 그 시적인 가락은 슬프면서도 그윽하기 짝이 없다.

시적인 아름다움과 힘 있는 문장을 한 작품에서 동시에 만나기란 쉽지 않은 법인데 현기영은 이 두 가지 모두를 성취해내고 있음은 물론이요, 개인의 삶과 그들의 소중한 일상을 묵직한 역사적 사건 속에 자연스럽고 감동적으로 녹여낸 보기 드문 작가이다.

기억의 타살, 기억의 자살

누구에게든 어떤 시대, 어떤 환경에서 성장했느냐 하는 것은 자신이 의도하든 의도하지 않았든 그 사람을 이루는 토대를 형성한다. 한 인간의 운명이란 것이 결코 그 사람이 살고 있는 시대나 사회를 뛰어넘을 수 없기 때문이다. 그러므로 우리는 현재 자신의 성장 환경과 과정에 대하여 알아야 할 것은 물론이요, 나와 우리들의 응어리를 풀어내는 정당하고도 분명한 돌파구를 생각해내어야 할 것이다.

오늘도 작가 현기영은 "4·3보다 더 무서운 것은 4·3을 잊는 것이다. 4·3을 잊으라고 강요하는 것은 '기억의 타살'이요, 잊으려고 애쓰는 것은 '기억의 자살'"이라며 낮고 힘찬 목소리로 말한다. 그리고 「순이 삼촌」으로는 미처 다하지 못한 제주 4·3 이야기를 기나긴 대하소설로 써가고 있는 중이라고 한다.

4월마다 바람에 날려오는 유채 꽃의 비릿한 향내에서 죽은 자들의 시체 냄새를 맡고, 화산암의 거무튀튀한 색깔에서는 완벽하게 불타버린 반세기 전 제주도를 떠올리게 된다는 그의 말이 끝없이 되울려온다.

■ "작가로서 내가 4·3에만 매달리는 것은 편협한 지방주의 때문이 아니라 변죽을 쳐서 복판을 울리는 문학적 전략에 따른 것이라 할 수 있습니다. 4·3에 응축되어 있는 민족적·민중적 모순을 통해 보편성에의 요구에 응하자는 것이 제 생각입니다."

– 2008년 '4·3 60주년 제15회 4·3 미술제 기념 심포지움' 강연 중에서

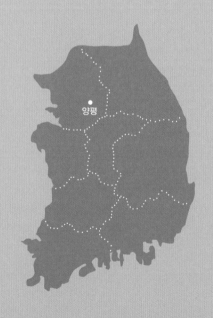

양평

문학작품 속
식물나라로의
여행

황순원

문학작품 속에서
웅숭깊은 세계를 발견하다

    우리가 문학작품을 읽으며 누리는 기쁨은 생각 이상으로 크다. 문학작품 속에서 우리는 내가 아직 살아내지 못한 삶을 만나고 또 내가 미처 품지 못한 웅숭깊은 세계를 발견하며, 그 과정 속에서 때로는 자신의 삶에 결정적 영향을 끼치는 그 무엇과 만나기도 한다. 이쯤 되면 책 읽는 즐거움을 넘어 가히 축복이라 하지 않을 수 없다.

    황순원$^{1915\sim2000}$은 평안남도 대동에서 태어나 일본 와세다 대학 영문과를 졸업했다. 초기에는 시로 시작했으나 1940년 단편집 『늪』을 출간한 이후에는 소설 창작에 주력했다. 서울고등학교 교사를 거쳐 1957년 경희대 교수로 정년퇴임을 하는 날까지 23년 6개월 동안 평교수로 초연히 살아오면서 100편이 넘는 주옥같은 단편과 『잃어버린 사람들』, 『나무들 비탈에 서다』, 『일월』, 『움직이는 성』, 『신들의 주사위』 등 주요 장편들을 집필하였다.

    창작 활동 초기에 시를 썼던 이력 때문일까? 황순원의 단편소설 중에는 시처럼 아름다운 작품들이 많다. 작가 스스로 "소설 속에 더 넉넉한 시를 담을 수 있다는 생각을 하고 소설을 써왔다."라는 말을 했던 것에서도 알 수 있듯이 그의 작품은 우리말의 아름다움과 서정적 이미지로 가득하다.

양평 소나기마을,
황순원

시 이야기가 나온 김에 잠깐 옆길로 새자면, 시 「즐거운 편지」를 쓴 사람이 바로 황순원 작가의 아들인 황동규 시인이다. "내 그대를 생각함은 항상 그대가 앉아 있는 배경에서 해가 지고 바람이 부는 일처럼 사소한 일일 것이나 언젠가 그대가 한없이 괴로움 속을 헤매일 때에 오랫동안 전해 오던 그 사소함으로 그대를 불러보리라"로 시작되는 「즐거운 편지」는 여러 매체에 소개된 이후, 많은 이들이 좋아하는 애송시이자 요즘 10대들도 좋아하는 시이다. 들은 바로는 황순원과 시인 박목월은 생전에 친구였는데, 장차 자식을 낳으면 같은 이름으로 짓자고 하여 두 작가의 아들이 각각 황동규, 박동규가 되었다는 일화가 있다.

이처럼 서정적이고 아름다운 황순원의 단편 중에서도 으뜸은 단연 「소나기」가 아닌가 싶다. 오랫동안 국어 교과서에 실리는 바람에 '국민 소설'이라고도 불리는 「소나기」는 소년 소녀의 때 묻지 않은 첫사랑을 목가적인 배경 속에 한 폭의 수채화처럼 그린 작품이다. 이성에 대해 아직 눈도 뜨기 전인 까까머리, 단발머리 시절에 「소나기」나 알퐁스 도데의 「별」을 읽고서 마치 자신의 이야기라도 되는 양 아련한 꿈과 동경에 설레어보지 않은 사람이 몇이나 될까.

나 죽어 땅에 묻힐 때 소년과의 추억이 물들어 있는 스웨터를 그대로 입혀 묻어 달라는 소녀의 유언이 어찌 그리 가슴을 아리게 하던지……. 알퐁스 도데와 황순원, 두 사람의 작품은 그 시절 청소년들의 감성에 많은 영향을 끼쳤다. 그리고 빛바랜 흑백사진마냥 세월이 흘러서도 그 목가적인 정서를 되새김질하게 만드는 작품이다.

작품 제목인 '소나기'는 작품의 배경 역할 외에도 그 가슴 저린 사랑의 순간이 지닌 일회성을 상징적으로 잘 보여주고 있다. 여름날의 소나기처럼 자취 없는 게 또 있을까. 작품 속의 소녀 또한 그처럼 너무 빨리, 자취도 남기지 않고 사라져갔지만 여름날의 짧은 소나기가 산과 들의 초목을 키우듯 소년은 소녀와의 짧은 만남을 통해 마음의 키가 훌쩍 자란다.

이 작품에는 주요 배경인 '소나기' 외에도 자연 풍경과 우리 산하에서 자라는 풀꽃들의 모습이 그 어떤 소설보다 풍성하게 담겨 있다. 작가는 이를 단지 아름다운

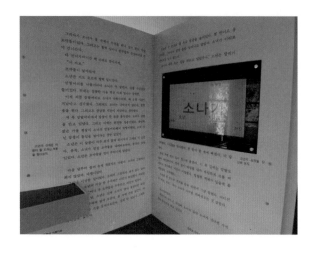

시골 풍경으로만 소개하는 데 그치는 것이 아니라 주인공들의 동심과 아름다운 첫사랑을 자연 그 자체로 그려내고 있다.

그래서인지 작품을 읽어 나가노라면 남성 독자는 소년이, 여성 독자는 소녀가 되어 절로 자연 속으로 뛰어들어 상상과 환상의 세계로 빠져들게 된다. 글 사이사이에 등장하는 논에 걸쳐진 거미줄이나 풀벌레, 작은 꽃, 냇물의 반짝임 등을 상상하면서 그 목가적인 세계에 흠뻑 젖어들게 되는 것이다. 그만큼 자연을 떠나서는 이 작품을 이해하고 감상하기에 충분하지 못하다는 말이다.

그러니 어느 정도 식물에 관한 지식을 가지고 작품을 읽거나 혹은 별도로 공부를 하면서 감상을 하노라면 즐거움뿐 아니라 미처 알지 못했던 새로운 세계를 발견하는 재미도 함께 누리게 될 것이다.

메밀꽃은 갈대밭보다 사람을 가려주지 못해

■　　소년은 두 손으로 물 속의 얼굴을 움키었다. 몇 번이고 움키었다. 그러다가 깜짝 놀라 일어서고 말았다. 소녀가 이리 건너오고 있지 않느냐.

숨어서 내가 하는 꼴을 엿보고 있었구나. 소년은 달리기 시작했다. 디딤돌을 헛짚었다. 한 발이 물 속에 빠졌다. 더 달렸다.

양평 소나기마을,
황순원

몸을 가릴 데가 있어 줬으면 좋겠다. 이쪽 길에는 갈밭도 없다. 메밀밭이다.

　징검다리에서 소녀를 기다리며 소녀가 전날 하던 것과 똑같이 물장난을 하고 있던 소년은 저 멀리서 소녀가 자신이 하는 행동을 다 보고 있었다는 걸 알고는 속마음을 들킨 부끄러움에 도망을 간다. 그런데 이럴 때 하필 그 흔한 키 큰 갈밭`'갈대밭'의`
`속어`은 보이지 않고 나지막한 메밀밭만 눈에 띄니 얼른 몸을 숨기고 싶어도 숨길 수가 없다. 생각만 해도 딱하지 않은가.

　이효석의 「메밀꽃 필 무렵」이라는 소설로 특히 유명해진 메밀꽃은 한참 필 때면 '마치 소금을 뿌려 놓은 듯' 온 밭이 하얗게 되어 아련한 향수에 젖게 하는 매력이 있다. 키는 다 자라봐야 50~70센티미터밖에 안 되니 아이 키의 절반밖에 안 되는 키 작은 식물이다. 거기에 비해 갈대는 우선 키가 크다. 그리고 주로 바닷물과 민물이 교차하는 강 하구에서 대규모 군락을 이루며 자라는 식물인데, 흔히 갈대와 억새를 혼동해서 쓰는 경우가 많다. 이 작품에서도 어쩌면 마른 땅에서 자라는 억새를 잘못 말한 것은 아닐까 싶다.

　시골 소년과 서울서 휴양 차 온 소녀가 손잡고 들판으로 돌아다니면서 소년은 소녀에게 조개 이름뿐만 아니라 온갖 꽃이며 풀 이름을 가르쳐준다.

　　　"이게 들국화, 이게 싸리꽃, 이게 도라지꽃……."
　　　"도라지꽃이 이렇게 예쁜 줄은 몰랐네. 난 보랏빛이 좋아! ……근데 이 양산같이 생긴 노란 꽃이 뭐지?"
　　　"마타리꽃."
　　　소녀는 마타리꽃을 양산 받듯이 해 보인다. 약간 상기된 얼굴에 살풋한 보조개를 떠올리며.
　　　다시 소년은 꽃 한 옴큼을 꺾어 왔다. 싱싱한 꽃가지만 골라 소녀에게 건넨다.

먹는 식재료로만 알았던 도라지가 오각형이 선명한 보랏빛, 혹은 하얀 빛깔의 꽃을 피우고, 더구나 그 꽃이 얼마나 어여쁜지를 알고 나면 세상을 보는 눈이 달라질 때가 있다. 소녀는 소년을 통해 그런 경험을 하게 되었고 이는 소설을 읽는 독자들도 마찬가지다.

칡꽃은 등꽃으로, 등꽃은 친구로 이어져

소설 속에서 '우산같이 생긴 마타리 꽃'을 봤다면 작은 식물도감이라도 한 권 들고 가까운 들판으로 나가보라. 뜻밖에도 노랗고 귀여운 그 꽃이 쉽게 눈에 띄는 것을 발견하게 될 것이다. 정말로 우산같이 오목하게 생긴 노란색 꽃이다. 책에서만 보던 것을 실제로 확인했을 때의 기쁨은 남다른 법이다. 마타리는 한 송이만 보면 빈약하고 가냘파 보이지만 군락을 이루어 피면 참으로 예쁘고 사랑스러운 꽃이다. 게다가 꽃대까지 노란색이어서 안 그래도 노란 꽃이 더 샛노랗게 보여 파란 하늘을 배경으로 피어 있는 모습이 아름답기 그지없다. 그래서인지 이 꽃을 보고 있으면 작은 꽃이지만 꽃 하나하나가 그대로 하나의 우주라는 생각이 든다.

우리나라 사람이라면 누구든 들국화니 싸리 꽃이니 도라지꽃이니 하는 이름들을 들어본 적이 있을 것이다. 별 관심이 없어 꽃 이름과 꽃을 잘못 연결하는 경우는 더러 있을지 모르나 그 꽃의 이름까지 모르지는 않을 터. 그러다가 어느 날 혼자서 고즈넉하게 「소나기」를 읽으며 제각기 상상 속에서나마 소년 소녀가 되어 들판을 뛰어다니다가 비로소 그 꽃들의 모습을 발견하게 될지도 모른다. 그리곤 그 모습이 너무 아름다워 그 꽃에게 다가가게 된 뒤, 세상에 그토록 아름다운 풀과 꽃들이 많다는 걸 보고 놀라지 않을 수 없을 것이다.

위쪽은 들국화, 마타리, 도라지꽃, 아래는 등꽃과 칡꽃이다.
「소나기」에는 우리 산하에서 자라는 풀꽃들의 모습이 식물도감처럼 풍성하게 담겨 있다.

"저건 또 무슨 꽃이지?"

　　적잖이 비탈진 곳에서 칡덩굴이 엉켜 끝물 꽃을 달고 있었다.

　　"꼭 등꽃 같네. 서울 우리 학교에 큰 등나무가 있었단다. 저 꽃을 보니까 등나
무 밑에서 놀던 동무들 생각이 난다."

　　소녀가 조용히 일어나 비탈진 곳으로 간다. 꽃송이가 달린 줄기를 잡고 끊기
시작한다. 좀처럼 끊어지지 않는다. 안간힘을 쓰다가 그만 미끄러지고 만다. 칡
덩굴을 그러쥐었다.

　　칡꽃을 보며 등꽃을 떠올리고, 등꽃은 등나무로, 등나무는 그 나무 아래에서 동무
들과 이야기하며 놀던 생각으로 이어져 결국 소녀에게 있어서 칡꽃은 동무를 생각
나게 하는 매개체가 된다. 이러한 연상 작용은 문학작품에서 중요한 모티브가 된다.

　　소녀가 애초에 칡꽃을 등꽃으로 착각한 데는 이유가 있다. 둘 다 덩굴식물이고 무
엇보다도 꽃이 서로 닮았다. 같은 보랏빛에, 포도송이처럼 꽃잎이 조롱조롱 매달린
모양도 같고 코를 찌르는 향기까지 서로 꼭 닮아 있다. 이른 봄, 잎보다 먼저 보랏빛
꽃을 피워서 우리 눈을 즐겁게 해주는 등꽃과 여름에 피는 칡꽃은 바로 옆에 갖다
대기 전에는 구분하기가 쉽지 않을 만큼 비슷하다.

　　한여름에 조금만 시골로 나가보면 길섶이 온통 칡덩굴로 뒤덮인 걸 볼 수 있다.
수줍음을 타는지 숨어 있다가 덩굴을 헤치면 매혹적인 향기가 코를 때리는 동시에
짙은 보랏빛의 작은 포도송이 같은 꽃이 다닥다닥 숨어 있는 게 보인다. 그런데 줄
기가 매우 질기기 때문에 꽃을 무리하게 꺾으려다가는 미끄러져 다치기 십상이다.
소녀는 바로 그 점을 몰랐던 것이다.

양평 소나기마을,
황순원

국민소설 「소나기」를 기리기 위하여

「소나기」는 1959년 영국의 〈인카운터Encounter〉 지가 주최하는 단편 콩쿠르에 유의상이라는 사람의 번역으로 입상하여 게재된 작품이기도 하다. 우리나라 최초의 영문 번역 소설인 것이다.

또한 1953년에 발표된 작품으로 중학교 국어 교과서에 오래도록 실렸고, 교과서가 국정에서 검인정으로 바뀐 오늘날에도 여전히 여러 곳에 수록되어 있다. 고등학교에서는 문학 교과서에 「별」, 「학」, 「독짓는 늙은이」, 「목넘이 마을의 개」 등 여러 편의 단편이 수록되어 있어 이 땅의 중고등학교 학생들치고 황순원의 작품을 접하지 않고 졸업하는 학생은 없다. 물론 '소나기 마을은 비가 계속 오는 마을'인 줄 아는 아이도 전혀 없진 않지만, 그건 초등학생의 일기장에나 나올 법한 말이다.

그런데 몇 해 전 도심에서 한참 떨어진 시골의 외딴 산기슭, 경기도 양평군 서종면 수능리에 '황순원 문학관'과 '소나기 마을'이 세워졌다. 작품의 배경이 양평이라는 근거는 없다. 단지 「소나기」의 끝자락에 있는 한 대목 때문에 공간적 배경이 경기도 양평군 관내일 것이라는 추측을 할 뿐이다.

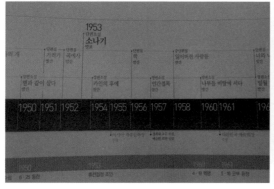 

소나기마을 들머리의 수숫단 조형물

양평 소나기마을,
황순원

■　　개울물은 날로 여물어 갔다.

　　소년은 갈림길에서 아래쪽으로 가 보았다. 갈밭머리에서 바라보는 서당골마을은 쪽빛 하늘 아래 한결 가까워 보였다.

　　어른들의 말이, 내일 소녀네가 양평읍으로 이사 간다는 것이었다. 거기 가서는 조그마한 가겟방을 보게 되리라는 것이었다.

　소설 속의 서당골 갈밭마을이 지금도 서종면 노문리에 있다고 하는 걸로 보아 양평군에서는 「소나기」의 무대가 경기도 양평임을 확실시하며 세상에 알리고자 한 모양이다.

　소년과 소녀가 수숫단 안에서 비를 피하고 있는 대형 조형물이 있는 입구를 지나 문학관 안으로 들어가면 곧바로 황순원의 연대기가 독특하게 나열된 현대식 건물에 「독 짓는 늙은이」를 비롯한 그의 대표적인 소설들의 장면들을 재현해놓아 작품 속 시대와 인물들에 푹 빠지기에 좋다. 작가의 작품 세계와 문학적 가치를 자료와 병행하여 고찰할 수 있는 전시 방법이 참신해보인다.

　문학관을 나오면 한쪽으로 놓인 산책길을 따라 징검다리며 섶다리 개울 등 「소나기」의 배경을 재현해놓은 곳에서 소년, 소녀로 되돌아갈 수 있는 체험장이 마련되어 있다. 원두막과 수숫단이 가득 세워진 '소나기 광장'은 한여름이면 스프링클러에서 정말 소나기 같은 비를 쏟아 부어 원두막과 수숫단으로 피하게 만든다.

　누구에게나 유년시절이 있다. 사람은 그 유년시절의 추억을 간직하면서 성장하게 된다. 그리고 어른이 되고 나서도 어린 시절의 추억을 그 추억의 내용에 관계없이 아름다움으로 간직하고 싶어 한다.

　바로 「소나기」에서 어린 시절 첫사랑의 가슴 아픈 추억과 그 아픔을 딛고 성장하는 소년이 그러하다. 소녀를 만나고, 소녀가 모르는 비단조개와 들국화, 싸리 꽃, 도라지꽃, 마타리 꽃을 가르쳐주고, 조약돌과 호두 알로 감정이 교류된다. 그리고 소나기를 만나 소녀의 병이 악화되어 죽음으로 이어지는 일련의 흐름은 황순원의 다른 작품과 같이 주인공이 내적으로 성숙해가는 과정이다.

　성장소설들에 나타나는 공통점은 대개가 유년시절을 자연 속에서 보낸다는 사실이다. 그 자연 속에서 소년, 소녀들은 무지갯빛 꿈을 꾸기도 하고 온갖 상처와 아픔을 맛보며 자연과 함께 성숙해가는 것이다.

문학작품 속 꽃과 식물

　굳이 문학작품을 통하지 않더라도 어떤 특정한 상황에서 만나게 되는 꽃이나 나무, 그리고 향기, 빛깔은 그때그때 그 사람이 처한 상황에 따라 기쁘게도, 혹은 슬프게도 다가온다. 하물며 문학작품에서야 굳이 말할 필요도 없다. 박경리의 『토지』에서 박의사는 탱자나무를 보며 서희를 생각한다.

> 　박의사 눈앞에 최서희가 떠올랐다. 수모 속에서 인내하던 그날의 모습이다.
> 　'이상한 여자다.'
> 　박의사가 서희를 생각할 때 연상되는 것이 있었다. 그것은 탱자나무의 울타리다. 서울 태생인 박의사는 남쪽으로 내려와서 처음 탱자나무 울타리를 본 터이지만 강인하고 날카로운 가시가 밀생한 탱자나무 울타리를 바늘 하나의 출입도 거부하듯 그렇게 무시무시하게 느꼈던 것이다. 그것은 저승의 사자를 출입 못하게 막기 위한 것이라는 말을 들은 바 있지만 박의사는 서희를 처음 만났을 때 어째 그랬던지 그 탱자나무의 울타리를 생각했던 것이다.
>
> － 박경리, 『토지』 3부 2권, 「태동기」 중에서

　박의사는 이런 서희를 짝사랑하다가 끝내 죽고 만다. 그래서 길 가다가 탱자나무

를 보면 서희보다 박의사의 외롭고 가여운 짝사랑이 탱자나무 가시처럼 톡톡 아프게 떠오른다.

문학작품 속 꽃과 식물에 대한 이야기에서 빼놓을 수 없는 이가 바로 동화작가 권정생이다. 이는 선생의 작품에 자주, 또 다채롭게 등장하는 작은 꽃들 – 별꽃, 냉이꽃, 괭이밥, 제비꽃, 질경이, 고마리, 양지꽃, 주름 잎, 광대나물, 마디 꽃, 쇠비름, 고들빼기, 민들레, 바랭이, 쇠뜨기 등 –만 보아도 잘 알 수 있다. 선생은 사람들이 싸잡아 잡초라고 부르는 풀꽃들의 이름을 다 알고 있었다. 이는 우리 산하에 자라는 꽃과 풀, 나무들이 먹을 것이 귀했던 시절, 보릿고개를 넘길 때 목숨을 부지하게 해준 고마운 구황식물이었던 까닭도 있지만 선생에게는 이들 풀꽃이 그 이상의 존재이자 생명 그 자체였다. 그래서 강아지 똥에게 "하느님은 쓸 데 없는 물건은 하나도 만들지 않으셨어. 너도 꼭 무엇엔가 귀하게 쓰일 거야"라고 말했던 것처럼, 사람들 발에 밟히면서도 늘 씩씩하게 살아가는 우리 산하의 나무와 풀꽃들을 선생은 모두 귀하게 여기고 섬겼던 것이리라.

조정래의 『태백산맥』(해냄, 2007)에 나오는 소화의 사랑은 소설 전체를 놓고 봐도 인상적이라고 할 수 있을 만큼 깊고 내밀한 속삭임을 지니고 있다. 소화는 어쩌다 하섭을 사랑하게 된 것일까. 이 둘의 사랑을 연결해주는 매개체 역시 식물, 즉 '비파'라는 열매였다. "니 묵어라.", "두 개 다 묵어라.", "둘 다 묵으랑께.", "아녀, 나랑 항께 하나씩 묵잔 것이여.", "껍질은 못 묵는 거다. … " 이렇게 말하며 비파를 건네주던 어릴적 하섭의 모습은 따스한 정과 함께 아련한 추억으로 소화의 가슴속에 남아 있었고, 혹 어쩌면 하섭이 비파를 내밀던 순간부터 이미 사랑의 싹은 움텄는지 모른다.

자신에게 황금빛으로 익은 비파 두 개를 내밀던 어린날의 정하섭의 모습과, 그것을 하나씩 나누어먹었던 기억이 어제의 일인 듯 선연하게 떠올랐다. 알 수 없는 슬픔이 울컥 목을 채웠다.

- 조정래, 『태백산맥 1』, 「일출 없는 새벽」 중에서

  비파는 따뜻한 남쪽 지방에서나 볼 수 있는 살구처럼 생긴, 과즙이 달짝지근한 열매로 다른 지방에서는 그 이름을 처음 들어보는 사람도 있을 것이다. 어떻든 비파라는 열매가 소화와 하섭의 관계에서 중요한 매개가 되고 있는 것만은 분명하다.

  소화는 또 하섭의 일을 지혜롭게 대처하고 판단하는 것은 물론, 하섭의 상황을 미리 짐작해 그에 대비하고 신중하게 행동하며, 그의 마음까지 헤아릴 줄 아는 속 깊은 여인으로, 싸리나무는 그런 소화의 마음을 작품 속에서 잘 보여주는 소재 가운데 하나이다.

  싸리나무는 나무 속에 수분이 적고 참나무 종류에 맞먹을 만큼 단단해 비 오는 날에 생나무를 꺾어서 불을 지펴도 잘 타며 화력도 강하다. 게다가 연기도 나지 않으니 몰래 불을 지피기에는 그만한 나무도 없을 터. 무당의 딸이라는 이유 때문에 드러내놓고 마음에 품을 수 없었던 정하섭이 언제 어느 때 들이닥칠지 몰라 연기가 나지 않는 싸리나무를 미리 준비해놓는 소화의 사랑은 또 얼마나 아름다웠던가.

  『그 많던 싱아는 누가 다 먹었을까』에서 박완서는 6·25 피난길에 은방울꽃을 보았을 때 우울하고 마음이 아팠다고 하였다. 모교인 숙명여고의 교화가 은방울꽃이었으나 시대가 하도 각박하여 이 꽃의 실체를 본 적이 없다가, 혼자서 산길을 헤매던 중 산골짜기에서 은방울꽃 군락지를 만난 그녀는 종 모양의 밥풀만 한 흰 꽃에서 서늘하면서도 달콤한, 진하면서도 고상한 비현실적인 향기를 발견한 날 온종일 이상하게 우울하고 마음이 아팠다고 한다. '장차 이 세상은 어찌 될 것이며, 나는 어찌 될 것인가……' 하며.

  「동백꽃」의 '나'와 점순이도 훗날 노란 생강나무 꽃을 보거나 알싸한 향기를 맡을 때면 그 옛날 어리고 미숙했던 시절을 떠올리지 않았을까.

  황순원의 「소나기」에서 소년은 양산같이 생긴 노란 마타리 꽃을 볼 때마다 이 세상에 없는 소녀를 생각하고, 등꽃을 닮은 칡꽃을 볼 때마다 불쑥 줄기가 질긴 줄 모

양평 소나기마을,
황순원

탱자나무 가시와 비파, 은방울꽃

르고 꺾으려다가 미끄러져 다친 소녀를 떠올리며 미리 꺾어주지 못한 자신을 나무라며 성장통을 앓을지도 모른다.

　문학작품을 통하여 작품 속 인물을 사랑하게 되면 자연스럽게 그들 주변에 존재하는 나무 하나 돌멩이 하나까지도 그냥 지나칠 수 없게 된다. 이러한 경험은 곧 나를 둘러싼 주변에 대한 관심으로 나아간다. 깊은 관심은 사랑의 다른 말이기도 하다. 사랑하기 전까지는 많은 것 사이에 섞여 보이지 않다가 사랑하게 된 뒤부터는 보이기 시작하는 것이다. 문학작품을 읽는 데서부터 다양한 세계로의 여행이 시작된다. 그 속에서 미래의 내 삶을 결정짓는 중요한 경험을 얻게 된다면 그 또한 행복이 아니겠는가.

❀ 작품 출전

- 권정생, 「유랑걸식 끝에 교회 문간방으로」 – 『우리들의 하느님』, 녹색평론사, 2003
  「나의 동화 이야기」 – 『권정생 이야기 1』, 한걸음, 2002
  「인간성에 대한 반성문 2」 – 『사람의문학』 1997년 가을호
- 고정희, 「땅의 사람들 14 – 남도행」 – 『지리산의 봄』, 문학과지성사, 1991
  「사임당이 허난설헌에게」 – 『여성 해방 출사표』, 동광출판사, 1990
  「상한 영혼을 위하여」 – 『이 시대의 아벨』, 문학과지성사, 1983
  「프라하의 봄 1」 – 『눈물꽃』, 실천문학사, 1986
  「고백 – 편지 6」 – 『지리산의 봄』, 문학과지성사, 1991
- 김명인, 「동두천 IV」 – 『동두천』, 문학과지성사, 1979
- 오일도, 「저녁놀」 – 『저녁놀』, 근역서재, 1976
- 유안진, 「안동」 – 『누이』, 세계사, 1997
- 이해인, 「수녀 1」 – 『오늘은 내가 반달로 떠도』, 분도출판사, 2003
  「민들레의 연가」 – 『두레박』, 분도출판사, 1990
  「나를 키우는 말」 – 『외딴 마을의 빈집이 되고 싶다』, 열림원, 2002
  「듣게 하소서」 – 『사계절의 기도』, 분도출판사, 2007
  「장영희에게」 – 『희망은 깨어 있네』, 마음산책, 2010
  「김점선에게」 – 『희망은 깨어 있네』, 마음산책, 2010
  「희망은 깨어 있네」 – 『희망은 깨어 있네』, 마음산책, 2010
  「나를 위로하는 날」 – 『작은 기도』, 열림원, 2011
- 한하운, 「고고한 생명 – 나의 슬픈 반생기」 – 『한하운 전집』, 문학과지성사, 2010
  「손가락 한 마디」 – 『한하운 전집』, 문학과지성사, 2010
  「전라도 길」 – 『한하운 전집』, 문학과지성사, 2010
  「파랑새」 – 『한하운 전집』, 문학과지성사, 2010

✿ 도움 받은 책

- 강진호, 『한국 문학의 현장을 찾아서』, 문학사상사, 2002
- 강춘진, 『책 속에 갇힌 문학, 책 밖으로 나오다』, 가교, 2006
- 김광해, 『뜨거운 노래는 땅에 묻고』, 지문사, 1984
- 김대성 · 오병훈, 『꽃이 있는 삶 · 상』, 반야, 1995
- 김대성 · 오병훈, 『꽃이 있는 삶 · 하』, 생명의 나무, 1997
- 김동춘, 『자유라는 화두』, 삼인, 1999
- 김병종, 『화첩기행 1, 2, 3』, 효형출판, 2005
- 김성우, 『컬러기행, 세계문학전집』, 한국일보사, 1985
- 김양희 · 김영자, 『즐거운 문학수업』, 성림, 2001
- 김용직 외, 『나라사랑 제23집 - 윤동주 특집호』, 외솔회, 1976
- 김창직, 『가도 가도 황톳길』, 지문사, 1982
- 김현아, 『그 곳에 가면 그 여자가 있다』, 호미, 2008
- 김훈 · 박래부, 『제비는 푸른 하늘 다 구경하고 1, 2』, 따뜻한손, 2004
- 나눔의집 역사관후원회, 『일본군 위안부 역사관을 찾아서』, 역사비평사, 2002
- 또하나의문화 편집부, 『여자로 말하기, 몸으로 글쓰기』, 또하나의문화, 1992
- 문학의 집, 한국문학관협회, 『문향을 따라가다』, 어문각, 2010
- 민족문학사연구소, 『춘향이 살던 집에서 구보씨 걷던 길까지』, 창비, 2005
- 박옹일, 『고향으로부터 윤동주를 찾아서』, 흑룡강조선민족출판사, 2007
- 박이문, 『길』, 미다스북스, 2003
- 박태순, 『국토와 민중』, 한길사, 1983
- 박태순, 『나의 국토 나의 산하』, 한길사, 2008
- 신석초 외, 『나라사랑 제16집 - 육사 이원록 선생 특집호』, 외솔회, 1974
- 심훈상록수기념사업회, 『상록수』
- 원종찬, 『권정생의 삶과 문학』, 창비, 2008

- 이기순,『문학의 고향을 찾아서』, 문학저널, 2008
- 이유미,『광릉 숲에서 보내는 편지』, 지오북, 2004
- 이유미,『한국의 야생화』, 다른세상, 2010
- 이정란,『시비로 만나는 아름다운 시』, 예문당, 2005
- 이형준,『유럽 동화마을 여행』, 즐거운상상, 2008
- 이홍근,『이홍근과 함께 떠나는 남도기행』, 성하, 2008
- 임동헌,『길에서 시와 소설을 만나다』, 글로세움, 2003
- 임재천 · 김경범,『나의 도시, 당신의 풍경』, 문학동네, 2008
- 장영희,『문학의 숲을 거닐다』, 샘터사, 2005
- 한국정신대문제대책협의회,『역사를 만드는 이야기』, 여성과인권, 2004
- 조창환,『해방 전후 채만식 소설 연구』, 태학사, 1997
- 조형 외,『너의 침묵에 메마른 나의 입술』, 또하나의문화, 1993
- 차윤정,『차윤정의 우리 숲 산책』, 웅진닷컴, 2002
- 최민식 · 조은,『우리가 사랑해야 하는 것들에 대하여』, 샘터사, 2004
- 최재봉,『간이역에서 사이버스페이스까지』, 이룸, 2003
- 최재봉,『역사와 만나는 문학기행』, 한겨레신문사, 1997
- 코리아언어문화교육센터,『한민족 국어-조선어문 교육의 발전과 전망』
- 통영사랑교사연구회,『통영으로 떠나는 문학기행, 박경리편』, 농어촌공공도서관
- 통영시,『예향 통영』
- 한국정신대연구소,『할머니 군위안부가 뭐예요』, 한겨레신문사, 2000
- 한준희,『문학의 숲으로 떠나는 여행』, 꿈과희망, 2009
- 한홍구,『한홍구와 함께 걷다』, 검둥소, 2009
- 허병식 · 김성연,『서울, 문학의 도시를 걷다』, 터치아트, 2009

도움 받은 책